落红妆

L○著
LUOHONGZHUANG

重庆出版集团 重庆出版社

图书在版编目（CIP）数据

落红妆/L 著. 一重庆：重庆出版社，2009.7
ISBN 978-7-229-00769-0

Ⅰ．落… Ⅱ．L… Ⅲ．长篇小说－中国－当代 Ⅳ．I247.5

中国版本图书馆 CIP 数据核字（2009）第 086424 号

落红妆
LUOHONGZHUANG

L 著

出 版 人：罗小卫
丛书策划：李　子
责任编辑：李　子　宋艳歌
责任校对：郑小石
装帧设计：余一梅

重庆出版集团
重庆出版社　出版

重庆长江二路 205 号　邮政编码：400016　http://www.cqph.com
重庆升光电力印务有限公司印刷
重庆出版集团图书发行有限公司发行
E-MAIL:fxchu@cqph.com　邮购电话：023-68809452
全国新华书店经销

开本：720 mm×1 000 mm　1/16　印张：17.5　字数：291 千
2009 年 7 月第 1 版　2009 年 7 月第 1 版第 1 次印刷
ISBN 978-7-229-00769-0
定价：26.80 元

如有印装质量问题，请向本集团图书发行有限公司调换：023-68706683

版权所有　侵权必究

目 录
CONTENTS

前传 ◎ 天地之恋　　　　　　　　　001

第一卷　樱杀·初识　　　　　　003

第一章　初遇逍遥　　　　　003
第二章　白府庄园　　　　　007
第三章　柳缠木屋　　　　　012
第四章　可儿离世　　　　　016
第五章　伊香圃园　　　　　021
第六章　慕容公子　　　　　026
第七章　缨蓝忆念　　　　　032
第八章　祭祀灵台　　　　　037
第九章　夜半丝竹　　　　　043
第十章　醉酒鸣歌　　　　　047
第十一章　月夜暗杀　　　　050
第十二章　离魂毒粉　　　　054
第十三章　药酿女香　　　　057

第二卷　怖魂庄·亡灵　　　062

第一章　　客栈误杀　　　062
第二章　　无名画像　　　066
第三章　　悠悠红叶　　　070
第四章　　柳明湖边　　　073
第五章　　迷离雨巷　　　076
第六章　　萧条梅园　　　080
第七章　　暖怀伊人　　　083
第八章　　引灵彼岸　　　086
第九章　　银狐现身　　　090
第十章　　痴痴女心　　　093
第十一章　　彼岸之源　　　096
第十二章　　如梦宁夜　　　099
第十三章　　信示亡人　　　102
第十四章　　梅园解疑　　　105
第十五章　　心恋遗伤　　　109
第十六章　　恋人夜　　　112
第十七章　　亡灵作祟　　　120
第十八章　　命运札记　　　123
第十九章　　离殇一梦　　　126
第二十章　　驱灵古籍　　　129
第二十一章　　怨灵散　　　132
第二十二章　　情·追忆　　　139
第二十三章　　离庄分行　　　142

CONTENTS

第三卷　山灵·雾		146
第一章　柏霞小村		146
第二章　狼嚎哀怨		149
第三章　村下雪冤		153
第四章　雾罩迷山		156
第五章　夜诉心语		159
第六章　雾罩之灵		161
第七章　迷山之返		164
第八章　滴血救昕		167
第九章　花糕暗语		170
第十章　夜塔亡女		174
第十一章　离别一夜		177
第十二章　不舍情心		180
第十三章　草寄相思		183
第十四章　狼现山下		186
第十五章　重归客栈		189
第十六章　星夜互思		192
第十七章　旧信留书		195
第十八章　回山·观斗		197
第十九章　驻山·痴情		200
第二十章　归山·真情		202
第二十一章　对敌之备		205
第二十二章　夜塔战		209

第四卷　血花情·结局　　　　215

第一章　改装换貌　　215
第二章　情花深意　　218
第三章　重归逍遥　　221
第四章　小婢之死　　224
第五章　血染书房　　227
第六章　余情魂念　　230
第七章　花神·清影　　233
第八章　密撰被盗　　236
第九章　真相毒伤　　239
第十章　血破封印　　243
第十一章　天猫神山　　247
第十二章　仙凡之隔　　250
第十三章　假意真情　　253
第十四章　阴谋暗计　　256
第十五章　白府家宴　　258
第十六章　巧解爱怨　　262
第十七章　决战天下　　265

后　传　　　　273

前传◎天地之恋
CHAPTER · 00[TIANDIZHILIAN]

天灵神猫望尘埃,心空神闭。遇冰族仙侠,酌灵草,以祭痴爱。

漫于云端的幽山之上,仙鸟盘旋,她悠悠裳纱随风轻舞,深蓝色满怀温柔的明目与那双冰冷却杂着热忱的灰眸相互凝望着,将对方的轮廓深深铭刻于心。于是他们将永不相忘。

这是凡尘的禁地,仙草遍放,开着淡淡的赤粉小花,轻盈剔透。她向他微笑,几千年来,她唯一爱的就是这遍山的恋惜草。而此时,她将这一段珍贵的情感毫无保留地赠与眼前之人。

当他挥剑从天猫神山将她带走的那一刻,她就是他的了。

如果说神灵之间不可有爱恋,那他们便偏偏要创造这个奇迹。

她背离了天猫神山,背离了神界仙规,甚至背离了千年来伟大的天猫守护神——奕枯。

只为与他长相厮守。

他冲破了冰怡仙族,无视那神圣族规,甚至离开了千年来尊敬的冰族圣王父——冰黎。

只为陪她天荒地老。

芸芸众神,孤独千万载,终在这一刻将爱情唤起。他们,是天地之间的第一份爱。

无月之夜,她献出了自己千年来的贞操,成为天下第一个真正的女人。

他献给她最后一抹微笑,握起跟随自己千年的仙剑,为她而战。

她望着他黑暗中凌厉的背影,想起他当年英气逼人走向她的时刻,眼眶渐渐湿润起来。

她相信爱的奇迹。于是她暗暗地往自己的腹中种上封印。这个封印,将是他们爱的见证。

在他生命的最后一刻,她依旧忍住眼泪,淡笑着看着他的仙躯化作青烟散去。

不可掉泪,她相信奇迹,她有希望,所以不可掉泪。

她不屑地望着地位崇高的天神:"可怜你们活了万年,竟不懂爱情。从此以后,我会让你们这些糊涂得不可一世的天神知道,你们所谓的清规是多么无知可笑!"她仰天笑着,将自己的灵力散去,化作璀璨的玉石飘向天际。空中弥漫着她哀痛的声音:

"天地之恋,梦境千转,百年轮回,逍遥重现!"

从此,恋惜草再也没有开花。

第一卷　樱杀·初识
CHAPTER · 01 [YINGSHACHUSHI]

第一章　初遇逍遥

秋色萧萧为谁悲？孤雁鸣过，扬起一丝哀意。

何为逍遥？无拘无束，得自己所爱，求自己所欲，为自己所想，如风漫游天下，如雨润洒人间，如花草遍种天地，此为逍遥。

逍遥镇，这个隐于尘世中不为人知的角落，却藏匿着数万灵动的娇魂。

蛊灵玉之所以降生在这片土地，完全是因为这里漫漫延伸的灵草香气。许是这片隐在凡尘中的灵草撼动了她涟涟青玉般透明的心，又许是她对于那段放不下的永恒迟迟悼念，而选在这里结束自己。

再或许就是恋惜草的故事，注定要在这里开篇。

镇中喧闹，为秋本哀愁的心绪平添了一股温暖的气息。街边摆满了卖各种物品的小摊，阿九知道这些都是要有钱才能买的，苦于自己身上一文钱没有，也就光是过过眼瘾罢了。晃悠到一个卖胭脂饰品的小摊，他凑上前饶有兴趣地拿起几个簪子摆弄起来。摊主是一个大伯，抬眼细细地打量摊位前这人，见他的头发被梳在脑后，戴一顶棕色的毡帽，穿青色长衫和布靴，斜背一个白布小包，腰间别着几把匕首，嘴里抿着一根不知从哪里揪的毛毛草，笑道："小公子，你是买给自己的娘子还是妹妹？"阿九一听，谎道："赠与妹妹。"

大伯听后挑一支樱花珠簪递与阿九："女儿清新淡雅，恰如这淡粉樱花，买下送令妹，定得她欢心啊。"

阿九接过簪子，见这樱花雕得细致至极，簪身透着淡淡的粉色，确实好看，刚想问大伯价钱，突然记起自己身无分文，便还给大伯，推说簪子不合心意。大伯收回又开始为阿九寻别的女儿簪，阿九正在思索该如何拒绝，却见一男子来到摊前，拿起那个樱花珠簪细细看了看，便问道："大伯，这个几两？"

"小哥好眼力，五两银。"

那男子从怀中摸出一些碎银，递给大伯，又将这珠簪小心地揣在怀里，离了去。阿九站在原地，微微握紧了拳头，转身走向街中，暗暗想道，一定要赚些钱财才好。

街上还是人来人往，阿九不知不觉走到一户庄园的大门口，这户庄园很有气势，像是全镇最阔的一户，门前两座石狮子傲然昂首，咄咄逼人，再往里面，两边分站着两男两女守卫，各自持有雕龙刻凤的玄光宝剑，男子一袭绣蛇青衫白褂，女子一身绣花粉衣盈纱，话语不多，规规矩矩地安于门前站着，单看护卫的衣着，就知道这户人家非比寻常。

空中霎时布起阴云，随之而来的是一声惊恐的惨叫。像猛兽张开号啕大口，打破了秋日的宁静。

街角横躺着一具鲜血淋漓的男尸，阿九大惊，速速跑去，穿过围观的人群，蹲在地面上轻拭一下潺潺而流的血液，温热，刚刚遇害。

身旁一人结结巴巴，如呓语般痴痴地念着："他……是被一阵风杀死的……"

阿九听罢抬头仰望上空，阴云久久不散，看来是有恶鬼占了逍遥镇，他起身向周围的群众问道："谁认识这位死者？"

一位婆婆从人群中蹒跚而来："他是王哑巴，白主人看他可怜，把他请到府里住了两天，这才刚出来。"

阿九暗想，白主人？莫不是那大户庄园的主人？难道这白府有什么蹊跷？

正想着，又是一阵恶风袭来，阿九腾于空闭目默念："大堂子，风神子，天信子，破！"一道亮光朝着恶风狠狠地打出，将恶风击得四散而去。

民众们霎时忘记了逃跑的念头，站于原地看着阿九与恶风对打，赞叹不已。

"街上很危险，大家先回家吧！"阿九喊道，眉眼中依旧是严肃无比。

"您是何方的神仙？"婆婆满眼感激地问道。

村民们纷纷附和着，对眼前这位九公子好奇不已。

阿九想了想，在山下还是不暴露自己的身份为好，免得引起太多不必要的误会，于是他笑着对村民们说："我是修炼法术的，人称九公子，大家就叫我阿九好了！"

"阿九！真是谢谢你了！"婆婆握着他的手道。

阿九一笑，转念想到自己正苦于没差事做，这事过后以驱鬼为业赚些银两也好，便大声道："会在这镇子逗留些时日，若谁家有鬼怪作祟，不妨通告在下，定尽力为之。只是如今身无盘缠，还望大家看在我冒死捉鬼的面上，给些辛劳钱，见谅……"

村民们听罢纷纷笑："这是一定的！"

"嗯，大家还是回去吧，这里不安全。"

不久，街上的村民便都散开了。

阿九松了口气，望着刚刚阴气浓厚的天空，暗暗思考着阴风的来处到底在哪里。

待天色渐渐暗了下来，本已安静的街道传出一声清朗的问候。

"九公子么？"

阿九转过头，盯着眼前这个人，深蓝色的头发微微朝一侧垂下，银灰色的上衣绣着丝丝点缀的黄叶图案，领口向上轻轻翘着，很清爽的一张脸，微扬着嘴角看向自己。

"九公子么？"他语气中带着些许的嘲弄，又问一遍。

阿九以一种居高临下的眼光看向他，双手抱胸说道："有事？"

他扭过脸不再看他，有些不屑地回应道："如果我是你，就不会把它打散，而是用隐身法追在它后面看看它的主人到底是谁。"

阿九一愣，细细思索他的话，想当时若真是这么做，也许就能找到阴气的来源地了，也不用费尽心思去查什么大庄园……

"你是谁？"阿九对这人的看法有些改观，询问道。

那人朝他随意地看了一眼："你是法术界的吧？"

"我只是四处游荡，捉捉为害人间的恶鬼而已。"阿九巧妙地避过了这个问题，"你还没告诉我你是谁。"

那人还是一脸的嘲弄："你还是先弄明白那只杀人鬼是谁吧。"

阿九听后恨不得拿符咒封上他那张破嘴，不动声色地瞪着他："等我把它带到你面前，让它亲口告诉你它是谁。"

他忽然笑了，像是对阿九有点兴趣了似的："好，你只要弄清它是谁，我自然告诉你我是谁。"

阿九转身向后走去，一口慵懒的语气："随意，反正我对你不感兴趣。"

只走几步，便有两男两女拦住了他的去路，两个男子走上前："对不起，请问您是今天镇上村民们传说的那位驱鬼师九公子吗？"

阿九认出这几人就是那户大庄园门前的几个护卫，正巧他想去那个白府走一趟，现今有人来请自然是好事。

"没错，我是九公子。"他很有礼貌地答道。

这时，刚才的男子走过来，对那几个护卫道："你们找他干什么？"

几人见了他，都毕恭毕敬地低下头，齐声道："小主人好！"领头的那个回答他道："回小主人话，我们奉白主人之命，请九公子入府小住。"

阿九听罢，看向那人，不由得猜想：他是白府的小主人，应该是那个白主人的儿子吧！

那男子轻轻笑下："看来又有好玩的了。"说完他率先走了，两个女护卫随即跟在他身后离去。

"传白主人的话，请九公子赏脸来府小聚数日，与主人商讨驱鬼之策。"

阿九朝他笑笑："白主人也喜欢捉鬼？那真要交个朋友了。"

护卫一摊手："九公子请。"

第二章　白府庄园

阿九随着那人向白府走去，待到了白府正门，看见大门已经敞开，护卫从里到外依次站着，深低着头，每人的装饰都相同，男女对站成两行，极有规矩。随着阿九的走动，两旁的护卫纷纷深鞠一躬表示对来客的礼貌。阿九刚一进门，就发现这府比他想象中还要大很多，先是一条长长的青石路，路旁栽满了樱花树，放眼望去更像是一片樱花的海洋，有的树上还缠绕着一条淡蓝色的丝巾，阿九猜想该是这府中哪位贪玩的小姐挂的吧。通往正堂的路很长，走了好久他才看到一座宏大的琉璃瓦房，房子在一条走廊当中耸立，显得很突出，雕花檀木门窗发出怡人的香气，门前两位侍女的衣着与青石路边迎客的女护卫不同，她们手持团扇，一袭白纱裙在身上尽显芳姿。看这白府的气派，恐怕就是神仙的住所也不及其一二，阿九猜想这应该就是白府的正堂了。

刚刚走近，两个侍女便将正厅的门打开，微笑着看向阿九柔声道："里面请。"

他点点头，向里迈步，才见当中一面硕大的屏风将正堂分隔成了两半，屏风两侧是粉色垂纱珠帘，晶莹的珠子连成一串，在轻纱的映衬下微微染上了粉红色，闪着点点的亮光，阿九不觉走过去伸手摸了摸。听得里面有人道："来客是九公子吧？"

阿九撩起珠帘，探头向里望去，见里面两个护卫、两个侍女都围着一男子站着。那男子身穿宽大的白袍，深蓝色头发，眉宇间透着一股霸气，用一双冷淡的眼睛看着阿九。阿九一扬头便对上了他的眼光，感觉到寒气逼人，心中暗想他和自己年纪相仿，怎么给人的感觉却如此冷漠？他微微调整了下自己的呼吸，道："是白主人吧？"

那人一挥手，房内的护卫侍女全都退下了，他淡淡说道："我叫白叶飞，你是客,不用叫我主人。"

阿九坐了下来,看着他关心地问:"你有心事吧?"

白叶飞不作答,反问道:"九公子对捉鬼有经验,对镇上王哑巴的死有什么看法?"

阿九一听,看来他确实是为了镇里的阴气找他,便直说道:"他是在你们与他接触后被杀的,你们帮了他什么?"

他依旧冷淡地看着阿九:"你怀疑我。"

阿九摇摇头:"我只是问问,关于王哑巴的事情,你应该比我了解。"

"他妻子死了,本来有个儿子,后来也死了,现在只剩他一个人,连吃饭都难,那晚他家里着火把房子烧了,我接他来我这里住了两天后,给了他一些银两,足够他度过残生了,没想到他昨天刚走出白府,今天就被厉鬼害死了。"

白叶飞说完把头抬起来,面无表情:"你怀疑我是应该的,但我没理由杀他。"

阿九看着他不说话。

"我要杀人很容易,只是我不想去做。"他端起杯子轻轻地抿了一口茶水。

"我知道你不会害他,"阿九见他疑惑地看着自己,笑着解释道,"你说话的语气让我觉得你是个好人。"

白叶飞不屑地转过脸:"九公子的法术是和谁学的?"

阿九略微想了一下:"师父的名号不便透露。"

他点点头:"那就不勉强了。"用手指了指阿九身边的桌子,上面有一罗盘,标有八面方向,指针正指向西南方,还有一张纸,上面写满了各种奇怪的红色字符,密密麻麻地。阿九细看半天,也没看出什么头绪,只得询问道:"这是什么?"

"幻魔盘,根据周围的阴气判断鬼场的位置。你应该能看出来,鬼的位置就在这个小镇的西南方。"

阿九点点头,又问道:"那这些红色的符号又是什么意思?"

白叶飞有些疑惑地看着他:"九公子不是会驱鬼么,怎么连怨文都看不懂?"

"啊?"阿九很尴尬地看着他,心中偷偷想着该怎么解释,却见白叶飞并不往下问了,而是给他讲解道:"这驱魔文不能只看表面的字符,这是运用幻魔盘上的阴气结合驱魔者的法力在鬼纸上形成的一种文字,它需要浸在血水里才能看清。千万不能小看这些文字,它是死者临死前的怨念。"

"噢。"阿九不住地点头，心想眼前这人着实厉害，自己修炼那么漫长的岁月，竟不如眼前这人分毫，他向白叶飞问道："那你看出这些字的意思了吗？"

白叶飞摇摇头："王哑巴刚死不久，我搜集阴气又凝聚法力，只刚把这些字符显露出来，还没有浸血水。"

阿九笑笑："好，那我们现在来看看吧！"

白叶飞闭眼，嘴微微动着，像是在念什么咒语，一瞬间，这房中幻化出一个铜盆，然后便有血水一点一点地从盆底渗出，不一会儿，就将铜盆盛满了。

阿九走到铜盆边蹲下，把那张写有红色字符的鬼纸扔到血水中，白叶飞也走过来看。

浓重的血腥味在这一刹那充斥整个房间，鬼纸在血水中漂漂荡荡，丝丝缕缕的黑气从铜盆中升起，白叶飞很严肃地说："小心，它很厉害。"

阿九回应一声，感觉这房里的气氛越来越不对，一下子光线暗了许多，这时候白叶飞大喊一声："让开！"用力将阿九推到一边，阿九被一股力量冲击，瘫坐在地，愣愣地看着白叶飞念咒："火——光——神——印，封！"接着一张符纸被定在铜盆上，房间恢复了正常。

阿九赶忙回到白叶飞身边，见他一脸惨白，汗珠不住地渗出，于是从怀中掏出棉巾，为他轻轻擦拭，关心地问："你怎么样？"

白叶飞抬头看看他，眼神中忽然不见了以往的冷漠："怎么你会随身带着女孩子的东西？"

阿九收回棉巾，淡淡地说道："这是我一个朋友送我的。"

白叶飞若有所悟地点点头，说道："这个鬼很厉害，我可能不是它的对手，要让我弟弟来治它了。"

阿九没听清楚他的话，只顾着看血水中的那张白纸："好像是首诗。"

"什么？"白叶飞奇怪地说，"这血水和我的法力根本镇不了它，怎么会留下怨文呢？"

他们围在铜盆边上定定地看着鬼纸上的那些字，血红血红的，虽然模糊，不过还是可以辨认出来。

愁靥醉风泪，

樱落一面红。

追思若何在？

凄凄伊人情。

两个人互相对望一眼，各自疑惑："它什么意思？"

"不知道。"白叶飞恢复了冰冷的语气，"今天就到这里吧，不早了，我会叫人准备晚饭送去你房里的，白双和白烟两个是你的丫头。"

阿九瞪大眼睛看着他："还给我丫头？"白叶飞头也不抬："九公子请便。"

"不用了不用了！我一个人习惯了，不用你的人来伺候我。"

白叶飞不说话，抬手把珠帘掀开，做一个"请"的姿势，阿九便这样走了出去。

门前两个侍女已经等在堂口，见他出来了，迎上去道："小双，烟烟，伺候九公子回房。"

"啊？"阿九心里实在别扭，摆手说，"你们带我回到房间就好，其他的事情就不用你们了。"

两女同说一声："是。"便在前面带路。

阿九跟在后面，欣赏着走廊上的雕花，实在精致，廊中不时有檀木坐椅供人休息。走着走着，透过廊边雕花见到这府中有一大面青湖，湖中心建有一座小亭，亭上有一男一女坐在石椅上，不知在说些什么。这时一人转过头来，阿九一惊，他竟是今天在街上见到的那个深蓝色头发的男子，他看见了自己，朝自己微微一笑，就算是问候了。阿九也朝他礼貌性地回以一笑，心中暗暗琢磨着他到底是什么身份。

那两个丫头对视一笑，叫烟烟的女子对阿九说："那亭上男子是主人的结义兄弟，也就是我们的小主人。一起的是他的妹妹，雪姑娘。"

阿九点点头，问道："那他们叫什么名字呢？"

烟烟答道："小主人叫'冰偌'，姑娘叫'雪涵'。"

"冰偌，雪涵。"阿九笑一下，心里记下了这两个名字。

走廊很长，过了那面湖水就向后转去，两旁的屋宇有的宏大壮观，有的秀丽精致，里面不时传来一些小姐公子们读书作诗的朗朗声音。走廊尽头一间小木屋引起了阿九的注意，这间木屋和其他房间都不大一样，这白府里每一间房子虽然都极尽奢华，却远比不上这间小屋子的意境情调。它的木料是阿九只听说而从来没见过的柳缠香木,这种香木是传说中巫女用来净化人心、超度亡灵时特用的熏香材料,具有一定的灵气。世间柳缠香木极少,几乎无处可寻,可在此处,竟然有人用这种香木盖了一间木屋,阿九不得不对这座白府好奇起来。

"九公子,您的房间到了。"小双指着木屋对面的房间说。

阿九点点头:"有劳两位了,剩下的我自己来就好,不敢麻烦了。"

小双和烟烟都扑哧一声笑了:"九公子既然这么说,我们也不勉强了,等黄昏钟声响过,饭菜我们会为您送到房间,您请自便。"说完两人便欠身告退了。

阿九在房间里坐也坐不住,想去外面转转又不了解这白府,思来想去,终于决定去一个地方。

这些樱花树上为什么会缠绕着一条淡蓝色丝巾?这个时令樱花本不该开放的,这里却是一片粉红,灿烂无比。阿九站在来时的青石路上,观望两旁的樱花,心中一阵疑惑,于是他缓缓踏进了这片樱花林中。

阵阵清风拂在脸上,夹杂着樱花的甜美芳香,一瞬间让阿九心情舒畅无比,蓝丝巾随风飘扬着,阿九越走越深,渐渐地感觉有些异样了。

四周全是樱花树,往哪里走才是回路?

阿九心中暗叫糟糕,忽感觉原本芳香的樱花在这一刻竟然飘荡出丝丝血腥味,天空也阴暗起来,阿九意识到这里不对劲的时候已经晚了,一道利风闪过,阿九没躲过这突如其来的一击,心口中招,紧接着,又有无数道利风闪过,想作法,却发现自己的法力像是被封印住一样,根本施展不了……

到底是为什么?连他阿九都无能为力?

血腥味愈加浓烈,阿九渐渐感觉自己被周围的空气死死困住,呼吸越来越困难,意识渐渐模糊了。

然后,化成一只白色的小猫,倒在地上痛苦地呻吟着。

九公子,真正的身份只是一个女孩子而已。

阿九在这一刻看见了叶容姑姑,还有小秋,还有好多好多天猫神山上的姐妹,她们像是在鼓励她站起来,可是她已经什么都听不见了,她疲累了,终支持不住,闭上了眼睛。

正在阿九绝望的时候,隐隐听到一阵脚步声由远而近,似乎在她身边停下了。

然后,那个人伸出了他有力的手掌,轻柔地将她缓缓托起,抱在怀里,阿九在这一刻知道,自己得救了。

贴在那个人的胸口,阿九感觉一阵温暖,用力想睁开眼睛看清楚他是谁,却因为刚才那一击,使自己没办法如愿。

"小白猫,这里可不是你能随便进来的地方,下次可不准再闯进来了。"

阿九听着他的声音,感觉似曾相识,可一时之间意识模糊,怎么也想不起来了。

隐约中,闻到从他身上传来的一种很淡很淡的香气,像是长期侍弄一种奇异的花草熏染而成的味道。头一沉,在他怀里睡了过去。

第三章　柳缠木屋

不知过了多久,阿九感觉自己身下软绵绵的,很舒服,身上的疼痛也都很快地消失了,懒洋洋地睁开眼睛,发现自己还是一只小猫的样子,正躺在一个用棉布铺成的小窝里,他跳出来审视这个自己睡觉的地方,哭笑不得,这应该就是那个人给自己弄的"猫窝"吧。

可,那个人是谁呢?

阿九摇身变回自己最初乔装成男人的样子,看到这是白叶飞的房间,想起刚才在樱花树林中那人抱自己的一幕,微微有些脸红,暗暗庆幸没人知道自己的身份。白叶飞此刻不在,是个溜走的机会,于是在心里对他默念一声谢谢,走出了这个房间。

正是黄昏钟声响起,阿九惊异原来自己并没有睡太长时间,还没有错过晚饭,赶忙回过头往自己房间跑。

刚一迈步,迎面撞到一个人,阿九的头还在走廊的坐椅上回弹了一下,坐倒在地,懊恼地揉着脑袋,半睁着眼看和自己相撞的人,蓝头发,银上衣,竟是小主人冰偌。

冰偌被他一撞，正好坐到了廊边的椅子上，满眼冷漠，奇怪地看着阿九。

阿九指着他，气愤地喊："你干什么？没长眼睛啊！"

冰偌站起身依旧冷冷地看着他："是你自己莽撞扑到我身上的，不关我的事。"

阿九气不过："你这个大冰人，撞了人不会说对不起啊？"

冰偌有点厌烦地说："一个大男人，像个女孩子似的小气。"

阿九听这话一脸尴尬，想起自己是男人的身份，也懒得和他争辩了，晃晃悠悠地就要站起来，结果一只脚没站稳，又一个跟头坐下了。

阿九感觉自己在这个冰偌面前还真是丢人，右手攥起拳头气恼地捶了下走廊，冰偌看着他那逗人的样子，不禁笑了，然后向他伸出手。

这一举动更让阿九气不过，他不服气地把冰偌的手打开："不用你帮我！"

冰偌见他这种态度，也懒得理他，不屑地看他一眼，便要走开。

刚走过他身边，又不觉地回头看阿九，见他很吃力地扶着栏杆想要站起来，脚好像是扭伤了的样子，勉强坐到了廊边，揉着自己的左脚。

冰偌无奈地叹口气，心里对自己说："算我倒霉。"走到阿九身前，阿九奇怪地看着他："你干什么？"

冰偌什么也没说，一把将阿九揽在背上，背起他就走。

阿九一慌，捶打着冰偌："说了不用你帮我，你放我下来！"

冰偌语气冰冷地说："你再乱动我把你摔到青湖里。"

阿九看着走廊一侧的那大面湖水，心里一怕，便乖乖地不动了。

伏在他背上，又是一阵若有若无的淡淡香气，和在樱花树林中那个人的味道一模一样，他又怀疑起来，难道救自己的不是白叶飞，是冰偌？

冰偌把阿九送回房间，放到床上，一言不发，脱掉阿九的鞋子，阿九一阵惊慌："你又要干什么？"

"你脚扭了。"虽然脸上没什么表情，不过阿九听他这话也算是在关心自己，便说："我自己来就好了。"

冰偌像是没听到他说话似的，一把扯开他的袜子，饶有兴趣地看着他的脚。

阿九看他那样子，不禁问："你看什么呢？"

"看你的脚。"

"废话,我是问你盯着我的脚看什么?"

冰偌扬起脸,看着阿九:"你的脚很奇怪。"

阿九一听,疑惑地问:"有什么奇怪的?"

冰偌坏笑着甩了下自己深蓝色的头发:"又白又小,像女人的脚。"

阿九踹开他:"什么眼睛,这是正宗的男人脚!别胡说八道!"

冰偌无辜地叹口气:"我开个玩笑而已,你那么认真干什么?"说完又是一阵大笑。

阿九瞪他一眼,揉着自己的脚。

冰偌见状抬起他的脚猛地一用力,阿九发出一声惨烈的大叫,然后再活动自己的脚,笑着看向冰偌:"不疼了!"

冰偌点点头:"那我走了。"

"等下。"阿九叫住他。

他转过头:"怎么?"

阿九对他露出一张甜美的笑脸:"谢了。"

冰偌又是一脸坏笑:"婆婆妈妈的,更像个女人了!"

阿九顺手拿起床边的枕头朝他丢去:"快走吧你!"

吃过晚饭,阿九躺在床榻上,回忆这一天发生的事。离开神山,寻找蛊灵玉,王哑巴的死,白叶飞的身份,那首奇怪的血诗,柳缠香木所建造的木屋,樱花林的诡异,这一切在他心中织结成一张大网,有意无意地在向什么靠拢,却始终摸不着头脑。按照白叶飞的讲述,王哑巴不应该会招惹鬼神之众引来杀身之祸,可为什么要杀他呢?难道是为了将目标指向一个人?那这个人,应该就是白叶飞了。

阿九在心里否定了自己的想法,白主人应该是个正义之辈。

愁屠醉凤泪,

樱落一面红。

追思若何在?

凄凄伊人情。

这四句诗词表面上来看,像是一对相隔两地的恋人迎风落泪,诉说相思之苦,与厉鬼杀人根本没什么关系,怎么会成为怨文呢?

阿九想着,觉得躺下也是无聊,睡意全无。窗外月光泻下来,一阵凄寒之意,于是披上外衣倚着窗坐下,月光之中,对面的木屋更显格调。

忽然,木屋里有人掌灯,阿九一惊,白天没见这里住着人,现在是谁在掌灯?

好奇心大起,阿九推开门,向对面走去。

轻敲了几下房门,一位身着白衣蓝纱的小姐敞开门,有点疑惑地看着阿九:"有事吗?"

"我是阿九,住你对面,夜里躺着无聊,见你掌灯了便过来坐坐,可以进去吗?"

她听后微笑道:"这样啊,我也正是睡不着呢,进来坐吧。"闪开身,将阿九请了进去。

进后,阿九看这房中的摆设,真是大开眼界,坐椅,客桌,床铺,只要能用眼睛看到的,全部都是用柳缠香木雕造而成,整个房间充斥着一股淡雅的木香,他深吸一口气,坐下道:"小姐是?"

她随意地笑笑,面靥微红:"我是白缨蓝,白叶飞的妹妹。"

阿九点头道:"是缨蓝小姐啊。"

"不可以对别人说你认识我,尤其是对我哥哥和冰偌。"白缨蓝说完显得很落寞。

阿九看着她:"这个答应你没问题,可是为什么呢?"

白缨蓝微微叹口气:"我是灵女,你知道的,灵女作法的时候都是要用纱巾遮面的,这是灵界的规定,灵女的身份是绝对保密的,所以,我没什么朋友,一直都是一个人。"

阿九会意地点点头:"连你哥哥也不能透露吗?"

"哥哥知道我是灵女,只是最好不要让他知道我对别人暴露了身份。"

阿九一脸疑惑:"那你为什么要告诉我你的身份呢?"

白缨蓝转过脸看着阿九无奈地笑:"因为我也想有个朋友。"

阿九拍了拍她的肩膀:"从今天起,我阿九就是你的朋友。"说着微笑下,"只要不嫌弃我一个男子深夜来访。"

她点点头:"一言为定。"

阿九忽然想起来一个疑问:"对了,你的房间是用柳缠香木建的,你怎么会有这么多柳缠香木？"

白缨蓝用手轻抚了一下香木雕成的杯子,说:"这个啊,是冰倨哥哥给我做的。"

"那个大冰人这么厉害？"阿九惊异地说。

"只要是你能想到的,他没一样做不到。"白缨蓝说着,眼中是无限温柔。

阿九不置可否,只是友好地看着她。

第四章　可儿离世

早上醒来,天已大亮。

"九公子。"一阵有节奏的敲门声响起。

阿九回应一声,匆忙整理好装容,为来客开门,见是小双,问道:"怎么了？"

小双欠身道:"九公子,主人请您过去。"

阿九揉揉惺忪的睡眼:"知道了。"

梳洗一番,来到白叶飞的房间。白叶飞脸色很阴沉,阿九一看到他那心事重重的样子,总是忍不住想去关心他。

"你没事吧？"阿九努着嘴,看着他。

"又死人了。"他冷冷地说出这一句话。

阿九的心情随着这句话的出现从高潮跌进深谷,他垂下眼,在白叶飞身旁坐下,淡淡地问:"这次是谁？"

"白可儿。"他平静地说着,语气虽然沉重,却听不出一丝情绪。

阿九依旧看着他冷漠的脸,心想,虽然他看起来没什么,其实他在难过吧……

"白可儿是什么人？"

白叶飞站起身,眼神中是阿九从未见过的怜爱,而后嘴角挤出一丝苦涩的笑。

阿九想说些什么,可是就这样陪他静默着,不再开口了。

这时，门被撞开了，冰偌站在门前："哥，我要见可儿一面。"

白叶飞转头看他，点点头，又对阿九说："一起来吧。"

可儿遇害的地点是樱花林。白叶飞几人站在青石路上，两侧的樱花阵阵飘香，阿九问道："这樱花是谁栽种的，怎么这个时令开？"

"我种的。"冰偌伸出一只手接住一朵被风吹落的樱花，"这片樱花林是我用法力培育的，什么时令都可以开花。"

"你很喜欢种花草么？"阿九试探性地问。

"一个小脚男人，不需要知道这么多，帮我哥捉到鬼就行了。"冰偌瞟了阿九一眼，随意地说。

"你个死冰人，不说就不说，废什么话！"阿九又脸红又生气，不顾白叶飞的面子就骂起来。

白叶飞不管他们，一个人向樱花林中走去，阿九不禁喊道："小心！里面很危险。"

冰偌又是一脸不屑："我的樱花林有什么危险的，大惊小怪。"

阿九瞪他一眼，想起自己昨天在这里的经历，那种恐惧感历历在目，甚至有一种害怕的心理，眼看着冰偌和白叶飞都进去了，便深吸一口气，硬着头皮跟在后面。

"这片樱花林，一直以来都只有我来看望。"冰偌边走边说。

白叶飞回应他："那是因为这里太伤心了。"

"不对，这里的一切都只是为了怀念。"

"也是因为怀念，才没有涉足这里，都只是站在青石路观望而已。"

他们两个人你一言我一语，说的话阿九根本摸不着头脑，天性好奇的他忍不住问道："你们说的都是什么呀？"

白叶飞不再说话，木然地向樱花林深处走去，冰偌停下脚步："小脚兄弟，知道我为什么将这里的樱花树上都系一条蓝丝巾么？"

阿九想了想，最后还是摇摇头表示想不到。

冰偌缓缓地说："这是可儿告诉我的一个方法，她对我说，如果想念一个人，在那个人喜欢的植物上缠绕一条蓝丝巾就能将自己的祝福与那个人紧紧相连。"

阿九暗自觉得好笑："大冰人，枉你法力这么高，这种事情你也信啊？"

"很久以前，我很想念一个人，就按照这个方法，倾尽法力创造了这些常年开不败的樱花树,并在每棵树上缠绕起蓝色丝巾,希望能把祝福带给她。"冰偌的眼光像是回到了多年以前,深邃而久远,"也不知她收到没有……"

阿九无奈地看着他,攥起拳头捶了捶他的右肩:"本公子没时间听你闲扯,我现在就是要抓到鬼,拿到我想要的东西,最后走人。"

"你要什么东西?"冰偌问。

"我要蛊灵玉。"阿九歪了下头,淡淡地说。

置身于飘零的樱花丛中,相对无言。曾几何时,当这里还没有被樱花林覆盖,是一个葱郁的府内花园时,三个小身影相互追逐着,梦境一般无忧无虑地笑着,纯真的脸上显现出一对浅浅的酒窝,女孩迎着风仰起脸,天真又倔犟地说:"冰偌哥哥,我以后一定要嫁给你,你也要娶我哦!"

男孩子笑她:"女孩子要矜持,你这么主动,不怕被人笑啊?"

女孩嘟起嘴:"我说要嫁给冰偌哥哥,又不是嫁你。"说完期待地望着另一个男孩。

那个男孩子淡漠地点点头,脸微微发红。

然后女孩子开心地笑起来。

三个幼小的身影在晨阳下牵起手,走向远方。

而此刻,以为时间消逝了印记,却再一次忆起那个画面,忆起那个笑容时,心头的杂情忆绪,只能化作四个字:

隐若梦寐。

白叶飞此刻站立在一棵樱花树前,面无表情地说:"可儿被害的地点就是这里。"

这个冷漠的声音打断了冰偌的回忆,眼前的白大哥已经不是那个开着玩笑说女孩子不懂矜持的白大哥了,正如自己也不再是那个红着脸点头的冰偌。

"死状?"阿九问。

"和王哑巴一样,可以肯定是厉鬼害人。"

"本来我懒得管这件事,现在他竟然害可儿,我绝不会放过他。"冰偌微微地笑着,散发出一种冷冽逼人的杀气,"他先杀了得到白府救济的王哑巴,目的是想把矛头指向我们,这是一种挑衅,现在又害可儿,说明他已经向我们宣战。他的目标,是白叶飞和冰偌。"

白叶飞微张着嘴,这么多年,除了见到在伊香圃中那个摆弄花草的冰偌,就是在青湖亭中发呆的冰偌。曾经不费吹灰之力习得别人一世也参不透之法力的冰偌在白叶飞的眼中渐渐隐去了。不管是雪涵的劝告还是可儿的鼓励,得来的都只是他玩世不恭的微笑,从前那个疾恶如仇的冰偌似乎渐渐被遗忘了。可是他——白叶飞,从未忘记,他始终坚信,总有一天,那个不把任何困难放在眼里、冷漠却正义的小弟会回来的。

此时,眼前这站在风中自信地微笑着的,就是他。

"让一让。"冰偌的语气随意而慵懒,却让人感到一种命令感。阿九和白叶飞顺从地退后。

冰偌深蓝色的发丝随风飘动,缓缓伸出手掌朝向白可儿尸体曾经存放的位置,一束银光罩在樱花树上,花瓣纷纷下落。紧接着,可儿便出现了。

"呀!她不是死了吗?怎么又活了?"阿九吓一跳,惊讶地说。

"不是,这是冰偌做出来的瞬间记忆,可以看到可儿临死时的场景。"白叶飞对他解释说。

阿九点点头,看着一边的冰偌,眼神依旧随意而慵懒,那么安静,平和,看不出一丝伤心的情绪。可阿九每次看到他和白叶飞,总是觉得他们心中有一股说不出的哀伤。

可儿从远而近,脸上挂着一丝微笑,边走边扬手摸摸樱花树上的蓝丝巾。一脸微笑给人以温暖的感觉,一看便知白可儿是一个善良的姑娘,也难怪阿九会在白叶飞和冰偌不轻易表露情绪的脸上看到那一股浓重的悲伤。可儿走着,忽然停下了,望着樱花,满眼惊恐。阿九顺着她眼神的方向望去,不禁呆住了……每一片花瓣都在滴血!

红红的,像是樱花变了颜色,化成一滴一滴的血水,纷纷扬扬落下来,染红了大地。

阿九猛然一惊,想起了那首血诗。

这不就是……樱落一面红?

可儿坐倒在地,一阵红色阴风掠过,她闭上了眼睛。

画面就此而终,冰偌收回法力,回头看着白叶飞和阿九,冷冷地说:"嗜血咒。"

所谓嗜血咒就是根据施咒者的需要,将凡人的血液一点一点收干,是法术界的禁术。

"我有幸看过这部法书,里面记载了学习嗜血咒的方法要领,因为这是禁术,所以我没有练。"冰偌叹口气说道,"后来我把古籍销毁了,觉得应该不会再有人会了,可是现在这个恶咒竟然被用在可儿身上。"

白叶飞背过身,一个人走。落寞的背影随着樱花的飘落远去,直至不见。

不管他说什么做什么,那种霸王气质都使人无法接近,甚至有人看到他会有跪拜的冲动。而这一刻,阿九发现,白叶飞,只是一个寂寞的人。

"他都不会笑的。"阿九望着他消失的方向,淡淡地说。

"可儿一直喜欢他。"冰偌苦笑,"我知道他也喜欢可儿,却因为一个身份不能和可儿在一起。现在可儿不在了,白大哥就只有自己了。"

阿九呆呆地问:"什么是喜欢?"

冰偌一愣,心中本已经麻木的情感忽地被这几个字牵动。距离很久的以前,曾经也有一个小女孩天真地问他,那一脸憧憬的目光与他的眼神交会,惹得他心脏怦怦乱跳。

"冰偌哥哥,什么是喜欢?"女孩嘟着嘴,水汪汪的眼睛里溢满好奇。

男孩仰头看着天空:"喜欢啊,就是你看到一个人,就会紧张地心跳加快,想时时刻刻看到他,会希望他一直对你笑,看到他难过你就会比他更难过,看到他开心你就会比他更开心,你想永远守护他,不想让他受伤,照顾他……"

"冰人兄弟,你想什么呢?"阿九拍拍冰偌,把他的思绪拉了回来。

冰偌摇摇头:"回去商量下怎么引鬼出山。"

一直以来的冷漠语气。

第五章　伊香圃园

回到白叶飞的房间,见他正倚窗坐着,手中端着茶杯轻轻抿下一口,然后抬眼看着冰偌和阿九。

他放下茶杯:"又查到了什么吗?"

两人均是摇摇头作罢。白叶飞站起身来,一支发簪从腰间掉落。淡淡粉红,樱花珠簪,阿九曾经看中的那一支。

"这簪子被你买去了?我当时也很想买的……因为没有银两。"阿九弯身捡起发簪,轻轻擦拭后递还给白叶飞。

"这个可儿看中了,我派人买给她的。"白叶飞拿回发簪,似是为了刚才的不小心而自责,闭起眼睛轻轻抚摸着,等抬起眼时又感慨地叹口气说,"随着可儿一起去吧。"说完,那手上的发簪便化为灰烬,随着窗外的风飘扬而去。

"愁魇醉风泪,樱落一面红。追思若何在?凄凄伊人情。"冰偌拿起桌上的一张黄纸,"这个就是怨文么?"

白叶飞点点头:"他很厉害,我不是对手。"

冰偌"喔"了一声:"我知道了,五天后收了他。白大哥,小脚兄弟,做好准备,五天后可能有一场大战,也可能不战而胜。"

阿九瞪大眼睛看向他:"大冰人,你说什么呢?五天后你能抓到他?现在连他是什么东西都不知道呢!"

冰偌面无表情:"这首诗,我认识。"顿了顿,他又望向白叶飞,"樱落一面红……嗜血咒……"

说完一个人走了,就像白叶飞在樱花林中独自离开一样,身影那么倔犟。

阿九本想追上去,却听得白叶飞说:"他总是一个人,不喜欢被别人烦。"于是身子就那么僵僵地定住了，硬生生地退了回来。

"可是，他还没有说清楚啊。"阿九一脸不满，"他不说清楚，我怎么准备？而且，我的灵力感知告诉我，那个鬼身上有我想要的东西。"

白叶飞略微犹豫一下，终说道："他应该是在伊香圃。"

阿九快步冲出门追了上去。

走廊中已经没有冰偌的身影，阿九随意地寻找着，心中默念着伊香圃这个名字，直到穿过走廊，也没注意到哪里写有伊香圃。心中不免有些焦躁，正急之时，迎面走来一位小姐，阿九记得，她就是昨日与冰偌在青湖亭中谈笑的雪涵姑娘，便匆忙走上前："雪姑娘，请问伊香圃在哪里？"

雪涵细细打量眼前这人，不算高大，头上的毡帽很奇怪，一双眼睛期待地看向她，因为急躁而微微嘟着嘴角，露出一对小巧的酒窝，身着男子的长衣，却显得有些女气。

"你是九公子？"雪涵不答反问。

阿九点点头，又问："雪姑娘，伊香圃在哪里你知道吗？"

雪涵轻轻掩面一笑，似乎对这位九公子很好奇："伊香圃是我哥的地方，他不许别人去那里。"

阿九更着急了，几乎以哀求的语气说道："可是，我真的想找他问清楚。"阿九说着，忽然想到什么又问："雪姑娘知道可儿被害的事情么？"

雪涵听这话陡然一惊，满脸无知，愣了一下又慌忙问道："可儿被害？被谁害？现在怎么样了？"

阿九遗憾地说："可儿姑娘已经死了，凶手就是一个厉鬼，我找冰偌就是想问他这件事。他似乎已经知道了什么，可是他什么都不说。"

雪涵听到可儿死去的消息，几乎昏倒过去，还好阿九将她扶住，她喘息着："怎么会这样？"说着眼泪就要下来，不过她还是定神咬咬牙，擦干眼泪，"走，我带你去伊香圃。"

阿九松开扶住雪涵的手臂，雪涵走于前，阿九随于后，走出回廊，绕过青湖，才见原来白府后院更是开阔，假山清水，屋宇不见正院的高大，却是小巧秀气，一条石阶小路铺在葱郁的树木之间，眼见如一世外花园般，踏上石阶，感觉脚底轻缓舒适，林上小鸟飞往鸣叫，与前院的庞大庄重有如天壤之别。石阶过林后，又左转绕过一片金鱼池，便见一拱形门洞，顶上雕着三个大字，正是"伊香圃"。

雪涵在门洞前停下脚步，揉搓着双手，喃喃道："这样进去，他会不高兴的。"

阿九脑袋向里面探探，瞥了一眼，说道："我才不管他高不高兴，你要是不敢进去找他，就等我吧。"说完丢下一脸惊愕的雪涵，径直走了进去。

"喂……"雪涵压低声音想唤回他，他却根本不理会，直冲冲地往前闯。

雪涵了解冰偌的脾性，若是就这么进去了，非怪罪自己一番不可，无奈之下，便走到金鱼池边坐下，等着阿九出来。

阿九来到伊香圃中，简直目瞪口呆。所谓伊香圃，就是飘逸芳香的花圃园，这里遍是各种颜色种类的植物，一股浓郁的花草香在园中回荡，青绿色、翠绿色、墨绿色甚至叶黄色、深蓝色、靓紫色的诗叶岚比人还要高大，都是阿九从来没有见过的，更不要说遍地的各种奇异色彩的花草了。园中有三条青石小径，狭窄到只能容下一人通行，穿越在各种花草之间，像是通往梦境的小路一般。

一瞬间，阿九似乎忘记了一切，只陶醉于这弥漫于空气中的阵阵花香中。

不知不觉踏上小径朝深处走，看着园中飞舞的蝴蝶，他的嘴角也不禁微微上翘，扬起一个甜美的弧度。

拐过一角，掩身在花草中，终见到了冰偌。

此时的冰偌面带微笑，正光脚踩在松软的泥壤上，丝毫没有了往日的冷漠，挽着衣袖往栽种花草的土壤上撒下几个白色颗粒，接着走向一边的石台上舀了些水，再回到花间浇下。清风徐过，他的头发微微被吹乱了一些，额上也渗出细密的汗珠。

"真没想到你会对种植花草有兴趣。"

不觉间一个清脆的声音使冰偌一惊，转过头，见阿九微笑着站在自己身后。表情一下子僵冷起来："你进来干什么？"

阿九早料到他会摆出这种漠然的表情示人，也不急着问厉鬼杀人的事情了，而是走近冰偌，好奇地问："你明明笑起来比较好看，干吗总摆出这张冰山式的脸吓别人？"

冰偌先是一愣，后又不理会阿九，自顾自地继续摆弄花草。

阿九无奈地摇摇头，走到石台边，帮忙舀了些水，挨着冰偌蹲下，看他把白色颗粒撒下了,便学着他刚才的样子,一边向下浇水一边注意着将草的周围尽量浇得均匀,冰偌在一边偷偷看着他那小心翼翼的样子,不知怎的,觉得很温暖。

"开花了!"阿九开心地大叫,把脸转向冰偌,"这花真漂亮,我第一次见到这么美的花。"

冰偌心中一颤,看到原本没有丝毫开放迹象的恋惜草正绽放着淡粉色的小花,片片花瓣晶莹剔透,一刹那散发出来的清香更是怡人,随着微风轻轻摆动着。

"你?这,我——"冰偌忽然语无伦次,莫名其妙地说了句,"怎么可能?"

阿九听他这话更是奇怪,自豪地说:"怎么不可能?我第一次做这种活,还怕给你弄砸了,现在看来我简直就是种花的天才嘛!"说完开心地看着他笑。

冰偌只是呆呆地看着阿九,没了话。

"喂,"阿九还是笑着看他,"你很热吗?"说完掏出棉巾轻轻擦拭冰偌额头的汗珠。

冰偌坏笑:"你别告诉我你有随身携带棉巾的习惯,这可是女孩子才会做的事。"

阿九看到他的笑,从心里高兴:"这个棉巾是个叫小秋的女孩子给我的,所以我才会随身带着,你少误会我了!"

冰偌也不再与他争论,淡淡一笑,随口问道:"我猜你来找我是要问我五日后收鬼的事吧?"

阿九收回棉巾,起身又舀了些清水,道:"没错啊,你跟我说清楚我才能专心准备嘛,你一声不吭就走掉,我怎么知道我要准备些什么?"顿了顿,接着说,"而且,我还要拿到那厉鬼身上的蛊灵玉。"

冰偌有些好奇:"蛊灵玉是当年天猫神山的圣猫女用灵力化作的几块玉石,本应猫灵界所拥有,你要它做什么?"

阿九一时语塞,想想后,吞吞吐吐地说:"是天猫神山上的朋友,请我帮忙寻找蛊灵玉的……他们……他们不能下山。"

冰偌轻轻"哦"了一声,说:"这个鬼很有可能是我一个死去的故友,所以到时候尽可能不要把他打到魂飞魄散,你只需要调整好自己的状态就好了,至于蛊灵玉,放心,我会帮你拿到的。"

"可是,"阿九忿忿不平,"不除掉他,怎么为死去的王哑巴和可儿姑娘报仇?"

冰偌又换上了冷冷的目光："我说不许杀他，就不能伤害他！"

阿九被他的转变吓一跳，唯唯诺诺地说："好嘛，答应你就是了。"

冰偌点点头："来吧。"

阿九疑惑地看着他："什么？"

冰偌朝着另一株草努努嘴："养料撒完了，浇水吧。"说完笑看着阿九。

阿九再一次小心地将水洒入土壤。

本以为栽花种草很无聊的阿九，此时却乐此不疲，一次又一次地舀水，浇水，让他几乎忘记午饭时间已经快过了。

最后还是冰偌拍拍他："今天就到这里吧，该进膳啰。"

阿九擦擦汗："没想到种花草也会这么开心，以后你来这里的时候，叫上我，我也可以帮忙啊。"

冰偌不说话，只是微笑。

雪涵一直守在伊香圃附近的金鱼池边，担心着冰偌出来以后会怎么训自己，可是当她看到冰偌和阿九走出伊香圃的拱形门洞时，不由惊讶地张大了嘴。

她发誓，她从未见过冰偌笑得如此开心。

两人谈笑着走到雪涵身边，阿九很抱歉地说："雪姑娘对不起，我没想到你真的会在外面等我，刚刚种花太开心，也没顾得出来告诉你一声。"

雪涵不在意地摇摇头："没什么，不如我们今天一起吃饭吧，再叫上白大哥。"

"算了。"冰偌收起笑容，"可儿刚刚去世，让白大哥一个人静静吧。"

雪涵听罢也是垂下眼，一脸伤悲。

阿九好不容易才把冰偌逗到会笑，现在看到他们又想起了可儿姑娘的死，自己心里也跟着难受起来。

"好啦，死者已矣，你们就不要太伤心了……"阿九不太会安慰人，说出的话自己听着都别扭，"可儿姑娘那么善良，一定会飞升成仙……"

冰偌和雪涵定定地看着他，他尴尬地解释："也不是飞升成仙啦！"说完又觉得不太对，懊恼地搔搔头，不知该怎么说。

谁知他们看到阿九滑稽的动作，禁不住扑哧一声笑了。

阿九也不好意思："我先回房间吃饭了。"说完向冰偌和雪涵挥挥手便转身走了。

走了几步又忽然回过头笑道:"忘记问了,大冰人,刚才那草叫什么名字?"

"恋惜草。"

第六章　慕容公子

说是吃饭,阿九却偷偷跑来大街上摆上一个"九公子驱魔"的大招牌,优哉游哉地看着来往的人们。

嘴里还是叨着一根毛毛草,坐了好久却不见一个人来谈生意,心里暗暗琢磨,"这里才闹了鬼,怎么没人来找我呢?"等着等着心里慢慢焦躁起来,身上一文钱也没有,恐怕连白府的下人都没自己穷酸,说出去怕是会成了白府那几人的笑柄吧……

想到这里,阿九狠狠心一咬牙,站起身来到街道中间大声吆喝着:"驱魔救世的九公子驾临逍遥镇,有鬼捉鬼,没鬼驱灾!"

这招果然好使,不多时就吸引了村民们的目光,很多人围在街上奇怪地看着阿九,纷纷低声议论,指指点点,阿九见此信心大增,声音越来越亮,最后几乎接近唱歌:

"厉鬼害人不可怕!阿九一到吓跑它!驱魔就找九公子!阿九阿九力量大!"

就这样越发兴奋地喊着,丝毫没注意人们看他的眼光越来越像看一个疯子。

"这人有病吧!"耳边听到一个带着些许嘲弄的声音,阿九霎时闭了嘴,目光快速在人群中搜寻着。

一个与阿九年纪相仿的少年,歪着头,正用鄙夷的眼光看着他。

阿九扔掉招牌,气冲冲地移到他身边,一只手掐着他的喉咙,冷冷地盯着他:

"你说谁有病？"

"怎么，想在这么多人面前谋杀我？"少年先是一惊，又轻蔑地微笑道。

阿九恨恨地咬着牙，掐在他喉咙上的手的力道却渐渐减小了。

少年一把甩开阿九的手："像你这样动不动就要杀人的，怎么会驱魔，我看你自己就是魔鬼。"

阿九气愤地握紧拳头，咬牙切齿地说："没事就闪开，别打扰我做生意。"

"看见那边的葬灵堂没有？"少年指指不远处一所小房，"我就是驱鬼师，你抢了我生意。"

阿九顺着他的手看过去，果然看到了"葬灵堂"的招牌，心中纵有不服气也没办法，只得狠狠瞪他一眼，捡起自己的牌子，收拾一番便要离去。

这时，从人群中蹒跚走来一位婆婆，阿九认出她就是当天王哑巴死时曾同自己交谈过的那位老人。

只见婆婆把那少年推到一边，恭敬地向阿九说："阿九啊，我小孙女这几天不知怎么的，像是撞了邪，满口胡言不说，竟然都不认得我们了，整天疯疯癫癫，你帮忙看看去吧。治好了我小孙女，你要多少银两我都给啊……"

阿九忙道："婆婆别着急，我这就去你家看看。"说罢便拿着招牌随老人从人群中闪离。

老人的家很偏僻，远离嚣杂的街市，在一条胡同里，走过时，依稀见几位妇人在树下坐着闲聊。

终于到了婆婆的家，这间房子和胡同里其他住户比起来还算很不错的，当然，比起白府的任何一间小屋，都是远远不如的。

进门以后，阿九见到一位妇人被一个小女孩拿绳子捆起来，正苦苦挣扎着道："小岚，你怎么了？我是你母亲啊！"只是女孩子的力气似乎非常大，那妇人根本没有还手之力。老人立刻想帮忙夺下女孩手中的绳子，却被重重地推了一下，坐倒在地上。阿九赶忙扶起老人，随手向小女孩一指，一道蓝光射在她身上，她丢下绳子，恶狠狠地盯着阿九："你是谁？"

这种声音，绝不是一个七八岁的小孩子能发出的。

阿九冷冷一笑："我是你的克星！"随即双手一出，一条闪光的金绳将她紧紧收住，她痛苦地喊叫着，试图挣脱金绳。

"别搞了,还是留着点力气下地狱投胎吧。"阿九不屑地看着她,"金光镇——"

"等等!"阿九手上的超度符咒刚要射出,听这一声,便停下来问:"有什么交代快点说。"

她狰狞地笑着:"下地狱?你想让这个小孩子陪我一起走吗?要救她就放开我。"

阿九气得直喊:"你要是动她一下我让你连地狱也去不了!"

她挑衅地看着阿九。这时候那位妇人着急地喊道:"不要,不要伤到小岚!九公子大人,您救救小岚啊!"

阿九看着妇人的呼叫和老婆婆哀求的眼神,叹口气松开了金绳。

这一放,那女鬼疯狂地叫着逃离女孩的身体,化成一股黑烟逃去空中。阿九一团蓝光笼罩腾上半空:"想跑?看你跑哪去!"说罢闭眼缓缓念咒,罩上一层深蓝色结界,将女鬼死死困住。

那股女鬼化身的黑烟在结界里横冲直撞,却怎么也逃不出去,最终泄气了,停下来化作人形,死死盯着阿九。

阿九微笑:"不服气也没办法,你是时候该走了。"随意伸手一抛,金光超度符咒贴在女鬼的正身。

黑烟消失。阿九下落于地。

"娘亲。"小女孩甜甜地叫那妇人。

老婆婆与妇人抱起孩子,含着泪对阿九连连弯腰道谢。

阿九笑笑:"举手之劳,不足挂齿。"说完转身走向院门。

"等等!"老婆婆叫住阿九,阿九回头见老人正手捧着一袋沉甸甸的银两。

阿九脸一红,虽然自己需要钱,但见老婆婆和妇人满眼感激的样子却有些不好意思了:"婆婆这钱我不能收。您也不容易,留着贴补家用吧……"

老人一笑:"你也能看出来,我们虽然比不上白府有条件,但生活还是过得去的,这些,只是表示我和儿媳的心意,你一定得收啊。"

妇人也走上来:"要不是您,小岚不知道会怎么样呢,这点银两,您就收下吧!"

阿九见推托也没意思,何况自己身上也确实需要钱财,便点点头:"好,那我收下了,我现在居住在白府,以后若有事情,来找我便是。"

刚刚走出胡同,就听得身后一个声音:"九公子,交个朋友吧!"

阿九听声音有些熟悉,缓缓回过身,见是刚才和自己在街上吵闹还差一点被自己杀掉的那少年,一脸邪邪的微笑。

他不理会少年,径直往前走。少年也紧随着走。

阿九根本不拿正眼看他:

"你不是说我有病吗?"

"病人也能交朋友啊。"

"你不是说我就是魔鬼吗?"

"我喜欢和魔鬼打交道。"

"你不是说我抢了你生意吗?"

"你做我朋友我就不会担心你抢我生意了。"

阿九停下脚步,认真地说:"我不想交什么朋友,现在我要回去吃饭,你最好别跟着我。"

话说完,阿九接着走,走了很久,少年还紧紧跟着他。他猛地一转身:"定身咒!"

少年正保持着往前迈步的姿势,前脚还没落地,就被阿九定住了。阿九看他这样子禁不住大笑道:"让你不要再跟着我,这就是你不听话的下场!"

回到白府,一切照旧。

白叶飞还是将自己关在房里,冰偌和雪涵也同往常一样在青湖亭上安静地坐着,阿九随意观望了四周,踏上走廊,回到自己的房间。

刚刚坐下,烟烟便进房了,欠身道:"九公子,白主人与冰偌小主人请您一同进膳。"

阿九诧异问道:"午膳还是晚膳?"

烟烟一笑:"本是想同您一起进午膳的,可是您不在,白主人下令等您回来,此刻看来,怕是进晚膳了吧。"

阿九一听,心里实在抱歉得慌:"我本不想负白主人的好意,只是原先实在不知,跑出去偷玩片刻,却害得大家一起饿肚子,实在过意不去。"

烟烟摇摇头:"我们已经吃过了,只有白主人和冰偌小主人在等,刚才门前护卫报说您回来了,主人便叫我请您去,小主人和雪姑娘已经到了,您也去吧。"

阿九轻轻点下头,丝毫不敢怠慢,忙赶了过去。

正堂之中已经摆满了各色菜肴,桌边是白叶飞、冰偌、雪涵几人,各自端坐着,碗筷摆在眼前,饭香四溢。

"阿九来晚了!"这声一起,桌边几人纷纷朝阿九转过头,他微微一笑,"跑出去玩了一番,害得大家等我一人,真是罪过。"

雪涵忙招呼阿九坐下:"看来九公子生性受不了拘束,这也没什么的,只是这桌饭少了你,怕是会冷清不少,所以我哥和白大哥坚持要等你回来。"

阿九坐在冰偌与雪涵之间的空位上,淡淡一笑:"今天的晚膳真丰富啊,不知厨娘是谁?"

冰偌挥手,一旁的侍女端起酒壶,为桌上几人一一斟酒,杯中之酒皆是满于壁口,又点滴不溢,可见这女斟酒之功甚是厉害。

白叶飞轻抿一口,道:"今日的厨娘有幸歇息一晚,桌上菜肴均是雪涵之作。"

雪涵听后羞涩一笑:"我对厨下之活有些研究,听白大哥说要一起进晚膳,想着机会实在不容易,便献丑做了几样。"

冰偌歪头对阿九道:"今日这酒可是我的真酿,喝下看看。"

听罢阿九便端起杯抿了一口。

入口处丝丝香淡,一股清凉的感觉,除去一般的酒香,似乎还有一些特别的味道。

是什么呢?

阿九一口下去没品出来,朝几位微微一笑,再次端起杯一抿。

闭上眼睛,口中清醇凉爽,飘溢出淡淡的香甜味道,心中随着这一股清甜渐渐感觉到舒畅醉人,从没喝过这样清冽的酒……

"是竹香么?可是如果酿造之时加入竹叶应该也没有这么香啊……"阿九缓缓睁开眼,一脸疑惑地看着冰偌。

冰偌神秘地一笑:"只说好喝与否。"

阿九点点头:"第一次喝这样的好酒。"

白叶飞道:"他呀,小气之极,有这样的好酒也没拿出来过,别说你,我今天都是第一次喝。"说罢假作责怪似的瞪了冰偌一眼。

"我也是舍不得把我酿酒的秘方传出去嘛。"说完这话,几人纷纷付之一笑。

雪涵又道："别光赞他的酒了，尝尝我的手艺，动筷吧。"

"有这等吃饭的好事，冰偌兄也不记得叫我？"正当几人起筷之时，一玩笑性的略带不满的声音传来。

青衣折扇，笑靥醉人。正是今日当街辱骂阿九的少年。

少年看着阿九坏坏一笑，阿九"腾"地站起身，指着他："你不是被我定身了吗？"

少年随意笑道："我解开你的定身咒了。"

冰偌看着他，也站起身："慕容兄弟快请，今日怎么想起到我府上了？"

少年在阿九和冰偌之间坐下："因为这位九公子啊，听说他住你府上，我又想和他交个朋友，就来打扰你和白主人片刻。"

白叶飞道："哪里话，慕容公子肯来白府，叶飞欢迎之至，何谈打扰？"

他率自动筷："雪涵姑娘的橙香清丝果然名不虚传。"

雪涵轻轻点头："承蒙慕容公子夸奖。"

他又轻抿一口酒，闭目片刻后缓缓下咽，一脸敬佩之色："怕只有冰偌兄能想到用竹筒作坛，薄荷与诗叶岚掺杂下酿，才出这等好酒。"

冰偌一愣，后笑道："雕虫小技，被慕容兄识破了，惭愧。"

阿九听后恍然大悟，没错，那股淡淡的清凉之气确是来自于薄荷，而那香甜之味正如这人所言，出于诗叶岚；口中飘荡的丝丝竹香，只将竹叶掺于酒中味道是出不来的，若是放入竹筒里陈酿，那竹香便纯净无比了。

想罢，阿九盯着这个少年许久，对他好奇之极。

这时，他转过脸看向阿九："能不能与九公子交个朋友？"

阿九微怔一会儿，后笑道："既然你都这么有诚意了，好吧，我叫阿九。"

他也淡淡一笑："我叫慕容昕。"

慕容昕。

他在心里记下了这个名字。

吃饭间，阿九注意到白叶飞旁边还有一个空座，虽无人，却也摆上了碗筷。便低声向雪涵问道："还有人要来么？白主人旁边……"

雪涵眼睛朝那个空位瞄了一下，也低声对阿九说："可儿去了，白大哥不愿以世俗之法为可儿办丧事，便把这事放下了，那个空位，是白大哥特意为可儿准备的,因为我们好多好多年没有聚在一起进膳了,可儿一直希望我们能在一起,这算是白大哥了却可儿的一个心愿吧。"

"怎么会不在一起进膳呢?还好多年?"阿九越发好奇,声音渐渐高了起来。

雪涵刚要解释,其他几人便发现他们在窃窃私语,慕容昕笑道:"在谈什么秘密事,不妨说出来大家一起听听?"

阿九和雪涵赶紧闭了嘴。

冰偌看着两人:"莫不是小脚兄弟对我的雪妹妹……"话没说完,便坏坏地笑。

雪涵脸一红:"哥,你胡说什么呢?"

冰偌收住笑容:"好,好,是我胡说。"

阿九更是尴尬得不得了,也顾不得什么体面,冲着冰偌就喊:"你个死冰人,再胡说我就把你舌头剪掉!"

众人皆是一笑。

此时,阿九却想起了那间格调优雅的木屋,还有房里面一脸哀伤落寞的白缨蓝。

她怕是在孤自寂寥吧。

第七章　缨蓝忆念

晚膳过后,阿九向冰偌要了一小壶他的佳酿,并且得知了酒的名字。

酒名是冰偌自起的,为"竹清酿"。

又是一天过去了,今晚的夜色依旧宜人,月下的木屋依旧雅致。

倚在窗边,月色渐晚,迟迟不见木屋中掌灯。阿九苦苦等着,手中握着问冰偌要来的竹清酿。

昨晚阿九已经从她的眼中看出,白缨蓝对冰偌有一份痴痴的喜欢,只是平时无法见到冰偌,又或许是落花有意流水无情,她才把这喜欢深藏在心里。

女孩子的眼里只有对自己喜欢的人,才会表现出那样一种温柔。

阿九想把冰偌的酒带给她,或许会让她高兴一些。只是,她怎么还不掌灯?

正当阿九着急之时,木屋里的灯亮了。

他笑笑,拿起"竹清酿",敲开了白缨蓝的房门。

白缨蓝看见阿九很开心地把他让进房里。阿九进房后,把握着竹清酿的手背于身后,看着白缨蓝神秘地一笑:"猜猜我给你拿来了什么好东西?"

她淡然地回以一笑:"这种味道,是酒吧?"

阿九把手拿出来,将竹清酿放在桌上:"喜欢吗?送你的。"

缨蓝撇撇嘴:"这酒啊,是男人爱的东西,我一个小女子可不要,你还是拿回去吧!"

阿九听后拿回酒壶,故作遗憾地叹口气:"哎,这可是我们的冰偌公子亲手制的竹清酿,就这样被缨蓝小姐回绝了……"

白缨蓝疑惑地问:"是冰偌哥哥做的?"

阿九点点头,接着装可怜:"是啊,我好不容易才要来这一壶真酿,送你,你还不要……"

白缨蓝一把抢回酒壶,心爱地揣在怀里:"谁说我不要的,我要,我要!"

阿九不禁笑了,白缨蓝也羞红了脸,轻轻笑了。

这一晚,阿九知道了一个故事。

是关于冰偌和缨蓝的故事。

"冰偌哥哥,我以后一定要嫁给你,你也要娶我哦!"小缨蓝天真地望着小冰偌。

小冰偌的答复虽像往常一样冷漠,却也是红着脸,点点头。

于是,便有了一个小男孩的承诺。

缨蓝将竹清酿倒入杯中轻轻抿了一口,望着阿九,开始讲述:

"这白府,主人本不是白叶飞,而是一位法术强大的前辈。他一个人居住在这座府邸,没有人知道他有多大的年纪,因为他的面容永远都是那么年轻,仿佛从来不会老去。我和哥哥本是流浪到逍遥镇,被他收养了。在这里我们遇到了冰偌哥哥和雪涵姐姐,他们都是在这里长大的。开始,我以为他们是那位年轻前辈的儿女,后来,冰偌哥哥告诉我,虽然他们从一出生就在这里生活,但是,前辈并不是他们的生父。

"村子里的人们叫那位前辈'逸侠'。他虽然不是冰偌哥哥和雪涵姐姐的亲生父亲,却像父亲般抚养他们长大成人,所以他们叫他'逸爹爹'。

"对我和哥哥来说,他也是我们的爹爹。

"说起逸爹爹,他真的是很英俊呢。他不会老,永远都是二十岁的样子。一身银色的衣服,还有一双灰色的眼睛,笑起来很迷人,他喜欢雕刻,总是随手雕着一个女子,我想,那女子可能是爹爹深爱的人吧……除了雕那个女子,他还会雕一只小猫,看来他很喜欢猫呢。对了,他手上有一个很漂亮的银戒,从没见他摘下来过。爹爹总是像有什么心事似的站在窗边,摸着那个女子的木雕发呆。

"这就是我们的父亲。

"我们来到白府以后,和冰偌哥哥、雪涵姐姐关系很好。像是真正的兄弟姐妹一样,哥哥与冰偌义结金兰,那时候,我们只有六岁。

"我从小时候就很喜欢冰偌哥哥,他很聪明,我们学不会的法术,他略略看几眼就练得很厉害了,而且他是一个很正义的人,每每遇到不平事,总是会出手相助,虽然他对人很冷淡,性格也有一些内敛,不过了解他的人都知道,他看起来邪气的外表下藏着一颗正义的心。

"我们从小玩到大,我喜欢看他邪邪的笑容,暗暗喜欢上他。

"有次,我当着哥哥的面对他说,以后一定要嫁给他。哥哥笑我不懂矜持,可是我不在乎,因为他点头了。

"当我问他,喜欢一个人,是什么感觉,他会耐心地解释给我听。所以,我知道,其实冰偌哥哥也是喜欢我的。

"就这样,我们快乐地生活着。

"直到有一天,逸爹爹说他要去一个地方,那里有他牵挂的人,他终于决定离开这座府邸,本想把这座庄园交给冰偌哥哥,让他来做主人,可是冰偌哥哥生性不喜欢多事,懒得管理这么大的庄园,便推辞掉了,于是爹爹便交给了我哥哥,而冰偌哥哥就成为了小主人。

"后来,我入了灵界,当了灵女。哥哥对我很不满,认为灵女的法力虽然厉害,但是终日不可见人,我不该这么选择。我也不理他,因为我想,冰偌哥哥那么厉害,我应该与他相配才好,而灵女的法力是最高的,可是,就连冰偌哥哥也不能理解我,这让我很伤心。

"灵女的职责就是驱除恶鬼,超度亡灵,并且不能暴露自己的身份,减少与人的交往,所以我就在这房里度过了一年又一年。尘世相隔,只有超度亡灵除魔时才可以走出去。渐渐地,我师父让我断了念想,身为灵女要六根清净,所以不准我的亲人朋友来看我,就封印了这间房子。自那以后,就再没人来过,我也终于后悔选了灵女这条路……"

阿九静静地听着,心里一阵阵为白缨蓝难过,没想到自己一个不经意来到这间木屋,竟然是这个房间许多年来的第一位客人。

"而你,"白缨蓝说到这里指指阿九,"我不知道你是谁,但我可以肯定,你不是法术界的,你本身不是人,法术人是看不到这间木屋的。"

阿九一愣,细细回味她的话,说的确是属实,便笑道:"我的确不是人,但是我也会法术,冰偌来不了这里,我可以把他的东西带给你。"

白缨蓝点点头:"你不是人,那你是什么?"

阿九淡淡地说:"这是秘密,其实我也只是在白府停留一些时日,很快就会走了。和你朋友归朋友,我却总是要离开的。"

白缨蓝用一种不舍的眼光看向阿九:"既然如此,我也不强求了。"

竹清酿在杯中流曳,凉凉的味道。

自从听白缨蓝讲述了那段故事,阿九便时不时注意起了冰偌,关于白缨蓝,他从来没说过一句话,似乎真的是已经将她忘记了。

这么轻易就忘记了自己的承诺,在阿九看来,是一个薄情寡义的人。

距离捉鬼的日子只有两天了,阿九的想法是,如果顺利的话,两天后捉到厉鬼,拿到蛊灵玉,就离开这个逍遥镇,前往柏霞山。

传说柏霞山是异常凶恶之地,山上有一位老翁,是万恶之首。而天猫神山的叶容姑姑告诉阿九,柏霞山上有一块蛊灵玉,正是因为这块玉被恶鬼利用,才使柏霞山如此可怖。

冷漠霸气,在显现怨文的危难时刻一把将自己推开的白叶飞;温柔可人,为自己亲手做下一桌丰美宴席的雪涵;救过自己一命,将自己霸道地背在背上,为自己揉脚,对缨蓝姑娘薄情寡义的冰偌;还有那个莫名其妙一定要和自己做朋友的慕容昕。

两天之后就要离开他们,阿九想想,还真有点舍不得。

"小脚兄弟,想什么呢?"冰偌和雪涵不知什么时候也来到了青湖亭上。

"没想什么。"阿九淡淡回应一声。

雪涵凑在阿九的耳边轻声说:"我哥说一会儿要去雅梦居,想叫你一起去呢。"说完掩面而笑。

阿九一脸不明白:"雅梦居是什么地方?去干什么?"

雪涵一听更是笑个不止,冰偌满眼无奈地看着他:"这都不知道,雅梦居就是男人风流的地方。"

阿九听罢羞红了脸,忙说:"那种地方我才不去,你自己去吧!"

冰偌坏笑,一把拉起阿九,"走,走,陪我去!"

阿九怎么也挣不过他,就被冰偌拉扯着走出了白府。

"死冰人,你个色鬼,要去你自己去,拉我干什么!"冰偌松开手时已经到了雅梦居门前。

一座两层阁楼,貌美如花的姑娘站在店前招揽着客人,满是脂粉香味,一个个姑娘的声音温柔得让阿九全身起鸡皮疙瘩。

冰偌不理会阿九,径直往店里走,阿九本想逃脱,却被几位美女围了个水泄不通,在扑鼻的脂粉香中被硬生生地拖了进去。

无奈,阿九糊里糊涂进了雅梦居,只得跟在冰偌后面,还要提防着哪位姑娘突然热情地扑上来吓自己一跳,冰偌倒是很自然地迎着姑娘们的投怀送抱,一抹微笑始终挂在嘴边,色迷迷的样子和平时简直判若两人。阿九看着他的样子,暗暗为缨蓝感到不值,更想冲上前把他狠狠揍一顿。

"哟,冰偌公子难得来我们雅梦居,姑娘们,好好伺候着!"一位比其他人打扮得妩媚许多的女子扬着团扇朝姑娘招呼一声,一脸媚笑走向他们。

阿九一看她的样子就觉得全身不自在,缩在冰偌身后。

"盼星星盼月亮可把您盼来了,都说冰偌公子冷峻潇洒,今日一见真是惹美人爱哟！"那女子行为很不乖，说着眼看就要赖在冰偌怀里。

阿九暗暗盯着冰偌的神色，见他也是快受不了这种温柔似的，不禁暗笑。冰偌婉婉地将她拉开，努力保持着那一抹微笑说："老板啊，我可是好不容易来一次，还不给我见见芸儿姑娘？"

老板娘依旧柔柔地抓着冰偌的衣领："芸儿是我们这里的头牌，虽说您有钱也要看人家姑娘愿不愿意啊。"

冰偌随之一笑："那烦老板娘告之芸儿姑娘，冰偌前来请教一首诗词，'樱落一面红'。"

老板娘眨着眼睛笑："那……票票？"

"我没有票票，"冰偌接着赔她笑，"只有金子……"说罢递到她手中一锭金，她猛亲那金子几口，边跑边叫着："芸儿姑娘，冰偌公子看你来了……"上了楼。

阿九看着冰偌的样子，皱皱眉头，想起木屋中落寞的缨蓝，顿时气不过，冲着冰偌骂："你个色鬼，亏人家缨蓝姑娘还在苦苦等你，你却跑来这里逍遥，真没有人性！"

冰偌听这话一愣，收起笑容，转眼看着阿九："你说什么？缨蓝？"

"怎么？你是不是忘记她了？伪君子一个！"阿九听他这话更是生气。

冰偌摇摇头，嘴角微微动了动似是想解释什么，又无从说起，半天只说一句："缨蓝在七年前已经死了。"

第八章　祭祀灵台

老板娘下了楼，笑说："芸儿姑娘请冰偌公子进房。"

冰偌点点头，拉着一脸不知所以的阿九，道："我们一起的。"

老板娘在前面领着两人上了楼，阿九木然地看着来来往往的姑娘，耳边回荡着冰偌刚才的话。

缨蓝在七年前已经死了。

冰偌已经不再像刚才那样对姑娘们卖笑了,恢复了往日的冷淡,拽着阿九的胳膊,随老板娘走。

"芸儿姑娘就在里面。"老板娘指着一扇门道。

冰偌看了看,说:"你可以走了。"

待老板娘走后,冰偌站在门外随声道:"小酒一壶买迷醉。"

阿九正在奇怪之时,忽听门里面传来一个姣好的女声:"古琴一音抚伤悲。"

而后,房门缓缓洞开,一女子面色娇柔,眼中却是淡淡忧伤,身后一架古琴,"冰偌公子今天是来喝酒的吗?"

两人进了房,冰偌随性一笑:"在芸儿姑娘眼里我就只是一个酒徒而已?"

"非也,"芸儿坐下轻抚一声琴弦,房内顿出美妙一音,"冰偌公子来找我定是无事不登三宝殿,只是这酒怕是少不了的。"

冰偌指着阿九道:"这位是九公子。"阿九双手抱拳以示敬意。

芸儿微微一笑:"几日前,传说有位驱魔救世的九公子出现在逍遥镇,惹得民众大为赞叹,百闻不如一见,九公子竟是这般俊秀。"

阿九随之一笑:"哪有那么神,只是个略懂法术的小混混罢了。"

芸儿从内房拿出一坛酒,把目光转向冰偌:"这可是极品陈酿。"

冰偌摆摆手:"还是芸儿了解我,只是今天先商议要事,过后再饮酒作乐。"

阿九偷着推推冰偌,小声道:"快点告诉我缨蓝到底是怎么回事……"

冰偌用眼角瞟瞟他,示意先不要多说。

这时,门外有人喊道:"芸儿妹妹,慕容公子来了。"

"好,请他进来吧。"芸儿应答一声,片刻过后,便见慕容昕推门而进。

还是青衣折扇,优雅地笑着:"冰偌兄,阿九兄弟,这么巧啊?"

"知道慕容兄离不开美女,近日又对芸儿姑娘垂青了?"冰偌开起了慕容昕的玩笑。

慕容昕笑道:"这可错怪我了,我也是和你一样,来与故友叙旧的啊。"说罢坐在冰偌身边。

"好,"芸儿淡然一笑,"逍遥镇昔日三侠,多年不见,今又聚首,定有大事发生了。"

阿九听着奇怪,这雅梦居的芸儿姑娘与冰偌、慕容昕是旧友的关系,并声称是"昔日三侠",莫不是以前几人之间发生过什么,以至于多年未见?

既是女侠,又怎么会沦落到雅梦居这种风尘之地呢?

冰偌淡看一眼阿九迷惑的神情,笑说道:"看来我们有必要讲讲旧事给阿九兄弟听啊。"

"还有,"慕容昕饮下一大口酒,"最近镇上接连死了三个人,除了最先死去的王哑巴,其他两人都死在城郊外冰偌兄所种的樱花林,你白府的可儿姑娘也是在府内的樱花林离世的,加起来已有四人遇害,我想来想去,想到了七年前的一桩旧事。"

冰偌忽然面色沉重,端起酒坛猛饮好几口后,说道:"祭祀灵台。"

"没错,并且牵连到一个人,"慕容昕顿了顿,看看几人,最后目光停留在冰偌脸上,与他四目相对,"白缨蓝。"

冰偌不说话,算是默认了,事实上,这也是他的想法。

芸儿一愣,问道:"缨蓝?"

冰偌再饮一口酒,说道:"是缨蓝吧,阿九说前几天在白府见到了她,一个七年前就死了的人,怎么会出现呢,除非……"

"除非她的魂魄成了妖。"慕容昕说出了冰偌未出口的话。

芸儿叹口气,无奈地摇摇头:"我们有负于她,她心存怨恨也是应该的。"

"告诉我,"阿九终于忍不住问了,"缨蓝姑娘到底是怎么死的!"

"是我杀的。"冰偌酒已喝得不少,却不见醉,语气淡淡的,"是我杀死缨蓝的。"

"为什么?"阿九想起缨蓝说起冰偌时眼中的温柔,再看看眼前对缨蓝冷若冰霜的冰偌,心中怒意大起,"她对你那么痴情,你干吗要杀她?"

慕容昕看出阿九的情绪不对,轻轻握住阿九的手,一股温暖传递到阿九心里,他有些不知所措地看着慕容昕。

"那件事不是冰偌的错,错在缨蓝。"慕容昕回忆着往昔的情景,缓缓解释道,"七年前,逍遥镇上有三个人,以行侠仗义而出名,被村民们尊称为'三侠'。"

逍遥镇算是一个大镇,有上百户人家,白府的人很神秘,府内的公子小姐与镇上其他人不一样,都会法术。其中更以冰偌公子的法术为长,他就是三侠之首。

后来,从外地来了两个人,都是学法之人,去过的仙灵之地数不胜数,并以助人为乐,于是很自然地结识了冰偌公子,并成为生死之交,其中有一位女子,就是如今雅梦居的芸儿姑娘,而另一个人就是慕容昕。白府有一位入了灵界的小姐,白缨蓝。她每年都会为村民们祭祀一次,向天求福,深得村民的敬爱,只是她为人孤傲偏激,轻易不肯露面,成为灵女以后甚是后悔,想摆脱这份职责,老天却不允许。在她入灵界的那一刻,就已经将自己的命运交给神灵,根本不可推脱掉。

她决定,与天抗衡。

七年前的那场祭祀,简直就是一场灾难。

白缨蓝像每年一样,走上祭祀灵台,吹起魔笛,可她这一次请来的不是神灵,而是恶鬼!

一瞬间,天昏地暗,无数恶灵从地府走出,来到人间残害无辜,逍遥镇成为了恐怖的恶鬼镇,人们纷纷落荒而逃,地上全是尸体,犹如人间地狱。

白缨蓝的本意并不想伤害村民,只是想向神灵表达自己的不满,可是请鬼容易送鬼难,当地狱之门大开,恶鬼纷纷来到人间横行,场面已经不是白缨蓝能够控制的了,她已经不再是人们心中的神女,反而成了恶魔的化身……这时候,他们三个出现了。

冰偌、慕容昕,还有芸儿。

白缨蓝站在祭祀灵台上,被地狱的力量控制着,魔笛的声音响彻天空。

"缨蓝,你这是在做什么?"冰偌冷漠地说,眼里已经充满恨意。

"这不是我做的……"白缨蓝一直在解释,重复着这句话,"不是我做的……我也不想……"

魔笛掉落在地,白缨蓝的手开始滴血,慕容昕的折扇打伤了缨蓝。

"你们要杀我……冰偌哥哥,你要杀我!"白缨蓝愤恨地看着他们三个,飞身而起,"我不要做灵女,全是因为你,如今你却要杀我,冰偌!"

冰偌看着她的眼泪,默默地摇头,想说他并不想杀她,可是她一句话又打断了冰偌:"你们都厌恶我是不是,我是魔鬼是不是?好!我杀光所有人!"

缨蓝一时间开始变得疯狂,到处杀人,嘴里不停地笑着,丝毫不见了从前那个温柔可爱小女孩的影子。

是地狱的邪恶力量控制了缨蓝的心。

冰偌追上去,用剑指着白缨蓝:"不要再杀人了。"

"我不要再做灵女了!"白缨蓝仰天大号,开始更疯狂地杀害村民,冰偌终于忍不住,与她交起了手。

其实,冰偌是爱着她的,从小就一直爱着她,只是爱之深责之切。

最后的结果是谁都不愿意看到的。

缨蓝满身血污倒在冰偌怀里,流着眼泪喃喃道:"冰偌哥哥……我不想做灵女,全是因为你,你为什么要杀我?"

冰偌只是怜爱地拥着她,也不做什么解释了。

"我……好怀念……童年时,你带我去的那一片……樱花林……"缨蓝的眼神中依旧是怨恨,却也装满了对冰偌的爱意。

冰偌缓缓抱起她,腾空而上,来到他们小时候一起玩耍过的樱花林,对她微笑:"你看,是这里吗?"

慕容昕与芸儿在旁看着他们,随之一同泪下。

缨蓝呼吸越来越轻,眼光望着四周,飘舞的樱花落在她的身上,她缓缓吟出一首诗:

    愁靥醉风泪,樱落一面红。追思若何在?凄凄伊人情。

"若何在……若何在……偌……偌不爱我……"缨蓝反复地说着这句话,终于不甘心地去了。

她死在了最爱的人剑下,来自地府的恶鬼因为缨蓝的死,纷纷被打回了地狱,逍遥镇恢复了平静。

凝望这死尸遍布的小镇,三人感到一片苍凉,后来各安各家,很少来往了。

冰偌为缨蓝的死久久不能释怀,种下终年开不败的樱花林以祭奠缨蓝,从此深居白府,与花草为伴,不问世事。

芸儿姑娘来到雅梦居隐匿,卖艺不卖身。

而慕容昕,开了一个"葬灵堂",成了生意人。

渐渐地,人们把当年祭祀灵台的事件放下了,而曾经的三个英雄,也不再出现于危难之时,渐渐被人们所遗忘。

当阿九了解这一切后,不禁再次为缨蓝对冰偌近乎疯狂的爱感叹。世间爱本美好,却因爱成恨,将爱变成了万恶之源。阿九暗暗想着,心里下了一个决定,千万不可碰触爱情。

"这次,缨蓝若真的成了妖,我们就难办了。"慕容昕松开刚刚一直紧握着阿九的手,说道,"她有心结,恨得越深,妖力就越大,越难对付。"

"我认识的缨蓝姑娘和你们讲述的不一样。"阿九回忆着缨蓝的一举一动,"她只是一个很寂寞的需要朋友的女孩子,痴痴地喜欢着冰偌,很温柔乖巧。如果她真是妖,为什么不干脆杀了我?"

芸儿叹口气,看着阿九说:"没错,以前的缨蓝就是这个样子,可是祭祀灵台时她就已经性情大变了。至于她不杀你,也许有她的理由吧。"

冰偌自始至终都在喝酒,不说一句话,听到芸儿所言,才把眼抬起来:"不管是以前还是以后,她都是缨蓝,就算她成了妖,我也要尽全力保住她。"

阿九看着冰偌,终于明白当日在伊香圃中他说的话。

"这个鬼很有可能是我一个死去的故友,所以到时候尽可能不要把她打到魂飞魄散,你只需要调整好自己的状态就好了,至于蛊灵玉,放心,我会帮你拿到的……"那天他是这么说的。

原来所谓的故友,就是白缨蓝。

原本欢笑的四人,回忆过祭祀事件后,全变得一脸哀愁。还有两天就要面对成妖后的白缨蓝了,每人心里都很沉重。

第九章　夜半丝竹

走出雅梦居时天色渐晚，几人忆起往昔，皆有一种隔世之感，夕阳无限好，却是晚暮之色，空流连又有何用？

冰偌黯然走于前，阿九漠然随于后，街边嘈杂的声音像是来自另一个世界，与他们无关。蓝色发丝被微风扬起，飘飘荡荡，隔住了阿九观望他的视线。他们之间保持着同一个距离，不发一语。淡淡的花草香飘逸，冰偌似乎并没有发现，自己长年来侍弄花草，连身上也沾染了花草气息，而阿九，轻轻一闻便已知这股味道来自伊香圃。

正如冰偌从来都是微笑，可阿九一看便知他有多么难过。

他和白叶飞一样，他们都为七年前的事无法释怀，只是白叶飞冷漠地对人，而冰偌，却一直在笑。

笑得让别人以为他是多么地开心。

两人一直向前走着，直到冰偌随口的一句话，才打破了沉默。

"街上很吵。"他转头朝两边望望，眼神中透露出些许烦躁。

阿九刚想回应他，眼光却看向前方那个熟悉的身影，默然的眼神，宽大的衣袖，不禁轻轻叫了句："白叶飞。"

听到这个声音，冰偌也顺着阿九的眼光看过去，街中央，那个身影淡漠地看向自己，有说不出的、涩涩的感觉。冰偌笑着走上前，"白大哥，你也出来走走么？"

"我刚才去了雅梦居。"白叶飞低声说，"本想找芸儿姑娘聊聊，却无意中听到了你们的谈话。"

冰偌一愣，后低下头随意地说："那么，你是全都知道了？"

白叶飞微微点头。

阿九也走近两人："我今晚还想和缨蓝姑娘谈谈,你们要一起去么？"阿九看两人均犹豫地看着他,又接着说,"其实,就在我房间的对面,有一个小木屋,她说那是你为她建造的。"说完阿九指指冰偌。

冰偌心中一惊,想起当年为缨蓝造木屋时她开心的笑容,心头一阵抽痛。

"我……见见她吧。"思量许久,终于缓缓而言。

阿九点点头,望向白叶飞："你呢？"

白叶飞看起来很是犹豫,"见与不见又有什么呢？缨蓝命运苦楚,我却不能为她做什么；如今成妖,杀害可儿,更是罪孽深重……"

彩云捕风,暖阳捉影。

阿九定定地望着白叶飞苍白的脸,不知怎么,滋生出一种心痛的感觉,失去了自己深深喜欢的女孩子,后又得知凶手就是自己的亲妹妹,是责是爱,已经分不清楚了吧。他总是那么地不开心,印象里,他几乎没有笑过。

冰偌自顾自地向前走去,阿九第一次觉得,他的背影那么消瘦。

街边依旧嘈杂,有一个乞丐扑到白叶飞身下,白叶飞淡漠地看看他,扔给他十两银子,乞丐连连磕头感谢,他却不在意地继续向前走。

阿九无奈地叹口气,跟了上去。

小城杂耍街头闹,人心沉沉孤自萧。

白府的樱花依旧灿烂。

雪涵缓缓走出正堂,看着归来的几人,微笑道："回来得正好,我叫小双和烟烟准备了些点心,镇上的毛大爷亲手做的,他做点心可是一绝,快尝尝看！"

白叶飞一眼都没看桌上的点心,坐到窗边,端起茶碗,感觉手中一轻,又放下了,道："小双,看茶。"

小双连忙欠身："是。"便匆匆端了茶碗走了出去,没多久,又回来了,恭恭敬敬地递给白叶飞。

雪涵有些尴尬地看着白叶飞。

冰偌本冰冷的脸上牵起一丝微笑,捏起一块丝糕大口地嚼起来,边吃还边说着："知道我肚子饿了是不,特意买回来糕点,还是妹妹心疼我。"

雪涵听这话像是松口气似的笑笑："是啊,好吃就多吃点,买回来很多呢。"说罢又看看阿九："九公子，你也尝尝啊。"

　　阿九点点头，随意拿起一块淡红色的糕点，刚刚入口便是一嘴的惊喜，酥爽而娇嫩的脆皮里夹藏着白中泛红的甜酱，清淡中又透着甘甜，心里不禁一笑，想不到看似一般的糕点竟然会有如此不一般的味道。咀嚼后轻轻下咽，问道："这里面是什么酱，怎么这么好吃？"

　　雪涵笑着摇摇头："毛大爷从来都不透露给别人他的糕点是怎么做的，可是秘方呢！"

　　阿九满心遗憾，这时冰偌插了一句："像是放了诗叶岚的花蜜。"

　　"嗯？"阿九嘟囔一句，"原来是放了花蜜，怪不得这么甜了，怎么又是诗叶岚……酿酒放它，酿蜜也是它……"

　　雪涵和冰偌听后都是一笑，冰偌又说："其实，除了诗叶岚这里面似乎还有一种味道，我说不上来，你想想，那种清新的味道是什么，反正不是薄荷了。"

　　"我不想啦，天都快黑了，我回房间等晚膳了。"阿九很夸张地打个哈欠，抓了两块丝糕，看了看漫不经心的白叶飞，懒懒走出门。

　　临出门前暗示性地看了冰偌一眼，冰偌微微点头示意。

　　趴在窗边的桌上，凝望对面只有自己能看到的小木屋。思绪飘荡，不知不觉已经来到白府四天，这四天里发生了太多事，本以为能和缨蓝姑娘成为朋友，却得知她在七年前就已香消玉殒，离世而去，如今又修成妖杀害无辜……

　　等等，短短七年时间怎么可能修成妖？

　　一定有外力相助，蛊灵玉！

　　阿九想到这里，暗暗一惊，一定是缨蓝得到了蛊灵玉的力量，修成了妖，若真是如此，他如果抢回蛊灵玉，缨蓝一定会魂飞魄散，答应冰偌手下留情的事又该怎么做到？阿九摇摇头，能不能收服缨蓝还不知道……烦躁不堪，索性不再去想。这时敲门声响起，阿九心里念道，定是冰偌来了，便起身去开门。

　　打开门，阿九一愣，然后哈哈大笑。

　　眼前的冰偌披着一个灰色的披风，头顶着个硕大的草帽，还穿着一双破烂草鞋，简直像个不伦不类的疯子，正奇怪地看着阿九。

　　阿九在一边笑个不停，呼哧呼哧地喘着气，指着冰偌，努力想把话说清楚："你……

真帅……哈哈哈。"

冰偌不客气地进门,眼光微怒:"有什么好笑的?"

阿九勉强止住笑,坐下来,仔细地看了看冰偌,终于还是没忍住笑:"你打扮成这个样子干什么?"

"见缨蓝啊。"冰偌淡淡地说,一副理所当然的语气。

阿九不可思议地摇摇头,对冰偌的眼光开始大为怀疑,尤其是挑衣服的眼光。

见自己喜欢的人打扮成这个样子,这个世上怕是只有他想得出来。"喂,你这个样子比你平时都差远了,你还见缨蓝?"阿九忍不住问道。

冰偌坏笑一声:"女孩子就喜欢这样的!"说着又摆摆手,"算了,你不是女孩子,跟你说你也不懂。"

阿九撇撇嘴,小声嘟囔:"什么呀,我看是脑子有问题的女孩子才会喜欢这样的……"

"告诉你,这披风,是缨蓝很早以前买给我的,这草帽和草鞋是缨蓝小时候为我编的,那时候穿着大很多,我就收起来了,没舍得扔……"冰偌忽然变得很爱说话,一下子讲了很多他和缨蓝小时候的事。

阿九也不打断他,静静地看着他沉浸在回忆里的笑容。

"那时候,我们两个一到午后就跑去樱花林,那樱花很漂亮,她总是说以后要在这里盖所房子,一直住下去,后来我告诉她,樱花开了是会凋谢的,她还难过了好久,你说她是不是很傻……"

阿九听着听着,开始注意对面的木屋,夜已过半,怎么还不掌灯?

冰偌说着也开始注意到阿九的神色,他望向对面,无奈是人,若不是缨蓝真正现身就无法看见虚空的念想,便向阿九问道:"怎么样,缨蓝在吗?"

阿九摇摇头。

冰偌略有失望地叹口气。

这时一阵美妙的丝竹声响起,似是从远处飘荡而近。

深夜的丝竹声,让人听着全身发毛。

第十章　醉酒鸣歌

阿九忽然感觉很奇怪,丝竹声声入耳,牵动着一股哀怨,像是抚曲之人心中很迷茫,怎么这曲子这么动人？阿九缓缓站起身,向外面走去。

冰偌看阿九的举动很是奇怪,便随着他走。

转过了走廊,冰偌一把拉住阿九:"你这是去哪里？"

阿九慢慢转过身,看着冰偌问道:"你听见这曲子了吗？"

冰偌茫然地摇摇头,他什么都听不到。

"一定是缨蓝。"阿九淡淡地说,脚步渐渐快了,寻着这夜半的丝竹声,发现这声音并非来自小木屋,却像是从樱花林传出的,于是阿九越走越快,最后几乎小跑起来,冰偌在后面紧紧跟着,到了樱花林才停下脚步。

月光下,樱花翩飞,古筝轻轻抚动,伴着女子哀怨而悠扬的声调,轻轻唱着:

> 伊问何谓归乡人儿漫落樱飞,声声怨怨,追追停停。妾随君走天涯别泪海角双飞,风风雨雨,朝朝暮暮。一阕一相望,一梦一断肠。晓思轻舞髻已云霜,愁愁几回伤,镜妆理云鬟,裁衣裳。盼君展颜笑声荡,忘离千年未回乡。樱花唱,樱花唱……
>
> 地分你为上,天隔我一方,幽魂恋恋思故乡,怎可忘？孤剑长恨何为伤,一手出,一手上。草草琴声了我愿,梦中几回凄凄莹泪化彷徨。思君幼时把酒酿,对饮明月言花黄。缨难忘,缨难忘……

樱林中的歌声,凄凄切切,听得人心将碎,而月光下那凄迷的身影,正是白缨蓝。

阿九向她走过去,唤一声:"缨蓝。"

缨蓝缓缓转过头，见是阿九，微笑道："是阿九啊，我今天走出来了，不在小木屋。"

阿九点点头，看看林中的古筝，赞叹道："你的琴声真动听，我是寻着琴声来的。"

白缨蓝掩面一笑，却见阿九身后慢慢闪出一个身影，笑容僵在脸上。

冰偌漠然的眼神看着白缨蓝，她并没有真正现身，冰偌却真真实实地看到了她，连他自己也不知道该怎么解释，反正，他看到她了。"缨蓝。"冰偌的语气一如从前，冷漠中透着爱怜。

白缨蓝退后几步，喃喃地念道："冰偌哥哥……你怎么……来了？"

"缨蓝……"冰偌走向她。

"不！"白缨蓝大挥衣袖，瞬间一道凌厉的阴风刮过，冰偌匆匆一闪，止住脚步："怎么了？缨蓝……"

"我不是白缨蓝，我是妖！你不要过来……冰偌哥哥你别过来！"眼看着继续朝自己走来的冰偌，白缨蓝显得有些惊慌，不住地向后退，嘴里念着，"别过来……别过来……我不想让你看到我成妖的样子……"

"我知道。"冰偌停下来，看着缨蓝，"你杀了那些无辜的人，甚至杀害可儿，我都可以不追究，只要你能知错悔改，我不会伤害你的，相信我吧，缨蓝。"

白缨蓝听罢站在原地，一脸茫然："我杀害什么无辜？可儿怎么了？"

"你不是杀害所有进入樱花林的人，连可儿也杀了么？"冰偌冷冷地问。

白缨蓝不住地摇头："我没有杀人！我一直都在柳缠香木小屋，只有今晚走了出来！"

冰偌似乎并不相信，又问道："那，愁黡醉风泪，樱落一面红。追思若何在？凄凄伊人情。这首诗成为了怨文又是怎么回事？"

白缨蓝还是满眼的无辜："这是我七年前作的诗，什么怎么回事？"

冰偌此时也疑惑了，他转头看着阿九："难道不是缨蓝？"

阿九更是一头雾水："可能不是吧……但又是谁在杀害无辜呢？那首诗又是怎么回事？"

冰偌想了想，一把握住缨蓝的手："缨蓝，人真不是你杀的？别骗我，说实话。"

白缨蓝看着冰偌，眼中无限温柔，接着坚定地点点头："我在七年前犯下罪过后早已知错，我死后孤魂一直飘飘荡荡，地府也因我闯下的滔天罪行不肯收我，后来机缘巧合，我得到了天猫神山的蛊灵玉，借助蛊灵玉的力量修成为妖，回到了家中的柳缠香木小屋，却因以往的逆天过错不敢见你，也不敢见哥哥，弥留到如今有幸得识九公子。今日月光清泠，我心生思念才来到这樱花林醉酒鸣歌，没想到被你发现了。"说罢仔细看看冰偌，"你还收藏着这披风，这草帽，还有这双鞋子……"话未说尽，泪已清莹。

昔日，曾一起把酒言欢的缨蓝又回来了。
虽已成妖，心却未变。

冰偌淡淡一笑："你说的话我都信，我相信人不是你杀的，我会再查清楚的。"

阿九观望着这一对久别重逢的恋人，心中也是感慨万千，同时又矛盾着，自己受密令寻找蛊灵玉，此刻得知缨蓝的妖体内藏有一块，本该抢夺回来，可在这种情况下，他怎么下得了手？再有，缨蓝并不是杀人的恶鬼，那凶手岂不是另有其人？又是谁呢……想着，阿九自嘲地笑笑，一只小猫下山没多长时间竟然也开始关心人类的事情，真是不可思议！说起人类，冰偌应该是人，他是怎么看到缨蓝的？怎么之前看不到？阿九又是满心的疑惑。

"大冰人，你怎么能看见缨蓝？你不是人么？"阿九问道。

冰偌看看缨蓝，再看看阿九，自己也很是不解："我是人啊，我怎么会不是人？我也不知道自己怎么会看见缨蓝，说不定是心有灵犀呢！"说完他狡猾地笑笑。

阿九不信地摇摇头，因为猫眼与人类的眼睛不一样，具有灵力，所以他才能看到人类看不见的东西，冰偌如果是人类，是绝对看不到缨蓝的。想着，阿九擦亮自己的猫眼，夜里眼睛闪烁着点点蓝光，对冰偌说："你站好，我看看你的血液到底是不是人。"

冰偌想说自己就是人类没错，转念一想到让他看看也好，便直直地站在阿九面前给他看。

阿九看着冰偌体内的血液，殷红中透着丝丝清气，冷中又杂着热忱，心脏周围更是有一道银光护佑，他心中暗暗一惊，再仔细看，丹田之处竟然有一个封印！

"这太不可思议了，你知道你的父母是谁吗？"阿九满脸诧异，收回猫眼便开始问冰偌。

冰偌一脸不知所以："不知道，我从小生活在这里，根本没听过什么父母，只有一个逸爹爹。"

阿九看看白缨蓝，又看看冰偌，深吸一口气像是在做心理准备，后缓缓说道："你绝对不是人。"

第十一章 月夜暗杀

深夜，风微微有些冷。

樱花随着阵阵袭风，一簇一簇飘落。月下，静怡之极，让人感到丝丝凉意。

冰偌听过阿九的话稍稍一愣，又用怀疑的语气问："我不是人，那我是什么东西？"后像是想起了什么又用奇异的眼光看着阿九，"我还不知道你是谁。你不觉得应该告诉我你是什么吗？至少你不是人。"

阿九微微一笑："我的身份没什么，你记住我是阿九就好，一个以驱魔为己任的九公子。"

冰偌淡淡地盯着他看，不说话。片片樱花飘过。

"阿九，你说冰偌哥哥不是人类？你怎么看出来的？"缨蓝问道。

"这个嘛……"阿九顿了顿，思考一下，说道，"大冰人的血液不是人类的，他的体内散着一股清凉之气，心脏周围还有一道银光保护着，这种血液非人非兽，倒像是两种不同的灵体融在一起的血液。而拥有这两种灵气的，定不是寻常人，所以我才会问,大冰人的父母是谁。"

冰偌想了想,又问道:"那我到底是什么?既然我不是人,为什么之前看不到缨蓝?"

"在你的丹田处有个封印,它封住了你的灵力,看样子已封了将近20年,也就是说,你还没出生,这个封印就已经有了,所以应该是有人要限制住你的灵力,这是为什么呢……"阿九边说边思考,"我从没见过你体内这种血液,像是……像是两个不同种族的神灵才有的呢……"

三人都低头思索着,想着接连杀害无辜的凶手,也想着冰偌体内的血液之谜。

缨蓝的琴声逝去,夜更显得孤寂。

"这么好的月色,得知缨蓝并非凶手,我们来把酒言欢吧。"冰偌微笑着说,似乎根本不在意自己的身世。

这声一起,缨蓝心里开心极了,想她幼时每晚都会来这片樱花林与冰偌喝酒,小小年纪,已经练就一身喝酒的功夫,明月当空,月下两个幼弱的身影笑得那么甜。后来成为灵女,整天在柳缠香木小屋,等着有天他能来看她,对着铜镜梳妆打扮,日复日,年复年,等得愁了,等得烦了,他却从未来过,她只有安慰自己笑一笑,接着梳理云鬓……直到自己犯了错,在樱花林中被他亲手杀死,也没能换回儿时曾拥有的一点点时光。此刻,面对已经修成妖的自己,他却说:

把酒言欢吧。

看似已晚,她却仍然开心。

"好啊。"缨蓝嘟起嘴天真地笑,"老规矩,吟诗接句,接不上来的,罚酒三杯。"

冰偌不屑地坏笑:"醉了以后可别呼着叫着要我背你回房。"

阿九看着两人,心里也为他们高兴,便说:"这里的酒怎么够咱们喝呢,我看啊,我回去再拿他个几十坛,来喝个不醉不归!"说着,阿九便转身向府内的藏酒坊走去。

冰偌望着阿九远去的身影,扭过头对缨蓝微微一笑:"知道吗,这个九公子能让恋惜草开花。"

缨蓝一听睁大眼睛问:"怎么会?恋惜草不应该开花的啊……"

冰偌也是一脸疑惑:"没错,恋惜草本身并不能开花,可那天他种的时候,确实开花了,"顿了顿又说,"没见过吧,恋惜草的花很漂亮,清新淡雅的粉色,香气怡人,你看到一定会喜欢的。"

缨蓝点点头:"那我以后一定要去看看。"

冰偌只是笑笑,并不说话了。

月光清洒,孤孤萧萧。冰偌倚着樱花树坐下,从怀里摸出一支竹笛,轻轻放于唇边,温和的气息淌过,阵阵悠扬在林中回荡。

缨蓝看着冰偌,嘴角扬起淡淡的微笑,挨着他坐下,把头轻轻靠在他的肩上。

就像小时候一样。笛声诉说他们的心事。

"酒来啦!"阿九怀里抱着好几坛酒,气喘吁吁又满脸兴奋地喊道。

"我先来,"缨蓝眨眨眼睛,吟道,"月影稀疏玲珑画。"

"飘樱点点美人花。"冰偌随口接上一句,笑看缨蓝,这句里暗指缨蓝如这飘飞的樱花般美丽,缨蓝心里也知道冰偌的示意,月光下虽看不出来脸上的红霞,却也是感到了微微的灼热,于是对冰偌羞涩地一笑。

两人一同看向阿九,阿九歪着头绞尽脑汁地想着该如何接下一句,无奈天猫神山上是不学作诗的,所以思考半天也没想上个一句半句,两人看着阿九坏笑:"喝三杯!"

阿九摇摇头,有些不服气:"不就是喝酒吗,这还不简单……"然后一口气喝下三大杯。

月色凄美,樱下的几人吟诗作对,把酒言欢,不知不觉都微微有了醉意。

夜色已晚。

"念世间情多意切空留恋……"缨蓝饮下一口酒,醉眼中透着哀愁。

这时,一道白影闪过,樱林摇曳,杀气四起。

几人瞬间清醒了许多,冰偌站起身,护在缨蓝和阿九面前,低声道:"小心!"

一记烟雾升起,冰偌感觉胸口猛受一击,喉中泛着丝丝血腥味道,涌出一大口鲜血。

"大冰人!"阿九闪出猫眼,透过烟雾见冰偌受伤了,心中一沉,大惊叫道。

冰偌心内暗叫一声不好,便寻缨蓝的踪迹,却见缨蓝瘫软地倒在地上,气息微弱。冰偌冲过去抱起她:"缨蓝,你怎么样?"声声透着担心。

缨蓝睁开眼睛望着冰偌和阿九,低声道:"我不行了,他好厉害……抢走了我体内的蛊灵玉……"

阿九一惊："什么？他抢走了蛊灵玉……"待反应过来，转头向樱林四周张望，根本找不到暗杀之人的影子，心中恨意顿起，气气地握起拳头，"混蛋！有本事出来打，用这种下三滥的东西算什么英雄！把蛊灵玉交出来！"

樱林中的暗杀者早已不见踪迹。

阿九看着冰偌怀中的白缨蓝，缨蓝对两人惨淡地一笑："我有今夜的快活，于愿足矣，抢走蛊灵玉的人……是清影公主……"

接着，缨蓝面带微笑，化作一股青烟而去。

"缨蓝——"冰偌哀痛地大叫，"我还没带你去看恋惜草……"

阿九望着缓缓消逝的青烟，缓缓落下一滴泪。

"清影公主……"冰偌恨恨地念道，冰冷的语气。

原本快乐的一夜却因此刻突如其来的暗杀变得死气沉沉。

阿九与冰偌站立在冷风中，悲痛地思索着清影公主到底是谁。

冰偌擦净嘴角的血，埋下脸，沉重地向樱林外走去。

这时，隐隐约约，樱林中回荡起阵阵琴声，那凄怨的歌再次响起，伴着树下的筝音，丝丝清透人心。

"是缨蓝残魂幻化出的曲子。"阿九轻轻念一句，冰偌停下脚步，驻足在林中，聆听这一首隐隐的曲调。

伊问何谓归乡人儿漫落樱飞，声声怨怨，追追停停。妾随君走天涯别泪海角双飞，风风雨雨，朝朝暮暮。一阕一相望，一梦一断肠。晓思轻舞鬓已云霜，愁愁几回伤，镜妆理云鬓，裁衣裳。盼君展颜笑声荡，忘离千年未回乡。樱花唱，樱花唱……

地分你为上，天隔我一方，幽魂恋恋思故乡，怎可忘？孤剑长恨何为伤，一手出，一手上。草草琴声了我愿，梦中几回凄凄莹泪化彷徨。思君幼时把酒酿，对饮明月言花黄。缨难忘，缨难忘……

思君幼时把酒酿，对饮明月言花黄……

曲毕，人终。

第十二章　离魂毒粉

经历了昨晚的暗杀,阿九回房后彻夜未眠。缨蓝这次是真的离开了,连魂魄也不曾留下,只是清影公主到底是什么人?若说起与成妖之后的缨蓝而战,连自己都没有决胜的把握,这清影公主却可以在短短一刻将其击倒抢走蛊灵玉,到底是何许人如此厉害?蛊灵玉若是落入这种人手中,一定会用来为害人间,他一定要阻止,夺回蛊灵玉,使它重归天猫神山才行。逍遥镇已没有蛊灵玉,也不必再停留下去,阿九决定明早就动身前往柏霞山,并寻找这清影公主。

不知冰偌怎么样了……阿九心里有些担忧地念着。

小风透窗拂过,发丝微乱。

似已好久没披散下自己的长发了,阿九想起缨蓝的美丽,心下空叹一声,扬手摘下那顶男子毡帽。

对着铜镜微微勾起嘴角,灵巧的微笑。

白天,他或许是人人敬仰的驱魔侠士九公子,此刻,她却只是一个孤芳自赏的九姑娘。

现出自己蓝色的猫女眼睛,额前的发丝被风轻轻吹动。

她想,她掩饰得很好,至今为止都没有人发现她的女儿身。明日即将离开,这逍遥镇的一切都将成为过去,不可留恋。

不知不觉,天空已经微亮。

最后望一眼铜镜中的自己,缓缓隐起自己的蓝眼睛,扎起男子的发髻,戴上毡帽。

起身,开门。倚着廊边的座椅,秋日的清晨,风清气爽。

阿九想着缨蓝临终时候的微笑,也许她真的是幸福的,所以安慰自己,不要太过自责。

小双由远而近,看见阿九,便加快了脚步,到了他身边,微微欠身:"九公子早。"

阿九笑笑:"你也早啊,小双。"看看她手中的铜盆和热水,问道,"这是要做什么的?"

"回公子话,这是小主人吩咐我送过去的。"小双依旧恭敬地低着头,规规矩矩地答话。

阿九点头笑说:"那你去吧,白主人起床了吗?"

"这……"小双一时间有些吞吞吐吐,"我昨晚看见白主人在樱花林……一夜没睡……"

"他也去了樱花林?"阿九心内一惊,看来他也知道了缨蓝的事,想到这儿便匆匆忙忙地跑向白叶飞的房间。

白叶飞的房门敞着,他正在门边悠闲地看着府中的景致,脸色却依旧是平日的淡漠。

阿九跑到他面前,微微喘着气,面色稍红:"白叶飞。"

他转头看着阿九:"九公子今天真早。"

阿九也望着白叶飞,有些犹豫地问:"你昨晚……"

"我赶到樱花林的时候,看到缨蓝化为青烟离世而去,我想,两天后的驱魔仪式也不用举行了吧。"白叶飞说着,语气中有些许的不快,"你已经拿到蛊灵玉,妖也除了,该走了。"

"不是的!"阿九解释道,"缨蓝不是我杀的,我没有拿到蛊灵玉,缨蓝临终前说是一个叫'清影公主'的人抢走了蛊灵玉,害得她魂飞魄散……"

白叶飞直直地看向阿九,眼神中闪烁着凌厉的杀气,却也藏有一丝难以察觉的恐惧。

"清影公主是什么人?"他走进房,缓缓坐在藤椅上,询问阿九。

阿九茫然地摇摇头:"不清楚。"

他微微皱了皱眉头,沉默无语。

阿九再一次陪他静默着,本已到嘴边的"我要走了"怎么也说不出口。

"小主人好。"廊上传来婢女问候的声音,是冰偌来了。

眼睛里隐隐可见疲惫的血丝,洁白的衣褂,深蓝色的头发微微有些凌乱,脸上却还是不羁地笑着,有一种不服输的味道。

"终于露出马脚了。"冰偌淡淡地说,声音沙哑,该是受伤的缘故,挂着一抹轻松的微笑,仿佛忘记了昨晚缨蓝离世的哀痛。

白叶飞与阿九齐齐看向他,暗自思索他话中的含义。

他接着说:"这个清影公主,昨晚她暗杀我们的时候,遗留下一样东西,"他从怀里摸出一个纸包,放在桌上小心地打开,里面是一些细小的淡黄色粉末,他又扬起嘴角一笑,"就是这个东西,留下了寻找她的线索。"

阿九低着头看那些粉末:"这好像是昨晚她向我们撒的迷粉。"

冰偌点点头,看着白叶飞和阿九:"有一种迷粉叫'离魂粉',表面发黄,浸在水中会冒出黑烟,呛人之极,若是保持干燥撒向敌人,只能暂时迷住眼睛,不会害人。相反,若是掺上一小滴水,便成了杀人的剧毒。"说完,他顺手拿起桌上的茶杯,往下一倾,杯中之水流于地面,他又用棉布护住手,小心地捏起一小撮撒向地面的茶水,瞬间一股呛鼻的黑烟隆隆升起。

阿九连连后退,用手扇着黑烟:"好可怕的离魂粉!"

白叶飞也是满脸的惊讶,说道:"那个清影公主心肠真是歹毒至极。"

"小脚兄弟,还没洗漱吧?"冰偌问阿九。

阿九心下一惊,想昨晚自己身上沾了这种一遇水就没命的东西,亏得自己还没洗漱,不然岂不是死得很惨?

"一会儿跟我去净身坊,我用自己调制的药酒给你洗澡,洗一个时辰就差不多了。"冰偌满不在意地说着,根本没发现阿九已经脸泛红霞。

"这个……我想还是等下我自己去洗吧……"阿九心虚地说着。

冰偌却像没认真听阿九的话,顾自说着:"这种离魂粉,本出自江南,现在,却只有一个地方还留着这种害人的东西。"

"哪里?"阿九和白叶飞同声问道。

冰偌把那包离魂粉小心地收起,缓缓说道:"怖魂庄。"

"这个清影公主,我们都没看清她的样子,就算知道了一个怖魂庄,找起来也无疑是大海捞针。现在缨蓝已去,所有的谜底已经解开,缨蓝并非樱林杀手,定是这个清影公主故弄玄虚,想嫁祸给缨蓝,好借我们的手杀掉缨蓝。现在看事情败露了,又杀了缨蓝灭口,抢走了蛊灵玉。所有的一切,和缨蓝无关。"冰偌说着,终于露出释怀的微笑,"缨蓝去了也好,省得留在世上受苦。"

阿九一想,是啊,缨蓝本在七年前就该消失了,现在才离开,已经是幸运了,也不必太过悲伤。

"那,"白叶飞看向阿九,"九公子是不是要说告辞了?"

阿九一愣,后点点头:"阿九午后上路,不介意在府中停留半日吧?"

白叶飞摆摆手:"九公子别误会,白叶飞并非赶你走的意思,九公子若是愿意,长住下去也无妨的。"

阿九笑笑:"不了,我本打算去柏霞山寻蛊灵玉,现在既然了解这个清影公主和怖魂庄有关,我就先去怖魂庄查看查看,也许会有线索呢。"

白叶飞点点头:"那不强留了,记得来正堂用午膳,我们聚在一起吃个饭。"

阿九一笑:"好的,很荣幸呢。"

冰偌定定地看着阿九,问道:"你认识怖魂庄么?"

阿九摇摇头:"不认识,不过你既然了解那里,你应该认识吧,告诉我它在什么地方。"

冰偌双手抱胸,不屑地看了阿九一眼:"相传怖魂庄里面的人都很奇怪,他们擅长用毒,使暗器,虽然都不会法术,不过心肠歹毒,城府很深,斗心计是绝对斗不过他们的;而且怖魂庄离逍遥镇不是很近,你连逍遥镇还没弄清楚,就想找怖魂庄,不怕把自己弄丢了?"

阿九心中很是不服,无奈冰偌说的是事实,他只好气气地问:"那怎么办?"

冰偌满不在意地转过脸,淡淡地说:"我陪你去。"

第十三章　药酿女香

冰偌领着阿九往净身坊走,阿九随在后面,心里暗暗地打着算盘,洗澡这等大事,当然要自己一个人来完成,若是被冰偌看到,这可怎么得了!

　　净身坊的位置较为隐秘,在走廊的最里角,阿九停在坊外不再往里面走,脸上红云一片。冰偌看了看阿九,一把拽起他的胳膊,拉扯着进去,阿九使劲挣开冰偌,尴尬地说道:"你出去吧。"

　　"你一个人做不了,这和平时洗澡不一样,要把这药浸到你全身的穴位才行,我帮你。"冰偌一边往沐浴桶中调药,一边随意地说着,"一会儿你也要帮我洗的。"

　　阿九愣愣地站在原地,感觉脸上微微发烫,想不出什么拒绝的理由,心里急成一团。

　　眼看冰偌的药快调好了,整个净身坊散发出一种天然的草香,药酒呈现微微的绿色,在沐浴桶中躺曳着。阿九望了望这药酒,想到要在这绿色的液体中泡上一个时辰,不禁感觉有些吃不消。

　　冰偌像是看出了阿九的心思,朝他微微一笑:"怎么?你嫌我的药恶心,不敢进去洗?"

　　阿九嘟嘟囔囔地道:"你这药也太难看了……"

　　"来吧!或许等一会儿你就不这么觉得了。"冰偌说完便转身去解阿九的外衣。

　　阿九一惊,护着自己的衣服就往后退:"你干什么!"

　　冰偌莫名其妙:"喂,我只是帮你解一下衣服,你反应这么大做什么?"

　　阿九还是死死地拽着自己的衣服,脸红得如同上了重色的胭脂:"我……自己可以……你出去!"

　　"你自己不行的,除非你会暖身术,才能让全身的穴位都吸收。"冰偌双手抱胸看着他,语气中有些不耐烦。

　　阿九听了心中倒是一喜:"我会呀,我学过暖身术。"没错,天猫神山上的叶容姑姑确实教过阿九暖身术,所谓暖身术就是让自己的穴位大开,身体散热,从而吸收来自外界的能量。他学是学过,只不过练得不怎么样就是了。

　　冰偌开始对眼前的九公子感兴趣了,暗自思索着他的身份。这暖身术是只有猫灵界才能习得的,他一心要寻找猫灵界的蛊灵玉,昨夜又得知他并非人类,这样看来,难道这个九公子是……

　　冰偌盯着脸红的阿九,越看越觉得他像个女孩子,眉清目秀,脸色白嫩中又微微透着桃红,小巧的鼻子,清亮的眼眸中竟然微微透着蓝色的纹络,虽然身穿着男子的长靴、毡帽,还有一身青色衣褂,可是这秀气的身材和本身的气质,怎么看都是男人不可能拥有的。

冰偌想着,对自己的猜测哭笑不得。

自己这些天来接触的九公子,不会是……一只猫吧?

"阿九。"冰偌坏坏的笑,"你是不是在害羞?"

阿九点点头,继而发现什么不对,又赶紧摇摇头:"我害什么羞?我堂堂的男子汉,怎……怎么会害羞……"

冰偌笑得更是放肆,忽然觉得这样逗阿九真是好玩得很,他缓缓走到阿九身旁,附在他耳边轻轻地说:"不知道你这猫女会不会抓老鼠?"阿九感觉着冰偌温热的气息在耳边淌过,不知怎地,心跳像是没有预兆般漏掉一拍,呼吸也随着心跳声而渐渐加快。

"你,你说什么,我听不懂。"阿九嘴硬地辩着,"什么捉不捉老鼠的?"

冰偌故作遗憾地叹口气:"连老鼠都捉不到,真是笨得要命。"说完,扬手轻轻钩了一下阿九的脑袋,往门外走去。

"你去干什么?"阿九下意识地问道。

门边的冰偌缓缓转身,继续那一脸玩世不恭的微笑:"怎么?你真想让我给你洗澡么?九姑娘。"冰偌抬起手,手中轻轻捏着阿九的毡帽。

霎时,阿九感觉自己的长发完全披散下来。

惊叫一声,然后抬起眼尴尬地看着冰偌。

冰偌饶有兴趣地盯着阿九看,后点点头,靠着门柱,扬起嘴角的微笑:"还是只美女猫呢。"说罢又欲转身。

"我会捉老鼠。"阿九嘟着嘴,语气中弥漫着不服气的味道。

冰偌微微停一下身子,走了出去。清朗的笑声在阿九心中久久回荡。

吸着药酒散出的草香,想着刚才被揭穿女儿身的一幕,缓缓脱下外衣。

浸在药酒中,使出暖身术,感觉全身舒适无比,酣酣欲睡。

原来难看无比的绿色药酒竟然会散发出这么一股异香,阿九躺在里面揉洗着,深吸着这股香气,惬意极了。

渐渐,一个时辰早已过去,阿九洗净后换上冰偌派人送来的新衣服,依旧是男子的服饰,看来冰偌并没打算揭发她。

真是药酿女儿香。

冰偌最后并没有借助谁的帮忙来去除离魂粉的毒,他不会暖身术,只能泡浴在药酒中运功,坊门紧闭,足足待了两个时辰才走出来。

正堂之中,白叶飞早已备好酒宴,等着阿九、冰偌两人,席位与当日几人共膳之时一样。

正座是白叶飞,隔一个座位是雪涵,阿九与冰偌挨着坐下。唯一不同的是,白叶飞旁边摆放着两个空座,两副无人用的碗筷。

这一次,阿九不再询问了,他知道,一个座位是可儿,而另一个,属于缨蓝。

依旧是饭香弥漫,依旧是雪涵亲手的厨作,依旧是冰偌所制的竹清酿。

只不过,上次是聚会之宴,而这次,是离别之宴。

这次的宴席远不比上次吃得开心,整个过程中都笼罩着一股离别的沉闷气氛,阿九微微觉得,似乎少了些什么很重要的东西。

正当午宴快结束之时,一侍女恭敬地入内,欠身道:"主人,慕容公子和芸儿姑娘来了。"

白叶飞放下酒杯,道:"快请。"

阿九微笑,终明白了缺少的是什么。

少的是那个总是在这种场合出现的慕容昕。

芸儿身着一身清爽的白纱,头发斜梳着,一条银丝带扎起发髻,几缕青丝垂在眼前,甚是好看,面容稳重,腰间别着一把短剑,颇有当年逍遥镇女侠的风范。

慕容昕还是像往常一样手持折扇,满目微笑,如冬日阳光般温暖。

"看来我们来晚了。"慕容昕故作遗憾地说。

芸儿也是一笑:"白主人和冰偌也不记得请我们,我们只好不请自来了。"

冰偌挥一挥手,示意婢女看座,烟烟和小双忙搬来两个檀木座椅,芸儿和慕容昕便不客气地坐下。

有客来至,宴席随即结束。

"九公子要出行?"芸儿看着一身轻巧装扮的阿九问。

阿九笑了笑,点点头。这衣服是冰偌为自己挑选的,看起来显得比以前清俊很多。阿九想着冰偌不但没有拆穿自己,还帮忙掩饰自己的女子身份,暗暗地感谢他。

"我们来找你们商量对付缨蓝的事。"慕容昕开门见山地说。

这声一起,在座的几人均不说话了,正堂一时间安静下来。

看着冰偌冷漠又略带哀伤的神情,白叶飞恨意弥漫的双眼以及低头不语的雪涵和阿九,两人都想到了什么,一同问道:"发生什么事了?"

还是没人说话。

整个房间充斥着一股静默的悲伤气氛。

许久许久,冰偌终于开口道:"缨蓝并不是杀手。"语气中已有淡淡释然的味道。

接着,将昨晚的暗杀和关于离魂粉、怖魂庄的事情都讲给了两人听。

"你们要去怖魂庄?"听后,慕容昕问道。

冰偌和阿九对看一眼,点点头。

"我也去。"慕容昕转了转手中的折扇,笑说。

"还有我!"芸儿上前,"我已经离开雅梦居了,三侠,怎么能少了我呢?"

阿九一愣,却见冰偌笑道:"好好好,情意相许,生死相交。"

临别,阿九一个人跑去伊香圃,最后望了一眼竞相开放的花园。

偷偷折下一条小枝,藏于胸怀。

昔日的恋惜草。

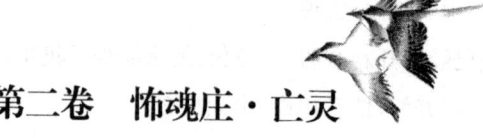

第二卷　怖魂庄·亡灵
CHAPTER · 02[BUHUNZHUANGWANGLING]

第一章　客栈误杀

　　午后，秋日阳光温和飘洒，为小镇染上淡淡的琥珀色。阿九一行人各骑一匹马，说说笑笑，路上行人见之，纷纷让路，几人的装扮均是清俊不已，冰偌与阿九是白色骏马，慕容昕与芸儿则是棕色良驹，惹得路人赞叹不已。

　　怖魂庄距逍遥镇有三天的路途，今日第一晚，投宿于"千里客栈"，喂过马，四人便围成一桌，随意点了几个菜。这里是小店，比不上白府的菜肴，阿九本以为像冰偌这样的公子是吃不惯山野小菜的，却见冰偌毫不顾忌，要了几壶酒便和慕容昕畅饮起来，心里松了一口气。

　　芸儿算是女中豪杰，喝酒比起男子来毫不逊色，平日隐身在雅梦居，也没将这女中豪气退去几分。阿九看着面前的三人，也举起杯，将酒一饮而尽。

　　客栈中的客人很多，小二招呼着，忙得满头大汗，来客纷纷点菜，也有一些等得不耐烦的客人已经忍不住抱怨不已。

阿九几人并不着急，悠闲地吃着刚上的一碟花生，谈着几日来的笑事，听着周围客人的抱怨，耐心地等着自己的饭菜。

他们点的菜很简单，一斤牛肉，一盘清蒸鱼，两碟花生，一份凉菜，外加两壶酒。

坐在隔壁桌的客人是一个彪形大汉，刚进店不久，脸上已经满是不耐烦的神色，冲着小二喊道："小二！爷的菜怎么还不给上来？让挨饿爷把你生吞活剥！"

小二一听忙回应道："爷稍等，马上来！"

慕容听看了看彪汉，又看看忙得团团转的小二，无奈一笑："人心急躁，越急越躁，不如耐心等着。"

阿九深有感触："是啊，想想店里这么多人，若每个人都像他这么急，非要把这店忙坏了不可。"

正说着，小二端着一盘牛肉往他们走来，招呼道："几位客官久等，你们的牛肉来啰！"说罢便将牛肉放在饭桌上，芸儿轻声笑道："有劳了。"

小二点点头，便要走开，这时，隔壁的彪汉起身拦着小二，怒气冲冲地道："那是爷要的牛肉，你丫的怎么给他们了？"

小二惊吓，慌忙赔着笑脸解释道："爷，是那几位客官先要的，您的牛肉在后面，马上就来……"

"去你丫的！"彪汉一手撞开店小二，来到阿九几人的桌前，伸手便要端那牛肉。

阿九心下一气，手中木筷霎时插在他手两边，将他的手及那盘牛肉死死困住，然后冷眼看着他。

冰偌几人自顾自悠闲地喝酒，全当没看见这一幕，只不过都在心里暗笑着解气。

"哪来的小兔崽子，不想活了？"彪汉睁大圆眼瞪着阿九，气得满脸通红，阿九冷冷地笑，说："别这么着急，大家都不容易，吃顿饭而已，又何必抢这一盘牛肉呢，回去等着吧。"说完松开手，让彪汉的大手得以逃脱。他却根本不领情，端着牛肉吼道："臭小子！敢训你爷爷，我看你是活得不耐烦了！"说着便扬手要打阿九，阿九顺势闪身轻松地一避，那彪汉便扑空在饭桌上，阿九不屑地转过脸瞪着他，眼眸中散出冰冷的蓝光，彪汉一时间感觉自己全身似乎都无法动弹了，心里一阵惊恐。

芸儿拽了拽阿九的衣袖，摇摇头："算了，他急就给他吧，一盘牛肉而已，别弄得不愉快。"

阿九听罢收回自己的法力,坐下来对彪汉缓缓道:"拿走吧。"

彪汉感觉全身又恢复了力气,听了他们的对话,被阿九吓得不行,端着牛肉慌张地回到了自己的位置,一眼都没敢再看他们。

"小二,"芸儿叫道,"再给我们上一盘!"

小二目睹了刚才的一幕,对他们四人敬重不已,忙回应道:"好嘞!"

慕容昕看着阿九笑:"阿九,你就这么沉不住气?"

阿九摆过脸,不服气地闷哼一声,"我就是看不惯他那副样子,想教训下他,我根本还没施法就把他吓成这个样子,他有什么好猖狂的!"

芸儿看着阿九的样子,实在忍不住,笑道:"九公子,你真是疾恶如仇呢。"

阿九嘟着嘴,有些不好意思了,便不再说话。

冰偌也看着阿九,坏坏一笑,凑在阿九耳边,悄悄地说:"九姑娘真是小气啊,连牛肉都舍不得让给人家。"

阿九狠狠地瞪着他,若不是顾忌慕容昕和芸儿在场,一定甩给他一巴掌。

冰偌却旁若无人地发笑,气得阿九咬牙切齿。

隔壁的彪汉猛饮几口酒,夹起牛肉开始嚼,味道很香。

于是又多吃几口。

突然,感觉喉咙辛辣不已,呼吸急促,心口越来越闷,两手颤抖地揉搓着前胸,坐倒于地,涌出一大口黑血,抖动的手愤恨地指向阿九:"有……毒……"然后一口气没上来,死于桌下。

这突如其来的变故使原本人声鼎沸的小店一时间变得安静无比,所有人都沉浸在恐惧中,谁也不敢再动筷子了,甚至有些胆小的战战兢兢地向店门跑去。

冰偌几人心下一惊。

这盘牛肉,本该是他们的。

"谁也不许走。"冰偌站起身,冷冷地向店里的人说道。众人一听,不满之声顿起:"这店都死人了,还要我们待下去干什么,想让我们都被毒死吗?"

"你们都不知道是谁下的毒,怎么就说自己一定会被毒死呢,谁也不许走,牛肉是刚刚才做好的,这毒显然是在牛肉做好之后下的,说明下毒之人一定就在这个店里!"冰偌解释着。店里的人一听,虽然不满,可为了证明自己不是下毒的凶手,便也不再多说什么了,而原本想逃出客栈的几位胆小人士,也不得不留下来。

"阿九,去后厨找做饭的师傅。"冰偌淡淡地说,语气却给人一种命令感,阿九回应一声,忙转身进了厨房。

"慕容兄,你精通医术,看看这是什么毒?"冰偌挨着那死去的彪汉蹲下,从怀里掏出棉布裹住手,一边费力地掰开死者的牙齿,将手伸进他的嘴里挖出一小块没来得及下咽的牛肉,递给慕容昕,一边询问着。

慕容昕小心地接过那块棉布,看了看布上面那块带有污秽唾液的牛肉,放于地面,于腰间掏出一狐皮小包,从包中抽出一根细小的银针,扎在牛肉上,银针瞬间变得奇黑。慕容昕脸色严肃极了,收回银针,又从包里拿出一小片青绿草叶,草叶放于牛肉上,忽变得赤红无比。过后,终于缓缓地说:"这是剧毒,迷红锁喉,无色无味,杀人于无形。"

冰偌暗想,迷红锁喉,出自——怖魂庄。

阿九从后堂出来,领着一个中年男子,对冰偌道:"大冰人,这位就是后堂的师傅。"

冰偌点点头,挂着一抹若有若无的微笑,打量着眼前这人,随意地问道:"师傅在这客栈多久了?"

那师傅想必也是听说自己的东西毒死了人,对冰偌有些惧意:"我来这儿六年了,这,这不是我下的毒啊……"

冰偌安慰似的微微一笑:"我们没说是您下的毒,只是问一下情况。"

师傅听后稍稍安了心,点了点头。

"那,请问,这盘牛肉一直都在您的手中没离开过么?还是经过了别人的手,比如您有没有帮手?"冰偌询问着,语气虽然冷漠,脸上却始终挂着微笑。

师傅摇了摇头,努力回忆当时的情景:"我没什么帮手,当时后堂也比较乱……"

"这样啊,"冰偌又问,"有没有注意到什么客人进出?"

师傅想了想,疑惑的目光在店里搜寻着,终于落定在一个人身上,抬手指着一位安安稳稳地坐着用餐的男子:"那位客官来后堂催过我上菜。"

第二章　无名画像

　　店里的人一时间都顺着他的指向看去，那人身着银褂轻纱，悠哉地酌酒自饮，丝毫不在意别人怀疑的目光，桌上平放着一把佩剑，乍看并不像会是心急催饭之人，听到后厨师傅的声音缓缓转过脸，看向冰偌几人。

　　灰色的眼睛，微扬的嘴角，一种看破世俗的味道，左手无名指上的银戒指闪闪发光，店里所有人都呆了，难以相信，世间竟有这般气质的男子。他优雅地起身，挂着淡淡的微笑走到他们面前。

　　冰偌也是惊异无比，继而回过神，满眼的惊喜神色，微微欠身："逸爹爹。"

　　芸儿几人不禁目瞪口呆，传说中冰偌的养父竟然这般年轻，看起来几乎与冰偌年纪相当。

　　阿九想起在柳缠香木小屋中缨蓝曾讲过他们的父亲，现在看眼前的这人，果如缨蓝所说，看上去只有二十几岁。

　　"怎么，怀疑我要杀你，偌儿？"逸前辈半开玩笑地说着，笑看冰偌。

　　冰偌也是回以一笑："逸爹爹那么疼我，怎么舍得杀我。"

　　"前辈。"阿九走上前，恭敬地问，"怎么称呼？"

　　他将阿九细细打量一番，灰色眼光中微微透出一丝爱怜，像是在看一个久别的好友，喃喃地道："真有她以前的样貌。"

　　"什么？"阿九没听懂这话中的"她"所指是何人，便随即问道，"样貌怎么？"

　　他微微摇头，换上温和的笑："偌儿从小跟随我，也随了我的姓氏，我单名一个逸字。"

　　阿九若有所悟地点点头："冰逸。"

　　芸儿伸手拉扯着阿九："别这么没规矩，要叫冰逸前辈的。"

冰逸看着阿九，阿九也抬起眼有些放肆地对上他的目光，他却哈哈一笑："我不喜欢规矩，我喜欢九姑娘的率真。"

话一说完，芸儿便把目光投向阿九，不可思议地道："九姑娘？"

阿九又是一脸尴尬，歪头看看冰偌，冰偌正对自己摆出一脸坏笑。再看慕容昕，他倒是很自然地看着阿九，似乎早就知道阿九是女儿身。

逸前辈有些迷惑："九姑娘女扮男装你不知道么？"

芸儿茫然地摇摇头。

"好了。"冰偌打断了他们的谈话，"先解决这牛肉杀人的事吧。等下我们再叙旧。"

店里的来客都安静下来，只听逸前辈说道："下毒之人确实就在我们中间。"

"爹爹有何见解？"冰偌问。

逸前辈淡笑着看了看几人，解释道："我入后堂并非为了催饭，是因为我看到一个戴着银丝手套的女子进了去，才随着进去的。"说到这里他停了停又问道，"你们可知这银丝手套的来源？"

"怖魂庄。"冰偌冷冷地回答。

慕容昕接下说："迷红锁喉也是怖魂庄的毒药。"

"没错。"逸前辈赞赏地笑了笑，声音放大，对店里的客人说，"怖魂庄是一个以使毒和易容闻名的庄子，凡是怖魂庄的人都有一个习惯，为了随时随地研毒、使毒，也为了防自己中毒，他们的手上必带银丝手套。我好奇怖魂庄的人来此做什么，便跟着她进了后堂，可是很遗憾，她进后堂之后，转眼便不见了。我就随意地催了催师傅上菜。"

话说完，阿九几人的目光便开始向店内四下搜索，想找出那位带有银丝手套的女子。

冰偌看着死在地板上的彪汉，估计若是活着怎么也不会想到，自己一时的口急，抢去了他们的一盘牛肉，却成了他们的替死鬼。这等冤屈，任谁也只会叹口气，说他是自己找死。

可是到底是谁，要杀他们？莫非又是那个清影公主？不对，清影公主法力高深，根本不用下毒来害他们的。想着他又向师傅问道："师傅，您确定牛肉一直都在您的手底没人动过么？"

师傅很自信地点点头:"没错,虽然后面很忙,但是我确信这牛肉从切碎到装盘,都是我一个人在做,没经过别人的手。"

冰偌双手抱胸,歪着头,忽扬起一抹冷冷的微笑。

"别找了。"冰偌对正在到处找银丝手套女子的阿九几人说。

逸前辈坐下来,淡然地看着冰偌,似是要开始看一场即将上演的好戏。

"怎么,冰偌兄知道那怖魂庄的女子在哪儿了?"慕容昕收起狐皮小包,问道。

"若要人不知,除非己莫为。"冰偌凛冽的目光晃过客栈的每一个人,"除了这位吃牛肉而倒地身亡的彪汉,怕是这客栈里还有一位无辜人已经命丧于黄泉了。"

冰偌说完,店里的客人,包括阿九、芸儿等人,均是惊异不已,冰偌回过头朝向他们一笑,又向众人说道:"据师傅所言,这牛肉在后堂一直未离开过师傅手底,那么凶手是怎么下毒的呢?其实很简单,牛肉做好以后,必会有人为客人送上来,这就是一个绝佳的下毒机会。"说罢,冰偌冷漠又略带不屑的目光看向在客栈柜台后直直站立着的店小二。

话说到此,店小二显得有些惊慌,忙辩道:"不是我干的啊,你们怎么都看我?"

做饭的师傅也是连连摇头:"不会是小二的,他来这店将近两年了,为人不错,又与客人无仇无怨,怎么会下毒害人呢?"

"没错,下毒的确实不是店小二,而是那个怖魂庄的女子。"冰偌淡淡地说着,目光却始终没有离开店小二,"所以我说,客栈里已经遇害的,绝不止这彪汉一个!"

"还有谁?"店里的客人疑惑不已,纷纷问道。

逸前辈专注地看着冰偌,脸上露出一抹满意的微笑。

"还有就是这家的店小二。"冰偌转脸对阿九几人轻轻一笑,又将目光锁定在店小二身上,重复一遍,"店小二已经死了。"

客人们听完,对冰偌的话皆是嗤之以鼻,店小二活生生地就在他们眼前,他竟然口口声声说店小二已死,这不是天方夜谭是什么?

冰偌丝毫不顾客人们的议论,朝着柜台后的小二缓缓走去,店小二用冰冷的目光瞪着他,他却始终是那一抹不屑的微笑。"小二哥应该在店里忙得焦头烂额,为什么你的衣服上连一点汗臭味都没有,反而倒有一股女子的脂粉香?"冰偌煞有介事地深深吸一口,"还是名贵的醉迷香粉。"

店小二面色发青,缓缓地向后退着脚步,眼神中已有了不安和恼怒。

"你没注意到,你的衣袖上沾有几条银丝么,怕是你易容成小二哥的时候太过匆忙才没注意到吧。"冰偌冷冷地笑着,双手抱胸,"为了防你跑掉,我看我还是需要做些什么的。"说着冰偌朝他微微一指,淡淡地吐出三个字:"定身咒。"

继而,小二被定在原地,动弹不得,只得狠狠瞪着冰偌。

客人们听这话,都明白了,纷纷看着假冒的店小二,思索真正的小二哥去哪里了。

"这么说,"阿九也凑上来,问道,"那个真正的店小二已经被这个假的小二给杀了?"

冰偌点点头:"没错。"又转向那个凶手,撕下他的人皮面具,瞬时显露出一张白皙而红润的小脸,虽算不上什么美色,却让人看着很舒服,冰偌冷眼问她:"说,你为什么要下毒害我们?"

她刚想开口说话,忽然一把剑从柜台后射出,直穿透她的胸口,鲜血潺潺而流,冰偌几人甚是一惊,芸儿冲上去抱住缓缓倒下的她,鲜血将她的衣服染得通红。冰偌和慕容昕惊诧地看向柜台,里面空无一人,这剑到底从何处射出?

逸前辈走上前,用手轻抚她的伤口,一丝银色的光束透进她的体内,用以维持她一丝气息,她困难地喘息着:"是清影公主……威胁我,来害你们的……我被逼无奈……我怀里有一幅画像,请代我送予怖魂庄……端木杰……我叫,秦涟裳……"

秦涟裳的目光游离缥缈,渐渐没了气息。

阿九恨意四起,又是那个清影公主!

冰偌摇摇头,为她缓缓闭合双眼,看着芸儿说道:"她说怀里有幅画像,你帮她拿出来吧。"

芸儿点点头,脸色颇是无奈,虽与她并不相识,她又企图暗害他们,可芸儿总觉得她是有苦衷的,不知怎的,为她难过不已。芸儿伸手摸向她的胸怀,里面果然藏有一幅轴画,只是已经被她的鲜血染红一片,甚是诡异。

店里的人见有此变故,纷纷惊惧地跑出了客栈。不一会儿时间,店里只剩下阿九几位和做饭的师傅,连掌柜都不见了踪影。

摊开轴画,画中零零冬梅独放,梅下一女子面色悠然恬静,手捧书卷似笑非笑,仰头望梅,精致的面容,堪称绝色佳人。

画中有一题词:淡然纷飞寒梅绽,思情似景。隆冬腊月于怖魂庄梅园作,特赠佳人。

第三章　悠悠红叶

正值深秋。

秋,最美当属红叶。

客栈误杀事件过后,当晚冰偌几人在客栈的柴房找到了店小二的尸体,真相正如冰偌所推一样。他们一行人并未久留,第二天便启程赶路。自那以后,阿九的女儿身份已经是众人皆知,阿九想着也没有再隐瞒下去的必要,便换上女子服饰,芸儿对阿九甚是热情,挑了好几件漂亮的衣服给阿九,两人不知不觉也将关系拉近了,变成了无话不说的好姐妹。

只是阿九有些奇怪,怎么逸前辈第一次见她,便知她的女儿身,并且叫出了她的名字?

阿九天性好奇,心有疑惑必要问个明白,想着便将马儿驱到冰逸身边,朝他来个甜甜的微笑,问道:"逸前辈是怎么知道我名字的啊?还有您这么厉害,一眼就看出我是女的?"

冰逸随意一笑:"你和我一个朋友的样貌很像,她是一个很可爱的女孩子,所以我看你第一眼就知道你一定是个姑娘。至于你的名字,就更简单了,当日我用饭的桌位和你们相隔并不远,你和彪汉大闹一场,我就注意到你们了,看偌儿和你们聊得开心,就没去打扰。你那位慕容兄弟,说话声音那么大,我是听到他叫你阿九才知道你名字的。"

"哦,"阿九若有所悟地笑笑,"原来是这样。"

阿九了解后又回到芸儿身旁，芸儿开始给阿九讲一些女孩子梳妆打扮的事情，说说笑笑，开心至极。

今日黄昏，便可抵达怖魂庄。几人虽然路途奔波，又遭遇毒杀，却丝毫没影响心情。只是芸儿在某个不经意的瞬间想起秦涟裳临死时的样子会微微有些心酸。说不上为什么，总觉得她像是有什么苦衷，她死前托付转交的那幅轴画现在也是由芸儿收着。

她心里必是有难处的，所以定要帮她完成心愿。芸儿想着，信念越发坚定。

午后微风轻袭，伴有丝丝凉意，秋鸟于空中一晃而过。天，泛着清透的蓝色。几匹马儿停在一块石碑前，石碑上雕着硕大而诡异的三个大字：怖魂庄。

时间逝去飞快，阿九几人比预想的早到达了这里。

几人停下来互相看了几眼，似是在犹豫着。只听白马上的冰偌淡淡说道："进去吧。"

于是将马儿驱进怖魂庄。

话说这怖魂庄本只是一个庄园府邸。后来因来此投靠的人渐多，久而久之，便成了一个势力庞大的城镇。只是由于千古流传下来的规矩，并未改名为什么镇，一直都叫怖魂庄。

街道上显得很冷清，与逍遥镇相比简直一个是闹市，一个是孤城。冰偌几人进去后似乎感觉这里四处都弥漫着毒杀的气息。偶尔看见庄中人来往，手上皆是佩戴着银丝手套，更将这紧张的气氛衬托出来。

走了半个时辰，终于找到了这里的正庄，也就是这里最大的一户庄园，为庄主所用，几人在庄外细细地将这园子打量一遍，除了门上都刷了一层银粉用于防毒，其他的与平常的院落并无太大的差别。于是几人纷纷下马，让门边的侍从进去通报他们的庄主，有客来了。

不一会儿，侍从便走出来，对几人恭敬地欠身回道："我们庄主不在，不过少庄主奉了茶，请各位屈驾等候。"

逸前辈温和一笑："赶路也累了，咱们进去吧。"

几人应了一声，便由侍从带领着往庄中走，只是心里都警惕着会有什么突来的变故。比如那个来去无踪不知是何身份的清影公主会不会突然出现。

冰偌随意地观察着庄中的景色，几座小房错落有致，与白府一样也是青石路，只不过两边的院中植物都是一些常见的松柏和杨柳，没什么特别之处。眼光晃过阿九，她正歪头盯着路边的杨柳。

额前的发丝被风轻轻吹乱，眼神清澈如水，身上的纱裙随风微微摆动。

冰偌暗自一笑，这么漂亮的女孩子非扮成一个男人，真不知她脑子里在想些什么。

阿九眼光一瞥，恰与冰偌对个正着。

"看什么？"冰偌淡淡地收回目光，随口问道。

阿九听着满心莫名其妙："这话是该我问你才对吧，你看我干什么？"

"自作多情，我才没看你，我在看这杨柳。"冰偌口不对心地回答，脸上装得若无其事。

阿九略微有些怀疑，却也收口作罢。

慕容昕看着对嘴的两人，心中微微有些酸涩的醋意。

来到正堂见过少庄主，饮过茶，时间过去许久也不见庄主回来，渐渐地，阿九和芸儿有些坐不住了，便向少庄主打声招呼，两人就跑了出去，在庄中闲逛。

两人欣赏着院中的美景，这院落虽不比白府庄园庞大，却布置得很舒爽。两人转着，发现一片枫林。

秋意正浓，红叶纷纷而落，如诗如画。

两人微笑着踏进这一片枫林。感受秋的气息。

"阿九，你看，竟然会有蝴蝶！"芸儿惊喜地指着一只蓝白纹路的蝴蝶，一边蹑手蹑脚地朝它走去，一边用手止住自己的嘴，小心地对阿九说："嘘——别让它飞走了……"

阿九站在原地点点头，全神贯注地看着芸儿和那只扑扇着翅膀的蝴蝶。

眼看那只蝴蝶就要落入芸儿的手中，它却扑扇两下翅膀飞了。芸儿遗憾地看着随红叶一起飘飞的蝶儿，深深叹口气："我要是再快一点就不会让它跑掉了。"

阿九微微一笑："飞了就飞了吧。"

这时，一阵轻缓的脚步声由枫林深处传来，一个陌生的身影渐渐现出，一身银白色衣袂，银白色的长发顺顺地垂下，伴着飘飞的红叶，扬起一抹若有若无的微笑。

"你在找它吗？"他将手伸向芸儿，慢慢地摊开手掌，蝴蝶乖巧地停落在他的手心中，翅膀微微颤动着，盘旋过他的银白色发丝，飞离。

芸儿和阿九定定地看着眼前这俊秀男子,已然忘记追捕蝴蝶的念头,只沉醉于他那琥珀色眼眸中。

红叶飘得灿烂。

"你是?"芸儿回过神,轻声问道。

"是在问我的名字吗?"他不羁地一笑,白净的脸上竟显出一对浅浅的酒窝。

阿九不动声色地看着他,芸儿微微点头。

他抬手抚过芸儿的肩膀,芸儿略微惊慌地向后一退,他看着她的样子却忍不住微微一笑,扬起手中刚刚从芸儿肩头取下的红叶:"我无名无姓,只因喜爱这秋韵的叶子,便与它同名。"

芸儿脸颊微红。

红叶。

略微有些女气的名字。

眼前这个一脸灿烂微笑的男子,名为红叶。

第四章　柳明湖边

蝴蝶已不见,红叶却是依旧灿烂。

芸儿望着红叶远去的身影,刚刚那一抹淡淡的微笑轻轻浮荡于胸怀,久久不散。

阿九伸手拽拽她的衣袖:"芸儿。"

芸儿拉回思绪,轻笑着转头看向阿九,掩饰自己刚刚的心悸:"怎么?"

"没什么,"阿九摇摇头,"我觉得咱们应该回去找大冰人他们了,看看庄主回来没有,还要请教他端木杰是什么人呢,那幅画还要交给他。"

芸儿的手不觉摸向胸怀中揣着的轴画,再次想起秦涟裳死前的嘱托,心头又是一阵痛楚，她对阿九点点头："嗯，回正堂吧，问问庄主。"

于是两个身影并排着，往回路走去。

枫林中，一个银色的身影站于飘飞的叶子中，掩身在一棵硕大的枫树后，看着她渐离渐远的背影，红叶歪起嘴角，轻声自念："她叫芸儿啊……"

正堂中几人还在坐着，慕容昕脸上已经露出些许不耐烦的神色，无聊地把玩着手中的折扇，看见阿九和芸儿进来了，便抬眼对她们微笑示意，然后眼光停留在阿九身上，阿九注意到慕容昕看自己的目光，随意微笑着点点头回应了，习惯性地坐在冰偌身边，偷偷问道："这个庄主怎么还不回来啊？"

冰偌悠哉地端起茶轻轻一抿，后凑近阿九的耳边轻声说："别这么性急，人家是庄主嘛，事情很多的，耐心等着便是了。"

阿九不满地小声嘟囔："我是怕那个清影公主又在想用什么方法害咱们了……"

冰偌看了阿九一眼，目光清澈而冷淡，继而转过脸不再说话。

阿九也闭了嘴，她知道，她让他想起了缨蓝。

正座上的少庄主大气凛然，温文尔雅，颇有读书人的气质，虽然话不多，却也是对他们尽足了待客之道，笑陪他们将近一个时辰了。逸前辈与他闲聊道："少庄主尊名是何？庄主只有你一子吗？"

他笑着答道："在下是爹爹的大儿子乔幻羽，下面还有一妹一弟，妹妹为怖魂庄浮霜阁的阁主——乔琳；弟弟为怖魂庄枫沙阁的阁主——红叶。"

"哦？"逸前辈接着问道，"庄中可有一人名端木杰？"

话说到此，其他几人都聚精会神地看着乔幻羽，期待着他肯定的答复。

他歪头思考片刻:后摇摇头："据我所知，我庄中并无此人。"

逸前辈与冰偌对视一眼，都不再发问，毕竟与这怖魂庄中的人不够熟络，自己的底细还是少透露些为好。芸儿听后更是失望，心中暗暗念道："秦涟裳啊秦涟裳，你托我们将画转交这怖魂庄中的端木杰，可他究竟在哪里啊……"

一阵静默之后，廊外一侍从慌慌张张地跑入正堂，"少庄主，不好了！"

乔幻羽略有不满，低声道："没见有客人在吗？不懂规矩！"过一会儿又缓缓地问，"出了什么事？"

侍从跪倒在地，迟迟不起，满脸的哀怨，磕磕绊绊地说道："庄主他……庄主，在柳明湖边……"

乔幻羽猛地站起身，冰偌几人冷眼看着他，他急急地问："我爹怎么了？"

侍从依旧吞吐地道："庄主，在，在柳明湖边，被……被……毒杀了！"

乔幻羽呆愣在原地，身体微微颤抖着，喃喃道："不可能……不可能的！我爹毒术那么厉害，怎么会被毒杀！"

乔幻羽说着，没顾得与冰偌几位远客打声招呼，便急急地冲出了正堂，几位侍从跟随着他们的少庄主，气势汹汹地离开了庄园。

正堂中的冰偌几人看着他们一行远去的身影，自嘲道："看来咱们还真是倒霉，走到哪里都碰上这种惨事。"

"怎么？"逸前辈温和地看着冰偌，"不想弄清楚这位庄主为什么会在这个时候被毒杀么？"

冰偌思考片刻，"爹爹的意思是说庄主的死可能和我们有关？"

逸前辈摇摇头，"猜想而已。"

阿九听着他们说的话，早就等不及想去看看到底发生了什么事，终忍不住说道："走吧，一起去看看。"说完期待地看着几人。

他们却都还安稳地坐着没动静。

阿九嘟着嘴，一手拉着芸儿，一手拽着冰偌就往外走，边走边向后扭头说："逸前辈，慕容昕，你们快来啊！"

慕容昕和逸前辈无奈地笑笑，便起身跟着阿九他们走了出去。

追随着怖魂庄侍从的路线，终于找到了所谓的柳明湖。

湖边已经围了很多人，庄中的侍从和乔幻羽等人跪在湖边，对着一具全身发黑的尸体轻声啜泣着，阿九猜想这具尸体就该是他们的庄主了吧，只是不知为何会在此惨遭杀害。乔幻羽身旁跪着一淡妆女子，身披紫色纱袍，一双凤目中浸满泪水，银丝手套中的指头握在一起不停地揉搓着，她身后跟着几位身着素装的女子，像是她的手下，这样说来，她便是浮霜阁的阁主乔琳了吧。

来自怖魂庄的几位医者为亡故的庄主验了尸，发现庄主所中之毒为——迷红锁喉！

竟然与死在客栈中的彪汉所中之毒一样！

冰偌在逸前辈的暗示下，缓缓走上前，仔细地观察了一遍庄主的尸体，发现尸体旁边有一个打碎成两半的小瓷碗,碗边有两道深色的蓝条纹路,他低下身对乔幻羽轻声说:"我对庄主的死很是疑惑,能不能上前查看查看?"

乔幻羽和身边的乔琳互看一眼,接着点点头,"有劳冰偌公子了。"

冰偌小心地俯下身,向乔幻羽要来一副银丝手套戴上,拿起地面上被打碎的小瓷碗,用手套仔细地将所有碎片擦拭一遍,手套依旧银白无比。冰偌微微蹙眉,将庄主的尸体翻转过去,发现他的左肩上插着一把小巧的匕首,冰偌将匕首小心地拔出来,又仔细地看了看伤口,再次蹙眉。用银丝手套沾了一下刀刃处,结果手套黑了一大片,在场之人皆惊。

冰偌翻看着尸体的脸部,在脖颈处发现了异常。一根极细的银针直直地插在脖颈处,变得通黑。

他将这银针拔出,小心地收起。查看完毕,走向阿九一行人。

芸儿看着湖边庄主的尸体,心中一沉。

乔幻羽和乔琳都来了,为什么唯独不见他的踪迹?

自己的爹爹被害,他没理由不出现的啊……

柳明湖边,杨柳低垂,野花追芳,独少了红叶。

第五章　迷离雨巷

乔幻羽命人将庄主的尸首收敛,回庄置办丧事,乔琳早已哭红了眼睛,手下的侍女将她搀扶起,她跟在乔幻羽的身后,不停地啜泣着,身子微微发颤。走过冰偌几人的身边,被脚下的尖石一绊,整个身子便毫无预兆地倒在冰偌怀里,她身旁的侍女一声惊叫,望着冰偌怀里的乔琳,连连欠身:"小婢该死!琳阁主开恩!"

乔琳抬眼对望着将自己揽在怀中一脸冷淡的冰偌,泪眼晶莹的明目略带惊慌地晃过他棱角分明的脸庞,感到阵阵暖意向她心中袭来。

一瞬间，竟想赖在这陌生却温暖有力的怀抱中，再也不放开。

冰偌默然地对着乔琳的眼光，两手微微用力将她扶起，后放下手臂，随意地说："节哀。"

阿九观望着眼前的一幕，微微嘟起嘴角，摸着离开白府时从伊香画偷偷摘下藏于怀中的恋惜草，心中没来由的阵阵酸涩。

乔幻羽回过头，望着乔琳，问道："没事吧？"

乔琳听声回应道："没事。"眼光却依旧留恋地停在冰偌身上。

"没事就回庄吧。"乔幻羽说着便带领着大队侍从先行离去。乔琳看着冰偌，微微红着脸点点头，恋恋不舍地收回目光，随着乔幻羽走去。

冰偌丝毫没在意这双温柔的凤目，转头对阿九说："这位庄主死得真是蹊跷，刚才那位医者验尸说是死于匕首上沾染的迷红锁喉剧毒，其实根本不是。"

阿九闷闷地"哦"了一声，便不再说话。

冰偌有些奇怪，阿九此刻撅着个嘴，满脸的烦躁，倒像是在和什么人怄气似的。他伸出手掌，在阿九的眼前晃了晃，坏笑着问道："是哪位不自量力的又惹着九姑娘了？"

阿九抬起脸狠狠地瞪了冰偌一眼："就是你！缨蓝才离开没多久，你就抱别的女孩子，你……"

冰偌哭笑不得，只得解释道："我没抱她啊……"

阿九索性背过身，不再去听他讲话，嘴里喃喃地念着："死冰人，花心鬼一个……"

冰偌也懒得解释这种事情，便对慕容昕几人说："匕首上虽然有剧毒，不过是在庄主的伤口处，显得很整齐，说明匕首是死了以后才刺上去的，所以庄主并不是死于这把匕首。而且，我从他身上找到了这个东西。"说着，冰偌扬起手，手中捏着一根细小的银针。

阿九一听，又恢复了原本的好奇心，歪着脑袋盯着银针，好像它很不一般似的。

慕容昕几人也纷纷凑过来打量这根看似很平常却又很奇特的银针，逸前辈问道："从哪里发现的？"

冰偌想了想，说道："我不懂医术，是在他的肩上，稍微有点靠近脖颈处吧，说不太准确。"

逸前辈听后点点头:"知道了,是肩井穴。可是这银针变黑,说明沾染了毒性,而如果是用银针扎进肩井穴而死,根本就不用使毒了,因为,懂得医术的人都了解,肩井穴也算是一个死穴。"

冰偌点点头,又说道:"还有被打碎的小瓷碗也不明白是怎么回事。"

话说完,几人均陷入思考,一阵静默。

庄主的死越发显得凌乱不堪,现在也找不到什么其他的线索。几人索性不再去想,待怖魂庄的人散去,他们便找了家店安顿了下来。

阿九和芸儿同住一间,并非是银两不够,冰偌是白府小主人,出门时身上的银两自然带得不少,只是她们两人觉得住在一起好说些闺中秘密之事罢了。至于慕容昕和逸前辈,都是一人一间,住起来也方便。

黄昏时分空中飘起了细密的雨丝,伴着丝丝清凉的风,透过小窗扬起一丝微冷的气息,飘进了芸儿和阿九的房间。

她们住在店的二楼,正好临街,透过小窗可见路上来来往往的行人,此时丝丝小雨起了,一些路人扬起手遮挡着碎雨,神色匆忙地从街上闪过,两人趴在窗前,悠然地凝望这些急匆匆的身影,各自怀着心事。

已经三天了,怀中的恋惜草依旧那么鲜亮,丝毫没有萎谢的迹象,这让阿九甚是不解。

芸儿轻笑着看她:"你拿着的,这是什么花?"

阿九痴痴地笑着,抚着淡粉色的小花:"这个啊,是我临走时在白府的伊香圃中摘的恋惜草。"

芸儿一时间有些惊讶:你从伊香圃中摘的,这么说已经有三天了,它怎么还是开得这么好?"

阿九也是一脸疑惑,观察着手中的恋惜草,叶子泛着清亮的绿色,片片淡粉色的花瓣显得晶莹剔透,与当日摘下来的时候一模一样,根本没有丝毫变化:"不清楚啊,我很喜欢它,就摘下来了,没想到现在还是这么漂亮。"

芸儿看着阿九窃喜的神情,悄悄地问道:"这花是不是有什么不一般?"

阿九听后装作漫不经心地将恋惜草收起来,说:"没有啊,就是很漂亮,才摘的。"

芸儿笑着点点头,眼神迷离地望向窗外,想着那只枫林中款款而飞的蝴蝶,那双琥珀色的眼眸,还有那张不羁的笑靥。

芸儿自嘲般笑了一下,轻轻垂下眼,街中一个撑伞的身影映入眼帘。

她心跳骤然加快,脸颊火般灼热,定定地凝望着那街中人。

不是吧,怎么刚刚想到他,他就出现了?

红叶身着银白色的长衣,手撑一把银色小伞,漫不经心地走在雨中,身上带着一种漠视的味道,冷峻的面容下又是一抹淡淡的微笑。小风抚过,银白色的发丝微微吹乱了几丝,却更显出一份萧然。他缓缓伸出手,越过小伞的边缘,掌心接下几滴晶莹雨珠,接着化成融于手心的一股湿润。

芸儿忽觉着有一种冲动,于是转身跑出房间,快步迈下楼梯,冲进一望无际的雨帘之中。

红叶的背影映在芸儿的眸中,芸儿笑着向前方喊道:"红叶!"

红叶缓缓转过身子,看到雨中朝自己微笑着挥手的芸儿心下一惊,后快快走到芸儿身边,将伞撑上,略带责怪地说:"你怎么这么笨,下雨不打伞?"

芸儿还是开心地笑着:"没事啊,淋淋雨也不错。"说着竟然冲到雨中快活地跳来跳去。

红叶看着眼前这个快乐的芸儿,嘴角也不禁浮起一丝微笑。

芸儿像是想起了什么,问道:"听乔幻羽说,你是他弟弟,为什么你爹被人毒杀了,你却没有去看他呢?"

红叶听后空灵的目光望着空中细密的雨丝,后随意地说:"我是想去的,可是他不让我去的。"

"谁?"芸儿不知怎的,感觉出红叶有着丝丝不为人知的哀伤,问道,"谁会不让你见自己的爹爹?"

红叶淡淡地一笑:"乔幻羽啊。"

看着芸儿一脸疑惑的目光,红叶解释道:"我不是庄主的亲生儿子,不过我以前救过庄主一命,才成了他的义子,他对我非常信任,还把枫沙阁交给了我。他的亲生儿子乔幻羽一直嫉妒我,一年前就和我断了关系。得知庄主被杀后,我本想去,却被他的人拦在了枫沙阁。现在下雨了,我出来走走。"说着他又意味深长地看着芸儿,说道,"你记住,在这怖魂庄,雨夜千万不要出门。"

芸儿满目疑惑,问道:"为什么?"

红叶飘忽的目光透过雨帘,在街中游离着,轻轻一笑:"传说,怖魂庄是有亡灵的,你怕不怕?"

第六章　萧条梅园

街上小雨清冷,随着红叶清淡的、略带玩笑性的语气,仿佛为这条迷茫的雨巷罩上一层暖意。

芸儿大胆地望着红叶,不屑地微笑:"我连地狱的恶鬼都见过,怎么会怕什么亡灵?"顿了顿又有些迟疑地问道,"那个……亡灵是什么东西?"

红叶再次将伞撑给芸儿,两人随性地走于雨中,芸儿心中暗涌一股微微的甜意,听着红叶清朗温和的声音讲着亡灵的由来。

"怖魂庄长年来有无数人丧命于毒杀、暗杀,死状惨不忍睹。也有一些小孩子,因为幼小无知,误食了父母身边的毒药,离世而去,这些人死去以后心中都有恋世之心,故久久留恋于怖魂庄,地府不收,凡世不留,徘徊于生前的地方,怨气不散,每当雨夜,便出来寻找替死之人,好借活人的身躯还阳。所以怖魂庄的雨夜,街上是一个人都没有的,家家房门紧闭,唯恐亡灵来袭。"红叶轻描淡写地说着,仿佛在讲一个事不关己的故事。

芸儿听得有些寒意,说道:"好像是很可怕。"

红叶微微颔首:"不过也有一些很美的亡灵,像有的动物的亡灵就是由很多微光聚成的,他们不会害人,只会散发出一团光亮,在雨夜游荡在生前最喜欢的地方,等天一亮就消失了。还有一些植物的亡灵,也是这样。"

芸儿点点头,不知怎的,心中竟有点喜爱这些亡灵。霎时,忽又想起客栈中惨死的秦涟裳,还有那幅梅下女子的画轴,便停下脚步,对红叶问道:"你听说过有个人叫'端木杰'么?"

"端木杰？"红叶问一声，低头微微思索片刻，"那是很久以前的事了，我刚刚来怖魂庄的时候，似乎听过这个名字。"

芸儿看着红叶，惊喜万分，眨着灵动的眼睛，迫不及待地问道："真的吗？他是什么人？在哪里？"红叶看着芸儿炽热的目光略略一怔，又回想着说："我没见过他，只知道他是个很有名的画师，轻易不露面，本身也并非怖魂庄中的人，不过他在三年前就销声匿迹了，谁也不知道他去了哪里。"

芸儿又有些许的失望，深低下头，喃喃地说："画师，销声匿迹了……"

天色微暗。

阿九倚在店中的楼窗边，望着雨中的芸儿和红叶，忆着芸儿冲下楼层的画面，暗暗想着从前扮成九公子之时，若是有女子能像芸儿对红叶一般痴迷于他，那该是怎样的一个场景啊……想到这里忙暗自打住，自己是猫，不是人类，怎么能想这种事情！

有节奏的敲门声响起，阿九透窗见芸儿已不在，想到定是芸儿回来了，忙起身去开门。

芸儿的衣服已经被雨水浸透，头发湿湿的搭在额前，看起来显得狼狈不堪，可她的脸上却勾勒出一股笑意。

阿九帮忙拿来干净的衣服，说："快换上吧，湿成这个样子。"

芸儿接过阿九的衣裙，笑容依旧不退，换好之后赶忙趴在窗边向街上望去，阿九看着她，禁不住一笑："还看什么，他都走啦！"

芸儿脸一红，眼中是阿九从未见过的光彩，她拉着阿九坐下来，抑不住的笑意："阿九，我喜欢他的声音，喜欢他的眼睛，喜欢他银色的头发，喜欢看他笑，我喜欢得不得了……"

阿九看着芸儿清澈的眸子，想这世间女子皆羞怯，如缨蓝，禁于柳缠香木小屋中，爱不能爱，恨不敢恨，终怨念大发，魔笛彻响，铸成终身大错，悔之晚矣。又有几人能像芸儿这般敢于表达出自己的内心所想，追自己所爱？

阿九忽地想起伊香圃中与冰偌共种恋惜草的画面，惨淡地一笑。

芸儿拿出梅下女子的那幅轴画，缓缓摊开，对阿九道："听红叶说，这个端木杰曾经是一个很有名的画师，在三年前不知出于什么原因销声匿迹了，无人知道他的下落。"

阿九若有所悟，看着画上的题词，轻声读道："淡然纷飞寒梅绽，思情似景。隆冬腊月于怖魂庄梅园作，特赠佳人。"停了停又思考着叨念，"怖魂庄梅园……梅园……"

"既然现在找不到那个端木杰，我们可以先去这个画中的梅园看看。"阿九说着望了望窗外，天色已黑，"今晚先好好睡一觉，明早肯定会雨过天晴，到时候咱们就去找找这个梅园。"

芸儿想想也是，便应允了。

深夜，床榻上的两人酣睡沉沉。夜间的雨势更是大得惊人，街间的风呼呼作响，不知惊醒了多少梦中人。

一阵强风袭来，将紧闭的楼窗吹开，窗扇噼噼啪啪地敲打着台面，发出隆隆的闷响。

阿九和芸儿睁开惺忪的睡眼，芸儿还未脱离睡意，懒懒地问道："什么声音啊？"

"嗯？"阿九也是一身的疲累，半睁着眼看了看房间，直到看见扑扇的窗户，才轻声说，"没事，风太大，窗子被吹开了。"说着便起身下床，走到窗边欲将其重新关好。

窗外是无边无际的黑暗，伴着簌簌的雨丝和疾风。

霎时，阿九见一个约莫六七岁的小女孩着一身破旧的布裙，在窗外嘤嘤地哭泣着，对阿九道："姐姐，外面好冷，让我进去避一晚吧……"

阿九心下一阵同情："好啊，进来吧。"便向小女孩伸出了手。

啪！窗户被死死地关上了，芸儿一脸的惊慌，对阿九质问道："你疯了，这是店的二楼，窗外怎么会有人呢？她是亡灵。"

阿九回过神，记起怖魂庄雨夜的亡灵之说，明白了几分，可是想起刚刚的小女孩，心中还是一阵心痛："你看见了吗？她多可怜……"

芸儿无奈地叹口气："是啊，可她是亡灵啊，你放她进来，或许你的法力可以制伏她，可是其他的凡人呢？所以，还是别想这么多了，安心睡觉吧。"

如是，在怖魂庄度过了第一个不安之夜。

次日，逸前辈被乔幻羽请了去，说是要举行晋升庄主的仪式，要冰逸这个外来的前辈作见证，慕容昕也随着一同去了，而冰偌，则被阿九和芸儿拉去一同寻找那轴画中所题的"梅园"。

果如阿九所说，雨过天晴，空气中都弥漫着清新的味道。

三人向路人打探着，了解到这怖魂庄共有两个梅园，一为"杏梅园"，另一为"李梅园"，几人回忆着轴画上的梅花该是李梅花，便按照路人所指，去寻李梅园。

李梅园位于怖魂庄的南街，找起来并非难事，不久的工夫，便寻到了这画中的梅园。

正值深秋，不到梅花开放的时令，梅园显得萧条之极。

三人缓缓踏步进去，棵棵古梅枝干悠然垂落，像是千年的古稀老者，召唤着喜梅之人。

进了梅林，见一着青衫长褂，稍稍上了年纪的男子正从梅园缓缓走出，一脸落寞的气息。

面对面，三人注视着他，他也注视着他们。

许久，冰偌缓缓出口问道："你是谁？"

第七章 暖怀伊人

"程忆，怖魂庄的医师。"他深低下头，向冰偌几人行一礼，缓缓向梅园外走去。

"请等一下！"冰偌叫住他，"程医师可曾听过端木杰这个名字？"

他微微转身，看着冰偌："以前听过，可是他三年前就失踪了，你们找他有何事？"

冰偌摇摇头："小辈没事，打扰程医师了。"

程忆微微点点头，迈着蹒跚的步子走出了梅园。

他们三人望着程忆的背影消融在晨阳中，不知怎地在心头罩起一股沉闷的哀意。

"我看他有些眼熟，好像给庄主验尸的就是他吧？"阿九有些疑惑地问道。

"对！"芸儿接过话，"我也记得他，就是他给庄主验尸的。"

"你们说会不会杀人的就是他？"阿九转过脸突然问这一句，冰偌和芸儿两人直直地看着她，芸儿问道："怎么说？"

阿九想了想，说："你看啊，庄主明明是死于那根肩井穴上的银针，他验尸的时候却说是死于那把匕首，身为怖魂庄的医师，怎么会连这个也看不出来？"

冰偌摇摇头，说道："那银针很不明显，看不出来也是正常。至于他为什么说错庄主的死因，就不知道了……好了，先进这梅园里看看吧。"

说着，冰偌率先走了进去，阿九和芸儿便随着跟了上去。

梅园很大，古梅的枝干错杂交纵，朴雅而清素，可想，若到隆冬之时，梅花遍开傲雪独放，定是一片壮美景象。越往梅园深处走，越觉得这古梅枝干的古朴，不多时，三人纷纷停下脚步，注视着脚下这一片隆起的土丘。

梅园之中竟有一方无名坟墓！这方坟墓前有一石碑，然而碑上却无名无姓，只雕筑了一剪梅花，让三人诧异不已。

冰偌蹲下身，指尖触到石碑，感觉一股清凉从手心传到身体，他轻轻抚过石碑上雕刻的一剪梅花，喃喃念道："里面是什么人呢？"

"会不会是那个端木杰？说不定他在三年前已经死了，因为生前喜欢画梅花，他的好友就把他葬在这里了？这正好可以解释为什么他在三年前就销声匿迹了。"阿九问道。

芸儿打断她："不可能啊，如果端木杰已经死了，那秦涟裳为什么还要我们把画轴交给他？难道是在他坟前烧掉？"

"别乱猜了。"冰偌淡淡地说，"找到这个梅园还不行，还要弄清楚那个端木杰到底去哪里了，死了还是走了。以后再接着查，现在先回庄看看我爹爹他们那里怎么样了。"

得到阿九和芸儿的赞同，留下了满是谜题的梅园，几人开始赶往乔幻羽的庄中，只是那方梅花碑坟墓和端木杰失踪之谜依旧在他们的脑中回荡，挥之不去。

怖魂庄中的庄主接任仪式已经完成，从今儿起，乔幻羽变成了新一任的庄主。

他满目凌厉地坐在交椅上,昨日待人平和儒雅的文人样已不复存在。厅中是庄上有头有脸的人物和逸前辈等几位外人,冰偌他们刚一进门,目睹了正厅中的阵势,便学着其他人的姿态,微微欠身齐声问候道:"乔庄主好。"

乔幻羽轻挥衣袖,沉声道:"请坐。"于是几人挨着逸前辈和慕容昕缓缓坐下。

刚刚继任,乔幻羽显得霸气十足,对着在场的人士说道:"今日,乔某要当着各位英雄之面惩治谋害我爹爹之人。"顿了顿,向侍从喊道:"请枫沙阁阁主红叶。"

芸儿听后一惊,听红叶说这乔幻羽一直嫉妒他,现在他成了庄主,肯定是要将红叶迫不及待地铲除才对,难道他想诬陷是红叶害死了庄主?想到这里,芸儿暗暗为红叶担心着,看现在这阵势,怕是对红叶很不利啊……

红叶轻迈着稳健的步子走进正堂,嘴角微扬保持着始终如一的微笑,银色长裾显出他不羁的气质,琥珀色的眸子凌厉地看着乔幻羽。

"红叶贤弟,你可知我请你来有何事?"乔幻羽抬眼迎着红叶的目光,本应沉痛的脸上露出一丝不易察觉的微笑。

红叶根本不在意在座之人对乔幻羽恭敬的目光,毫不客气地坐下来,歪头对他轻轻一笑:"不知。"

乔幻羽恨恨地看着丝毫不把自己放在眼里的红叶,攥紧了拳头,脸上却还是努力保持着冷静和王者的霸气:"我想问问红叶贤弟,可知爹爹是如何亡故的?"

"毒杀。"红叶淡淡的语气。

"好。"乔幻羽冷笑道,"在场之人皆知,你——红叶,并非我爹爹的亲子,你费尽心思取得爹爹的信任,当上了枫沙阁阁主,欲霸怖魂庄为己有,设计毒害我爹爹,今日我便要为他老人家报仇!"乔幻羽说罢对侍从大喊道:"拿下!"

"住手!"芸儿只身冲上前拦住侍从,转头对乔幻羽说道,"红叶没杀前庄主,你无凭无据便诬陷红叶是何用意?"

红叶看着护在自己身前的芸儿,微微一愣,瞬即感觉一种前所未有的暖意直入心田,这个小丫头根本不了解自己,只是匆匆见过两面便会为自己挺身而出,究竟是何原因?他又看了看群拥而上的侍从,不屑地一笑,心中暗自念道,下界来人间玩了这么久,也该活动活动筋骨了吧……

乔幻羽没想到芸儿会冲出来,微怔一下,说道:"芸儿姑娘,你是外来的不了解我们这里,不要护着这个凶手。"

"他不是凶手！你们这样无凭无据地抓人，我偏要护着他！"芸儿微带怒意地看着乔幻羽。

乔幻羽冷声道："既然如此，我便不客气了。"说罢一挥手，侍从一拥而上。

阿九忙起身要去帮芸儿，却被冰偌拉下，阿九疑惑地看着冰偌，只听冰偌说："芸儿会法术，对付这些凡人不成问题，安心坐下看着吧。"阿九一想也是，便又坐了下去。

芸儿灵巧地招架着侍从的攻势，念及他们只是受命于人也不伤害他们，正座上的乔幻羽脸色显得越发不耐烦，悄悄地从座上暗射出几枚剧毒飞镖。芸儿发觉有镖射向自己心下一惊，却见红叶环抱自己飞身而起，银色衣袖向下一挥，霎时像有数把无形的利剑向下飞射，堂中侍从纷纷躺倒于地不住地呻吟，芸儿被红叶揽在怀中，感受到一阵暖暖的温柔，伴着耳边轻轻的风声，心跳不住地加快。红叶抱起芸儿降身在乔幻羽面前，乔幻羽面色惊慌地看着红叶，却见红叶只是微微一笑："别害怕，杀你这种小人我还怕会脏了我的手，告诉你，我对你们这个怖魂庄没兴趣，枫沙阁还给你，我玩够了。"

放下环抱芸儿的手臂，漠然地背过身朝外走去。

银纱微摆，留给在座之人一个玩世不恭的笑靥。

第八章　引灵彼岸

侍从七零八落地倒在地上，乔幻羽和在场的众人纷纷注目红叶，谁也不敢上前阻拦，眼睁睁地看着他那一抹无邪的微笑渐渐远离各自的视线。

芸儿痴痴地望着他银白色的背影，心中甜蜜久久不退，她甚至觉得，红叶的微笑似乎不属于人间，天地漫漫，她从未见过像他这般淡然的微笑，仿佛无视凡尘的一切，所有所有，全不放在眼里。

这一刻,她忘记了自己应该追上前去,将昨夜准备好久的一番表白之话向他吐露,只是看着他渐渐走远,直到消失,感受着刚刚他环抱自己的温度。

逸前辈本为红叶的身手感到略微的惊讶,后注意了红叶的衣着和银白的发色,却也是牵动一抹微笑,轻轻地说:"原来是他。"

这话被冰偌几人听了去,冰偌扭头问道:"爹爹认识红叶?"

逸前辈微微点头,带着遗憾喃喃地说:"怎会不认识啊,他的一颦一笑根本不是这凡尘所能拥有的……就像你的蓝头发,就像我的灰眼睛……"

逸前辈的声音渐小,到最后根本听不见了,冰偌只得问道:"爹爹你说什么?我没听清楚。"

逸前辈却摇摇头:"等回去再说这个,你留在这里再查一下,我先回客栈了。"

说着,逸前辈便起身向乔幻羽行一礼:"乔庄主,逸某还有些事,暂且离开了。"

乔幻羽理了理衣褂,从刚刚的惊慌中回过神来,故作平静地回应道:"逸前辈走好。"

芸儿念着红叶,正想出去,便说道:"逸前辈,我随您一起走。"

于是两人一前一后地离开了怖魂庄。

阿九有些无聊地看着乔幻羽和在场的众人,听着他们探讨一些使毒的方法,昏昏欲睡。于是习惯性地扯扯冰偌的衣袖,偷偷地说:"大冰人,咱们也找个借口偷溜吧。"

冰偌身子僵直地坐着,面不改色,也不回应阿九。

阿九微微用力:"喂,跟你说话呢,咱们也走吧!"

冰偌还是一句话也不说。

阿九觉得有些不对劲,睁大眼睛看着冰偌,心中闷闷苦笑:"不是吧?眼睛也不眨一下……"一时间,阿九忽然想起一种法术,然后恨恨地瞪着眼前这个冰偌,咬牙切齿地嘟囔一句:"好你个臭冰人,竟然给我用身外化身,留下这么个玩偶人坐在这里,自己偷偷跑掉,真是可恶之极!"想着,阿九便对身边的慕容昕说:"喂,你会身外化身么?"

慕容昕疑惑地看着阿九,缓缓道:"会啊,怎么?"

阿九压低声音:"教我下,我学东西很快的……一会儿咱们偷跑出去,留下个假人在这里坐着就好了!"

慕容昕看着一脸调皮的阿九,心中蓦然一动,迎着她微蓝的眼眸点点头:"好啊,我教你。"

阿九开心地一笑,和慕容昕一起低下头,学起了身外化身。

怖魂庄的后院是书房和卧房,几个婢女从一间房内走出,领头的那个向另几个招呼着:"大家把老爷的遗物都收拾好,给乔琳小姐送去,小姐等着呢!"房内几位小婢回应道:"是。"便见那人离开了房间,顺着走廊朝另一边走去。

掩身于杨柳树后的冰偌微微一笑,伸手向房内射出一记银光,房中的小婢纷纷打起了哈欠,不一会儿的时间便都躺倒在地上睡熟了。冰偌悄然地进了房子,翻看着房内的物品,欲找出一些蛛丝马迹。这房内的摆设很古朴,可见前庄主是很念旧的一个人,整面书架上都是一些使毒解毒的古书,冰偌随意地翻看着,并无可疑之处。

到底是什么才使他招致杀身之祸呢?

翻着翻着,冰偌的目光落到一幅画轴上,这画轴上挂着条红色的穗子,倒像是在哪里见过一般……冰偌恍然大悟,秦涟裳死前交托的那幅画轴上也坠着这样一条挂穗,如此说来,这幅画……

想着,冰偌便摊手将画缓缓铺开,这画足有三尺长,画中满面竟全是伤感娇娆的彼岸花!

深红色的花朵簇拥着,鲜艳无比,整幅画卷弥漫着一种死亡的艳丽之美,冰偌心下微微一颤,下意识地放下轴画,定了定心,又重新捧起来,细细地观看着画中的彼岸花。

彼岸花,鳞茎有毒,花开的时候不见叶,长叶的时候不开花,故而称之为彼岸花。花香传说有魔力,能唤醒死者生前的记忆,相传此花是黄泉路上唯一的风景,也是死者亡灵的接引之花。亡灵走在黄泉路上,踏着彼岸花前行,远远望去就像是被血铺成的地毯,亡灵只有踏着这花的指引才能通向幽冥之狱,因此这种花在人间也有一俗名,为"死人花"。

冰偌暗想,这种花象征着死亡、不祥与分离,为什么庄主会收藏这样一幅画卷?

画中还有一首题词:梦生思妻亡,墓前醉彷徨,清明空悲戚,恋恋彼岸香。春彼岸时令于怖魂庄墓林作,意怀故人,赠彼岸之花,欲引黄泉。

春彼岸，也就是春分的前后三日，当时正值彼岸花开。照题词看来，这幅画应该被主人于墓前烧掉，寄予亡故之人才对，怎么会出现在庄主的房中？

冰偌满心的疑惑，手掌触碰到画轴，感觉轴上很不平坦，细细一看，便见上面刻着一个端端正正的"杰"字。

冰偌微微皱起眉头。

端木杰之作。

廊中一阵轻缓的脚步声临近，冰偌忙把画轴重新放好，听得一清丽的女声响起："冰偌侠士！"

冰偌有些尴尬地转过身，看着眼前的小姐问候道："乔阁主好。"

乔琳不满地摆了摆手："什么乔阁主，你叫我乔琳就好了！"说着看了看躺在地上睡着的几位婢女，疑惑地问道："她们都怎么了？你怎么会在这里？"

冰偌脸上微微显出一丝窘色，谎道："我在正堂坐得无聊，便四处走走，看见她们都躺在地上睡着了，便随意走进来看看。"

乔琳的脸上荡开一抹笑容，微红着脸说道："能再见到冰偌侠士真的太好了，上次一别，乔琳心中很是挂念，冰偌侠士的英姿在小女子心中久久不散……"乔琳说着，竟然突兀地握住了冰偌的手掌，冰偌大惊，猛地向后退去，脚下忽被房中的杂物绊倒，身子一倾便倒到地面，而握着冰偌手的乔琳也被拉扯着向下倒去，不偏不斜，正好趴在了冰偌的身上……

阿九和慕容昕用身外化身之术偷溜出了正堂，来到后院的走廊之中，走到前庄主的书房前，正好看到乔琳和冰偌趴在一起的画面。

阿九忽觉心中怒意四起，微微攥紧了拳头。慕容昕尴尬地看了看冰偌和乔琳两人，又转头看着身边的阿九，只见阿九原本开心的笑脸霎时变得通红，对着书房中的两人冷冷地问道：

"你们在干什么？"

第九章　银狐现身

　　闪过乔琳的肩身，望见门边阿九，眼神中是失望和愤怒，定定地站在那里，冷冷的目光看着冰偌。冰偌瞬间感到满心的灼热，他略带慌张地将乔琳推去一边，起身对阿九解释着："不是你想的那样……我……我们是不小心……"冰偌想着，望了望在地面上倒着的乔琳，心中一阵矛盾，总不能说是乔阁主对自己告白，自己被她吓得不行，不小心被绊才成这样的吧，于是话说到一半便说不下去了。

　　阿九眼含期待地等着他解释下去，却见他没了话，一阵强烈的醋意滋生而起，她抿着嘴角，眼眶中流露出丝丝湿润，忽想起自己根本算不上是冰偌的什么人，顶多可以说是他的朋友，便生生地把眼泪咽了回去，努力挤出一丝微笑："你个臭冰人，出来玩也不记得叫上我！还来这里和乔阁主约会，难不成是怕我和慕容兄打扰你们不成？"

　　冰偌和慕容昕皆是一愣，冰偌看着阿九的微笑竟有丝丝不忍之情，他转过头对乔琳说："乔阁主，我们先行离开了。"说着便拉着阿九和慕容昕逃开了乔琳身边。

　　乔琳望着三人渐渐走远，默默想着阿九刚刚的话，嘴角浮起一丝嘲弄的笑意。

　　冰偌与阿九、慕容昕三人并排而行，冰偌心里别扭至极，刚想讲清原委，却听阿九问道："其实你不是故意的吧……"

　　"啊？"冰偌微怔，然后轻轻点了点头，"我只是想去庄主的书房看一看，看会不会有什么线索，然后乔阁主便进来了……"

　　阿九淡淡一笑，眼中恢复了以往的神采："我相信你了。那你查到了什么没有？"

　　冰偌看着慕容昕和阿九两人，整理了一下思绪，后将在庄主书房中发现的彼岸花之画轴以及彼岸花的传说讲给两人听，两人听后均是满心的疑虑。

"画轴上刻着一个'杰'字,我猜想定是端木杰的画。"冰偌说着,脸上是思索的神情。

慕容昕将手中的折扇转了一圈,漫不经心地说道:"那芸儿手中的画轴呢?很有可能也是端木杰之作。"

冰偌赞同地点头:"和我想的一样,当时我们都没有注意画轴上是否刻着什么字,现在回去看看。"

秋日午后的阳光暖了街面。

结束了庄中的接任仪式,三人的身外化身随着人流木然地走了出去,自觉地躲到一个无人的角落,化作一股青烟消失不见。

而真正的冰偌几人早已回到了客栈,与逸前辈在一起研究着芸儿遗留在房间中的画轴。

缓缓摊开,清芬的梅花,梅下的绝世佳人,画边的题词,抚着棕黑的画轴,一阵凹凸感。

果不其然,轴边刻着一个细小而端正的字:

杰。

这两幅画之间有什么关系,暂时还无法破解。

阿九环望房间,问道:"逸前辈,芸儿不是与您一起回来的吗?去哪里了?"

逸前辈摇摇头:"她没回客栈,好像是找红叶去了吧。"

阿九心中暗笑,原来是去找红叶了。

路人稀疏,却找不到他的身影,暖阳洒落,缕缕阳光晃过她略微失落的双眸,额上竟微微渗出了汗珠。

红叶,你在哪里……

拐过街角,听到一群小孩子嬉闹的声音:"哥哥好可爱啊,为什么我们没有尾巴?"

"因为我是从天上飘下来找你们玩的神仙哥哥噢……"一个温和的开着玩笑的声音。

芸儿心中微微一颤,走回本已经错过的街角。

怖魂庄的一些靠乞讨为生的小孩子围在一起,全都是满脸天真的笑容,手中捧着香喷喷的馒头,围着一个银衣男子,而那个银衣男子,身后竟然拖着一条银白色的毛茸茸的长尾巴！

芸儿感到一种前所未有的慌张与震撼,愣愣地站在原地,忘记了自己原本寻找红叶的初衷。

"红叶哥哥,那个姐姐一直在看你耶……"一个小女孩满眼纯真地看了看芸儿,然后把她指给红叶。

红叶缓缓转过头,看到芸儿微微一愣,后低下头对小孩子们说:"今天的馒头香吗？"

孩子们纷纷发出稚嫩的童声:"香——"

红叶微微一笑:"那就拿去吃吧,红叶哥哥明天再给你们送来好不好？"

依旧是纯真无比的爱戴之声:"好——"此声过后,孩子们一哄而散,怀里捧着属于自己的馒头,消失于街中,片刻的时间,整条僻静的小街便只剩下红叶与芸儿两人相互望着对方,不发一语。

许久,红叶走到芸儿面前,似乎毫不在意她刚刚看到的一幕,还悠然地抚摸着自己的尾巴,淡淡地说:"被你看到了。"

芸儿依旧呆滞,不知该说些什么才好,直到红叶的目光瞥向她,像往常一样随意地微笑,她才缓过神蓦然明白,眼前的红叶,与自己并非同类。

"你,是什么？是狐狸么……"芸儿看着红叶的尾巴,迟疑地问道,"妖狐？"

红叶扑哧一笑,看着芸儿紧张呆滞的脸,回问道:"见过像我一样的妖狐么？"

芸儿凑近他,闭着眼狠狠吸气围着红叶的身子从前到后,从上到下猛嗅了一番,竟然没有一丝的狐臭味。

红叶奇怪地看着芸儿,感受到她的鼻息,心中一阵暖流淌过,不过他很快平息了这种感受,向芸儿问道:"怎么样？"

芸儿疑惑地摇摇头:"身上一点狐臭味道都没有,你不是妖狐,你到底是什么人？"

红叶仰头望天淡淡一笑:"我是天界的银狐啊,跑下来到人间玩玩。"

芸儿恍然大悟,再次细细打量眼前的红叶,白皙而干净的脸,银色飘逸的发丝,加之他总是一身银装,原来他竟是传说中的千年银狐……

想到这里,芸儿心下更是失落不已,他若是银狐,怕是不会动凡心的……念着念着,竟然不自觉地轻叹了一声。

红叶看着眼前的芸儿,想起以往见到她的场景,问道:"为什么每次你出现的时候我都会觉得比以往开心?"

芸儿脸一红,原本失落的心情忽又变得晴朗无比:"这个,我怎么知道……"

红叶看着芸儿微红的脸颊,坏坏一笑:"我刚刚是逗你玩的!"

芸儿听后尴尬无比,气气地别过脸:"死红叶,没事乱说什么!"

红叶蛮有兴致地转过脸看着芸儿,依旧坏笑:"喂,你不是喜欢上我了吧?"

第十章 痴痴女心

芸儿晃过红叶的双眼,忽觉得他的眼眸如阳光般明亮。

"才不是呢,想当初我在雅梦居,有多少人肯花万两银只为听我一曲《浮生谣》……"芸儿不屑地别过脸,口是心非。

红叶装作略有遗憾地摇摇头:"原来如此,雅梦居好像是逍遥镇一个有名的……"红叶有些说不出口"妓院"两字,便停了话,又改口道,"我去过逍遥镇,知道那个地方。"

芸儿微微一笑:"没关系,想说就说嘛,我算是那里的琴妓,当时在那里也是想在逍遥镇暂时找一个容身之处。"

"我搬去你们所在的客栈了。"红叶说着,见芸儿满脸的惊喜之色便接着坏笑,"见我搬去你们那里你就这么高兴,还不承认你喜欢我?"

芸儿问:"承不承认又怎样?"

红叶微笑摇摇头:"不承认就想办法让你承认。"说罢拽起芸儿的手臂,芸儿心中一慌,却并无挣回之意,反倒是被他拉着,直到两人来到热闹的街市,红叶才放了手,"怎么样?还不承认?"

芸儿赖皮地笑着摇头。

红叶再次拉起芸儿，来到路边一位卖烤地瓜的老伯面前，老伯见他们来了，便招呼道："红叶阁主好啊！"红叶回道："我现在已经不是阁主了，叫我红叶就好了。"

　　说完望了望刚出炉的地瓜，转头向芸儿问道："吃不吃？"芸儿闭上眼吸着漫漫的地瓜香气，几乎口水都快流出来了，听红叶一问，便迫不及待地点头。

　　红叶淡淡一笑："地瓜老伯，给我们来两个！"

　　芸儿一听红叶对老伯的称呼，禁不住扑哧一笑，拍了拍红叶的臂膀问："你叫大伯什么？地瓜老伯，哈哈……"

　　红叶刚想解释，便听地瓜老伯说道："真不巧，今天卖得好，只剩最后一个地瓜了。"

　　芸儿有些遗憾地说道："哎，看来是吃不上了。"

　　红叶看着芸儿那副馋馋的样子，对地瓜老伯轻轻笑道："没关系，那就要这一个吧！"

　　老伯也是憨厚地一笑，将地瓜掰成两半，一半交给芸儿，另一半交给红叶，憨憨地说："相公少一点，娘子多一点，恩爱到永远。这样不就都可以吃到了？"

　　芸儿和红叶微微一愣，接着又都不好意思地看了看对方低头发笑。红叶握着半个热腾腾的烤地瓜，说道："那谢谢地瓜老伯了。"

　　两个刚刚相识的人就这么握起了手。

　　只因为这半个烤地瓜。

　　没有语言。就如同随处逢生的清风，抚过他们泛着温热却不肯松开的双手，见证了他们脸颊上的淡淡微红。

　　就像枫林中翩飞的蝴蝶，从掌心飞过，留下倩影；就像街中的绵绵细雨，从发丝润过，遗下清凉；就像正堂中温热的怀抱，从心房暖过，萌生悸动；就像此刻各分着的半个地瓜，如此香甜。

　　相公少一点，娘子多一点，恩恩爱爱到永远。

　　多么朴实而真挚的祝福。

　　"你的手都给我牵了，还说不喜欢我？"

　　"不喜欢啊，不喜欢啊……"

　　"不喜欢的话就把地瓜还我，不给你吃……"

　　"就吃，就不还给你，你能怎样？"

"哇,吃那么快,真怀疑你是不是没吃过地瓜……"

"当然要吃快一点啊,不然一会儿被你抢走就吃不到了……"

"还我地瓜!"

"就不给!"

两个互相追逐的身影渐渐消融在夕阳暮色之中。

相公少一点,娘子多一点……

入夜,阿九习惯性地趴在窗边望着浓浓的夜色。

脑海中回荡着在怖魂庄后院的书房中看到乔琳与冰偌的那一幕。不知从何时起,她竟然会开始想这些男男女女之间的事情,在刚下山的时候是绝不会这样的。

是那次她和冰偌在净身坊中,听到他附在她耳边悄声念的那句"不知你会不会捉老鼠"的时候吗?没错,就是这一句话,当时那阵阵暖暖的气息从耳边淌过,她就已经改变了……

甚至会在临走前偷偷折下恋惜草的花枝。

敲门声响起,起身打开房门,芸儿溢着笑容缓缓而进。

阿九淡淡地问候一句:"回来了。"

芸儿点点头,望着阿九痴痴地笑,等着阿九继续问下去。阿九却悠然地坐回到窗边,不问一语。

"阿九,你怎么不问我为什么这么高兴?"芸儿耐不住性子,索性问起了阿九。

阿九笑笑:"这还用问吗,一定是和红叶在一起玩得开心咯。"

芸儿也倚到窗边:"是啊,他也搬来这个客栈了呢……"

夜幕中,阿九缓缓聆听着芸儿的心事。

只是,为什么她自己心中藏匿着的那份感情,始终无法说出口?

最甜痴痴女儿心,最苦亦是痴痴女儿心。

第十一章　彼岸之源

　　夜深人静,前庄主的书房之中,画卷上是赤红的彼岸之花,盈盈簇簇,像是黑暗之中绽放的笑颜。她的手指轻轻地在卷中划过,痴痴的眼眸中落下几滴伤心的莹泪,打湿了血红的画卷。忽然,她开始微笑,笑中杂着泪水,痴痴怨怨地念道:"母亲,天有所报,乔山那狗贼终于被人所害,虽不是女儿亲手所杀,相信您在天之灵也已得到慰藉,小女活于世亦无牵挂,来陪您了……"

　　她从怀中摸出一个小瓷瓶,轻轻打开来,先是在鼻边淡淡一嗅漫漫香气,她嘴角的微笑越发显得艳丽:"迷红锁喉的味道,好醉人。"终于将瓶子放于唇边,霎时,又犹豫了。

　　一瞬间想起了那张冷漠的俊颜,竟有些微微的不舍之心。

　　冰偌啊冰偌,为什么你偏偏在这个时候出现?为什么认识你以后我就开始舍不得离开这个肮脏的尘世?

　　她淡漠地微笑,又想起他身边的一个人。

　　一个很美很可爱的女孩子,似乎毫不掩饰自己的情绪,生气就撅嘴,开心就微笑,一个把所有困难都不放在眼里的女孩子——阿九。

　　他们才是天生的一对,自己只是个中间人……

　　想及此,她望向窗外漆黑的夜色,浅浅一笑,再次端起了迷红锁喉的瓷瓶,唇边感到一阵青涩之味,她闭上眼,即将结束这一切。

　　一块飞石从夜色中疾速而入,穿过纱窗,直直地打在她握着瓷瓶的手背之上,一阵疼痛,手微微一颤,瓷瓶随着这颤动跌落于地,砰的一响,碎裂成几块残片,净红的液体缓缓淌出,为地面洒下一片猩红。

　　"谁?"她慌忙站起身,冷冷地望向窗外。

没有人应答。

她推开房门,置身于夜色之中,细细地听着周围的响动:"到底是什么人?"

"喵——"一声轻柔的猫叫划破宁静的夜空。她顺着这声四下观望,房梁之上,一只全身纯白的小猫悠然地蜷卧着,半睁着微蓝眼睛俯瞰自己,一双猫眼在夜色之中闪着蓝光。

她松了一口气,望着它忽闪忽闪的眼睛,忽然觉得它像是在对自己微笑,那么诡异。

这时,那只小猫又懒懒地叫了一声:"喵——"缓缓直起了身,耸着腰,伸着爪,像是刚睡醒的样子一般,接着,似乎是活动够了,便嗖的一下从几米高的房梁上向下一跃,稳稳地着地,绕着她转来转去,最后在她面前半卧着,奇怪地看着她。

她觉得这只小猫很有意思,便蹲下来盯着它看。

小猫挥着爪子搔了搔自己的眼睛,她眨了下眼睛再看,哪里还有小猫啊,眼前明明是阿九靠着廊柱在懒懒地打着哈欠。

"啊——什么呀??"她吓得一下子坐在了地上。

阿九不好意思地搔搔头笑了笑:"晚上好啊,乔阁主!"

乔琳从呆滞中缓过神,仔细地打量着眼前的阿九,又上手揪了揪阿九的头发,捏了捏阿九的脸,阿九满脸委屈的神情,疼得龇牙咧嘴:"喂!乔琳小姐!你这是干什么?我只是晚上睡不着就来查查你爹爹被害的事情,还好心救了你一条命,你这是干什么……"

乔琳停了手,愣愣地看了看阿九,最后还是疑惑地捏了捏她的脸,喃喃地道:"没错啊,这就是人的脸啊……"

阿九哭笑不得:"当然啦!"

"那只小猫呢?"乔琳站起身,在夜色中搜寻猫咪的身影。

"你是在找我吗?"听得阿九一声,乔琳转过脸看向阿九,哪里还有阿九的影子,地面上只趴着刚刚那只小白猫。

"阿九?阿九?"乔琳又焦急地呼叫阿九。

"干什么?""阿九"一声响起,乔琳再看,阿九就在面前,又少了刚刚那只小猫,惊诧地问:"这是怎么回事啊?"

阿九懒懒地解释着:"我就是那只猫啊。"

"什么意思?"乔琳一时没反应过来,呆呆地问道。

"一时半刻也说不清楚,你还是先把刚才对着那幅画说的那些解释一下吧。什么你母亲?报什么仇?你又为什么要寻死?"阿九淡淡地说着,缓缓踏进了书房,看着那一幅彼岸花之作,见乔琳迟迟不肯开口,便微笑道,"看来你不是庄主的亲生女儿啊,不然怎么会叫他狗贼?不过你演戏还不错,当日在柳明湖边,我们都以为你很伤心呢。"

"那日,我确实很伤心,却不是为那狗贼!"乔琳恨恨地说着,手掌不自觉地握紧了拳头。

阿九坐下来,不发言,静静地等着她说下去。

"我母亲年轻时是一位很漂亮的女子,碧纱罗裙,月牙弯眉,堪称绝色佳人,我虽没见过她年轻的样子,不过我知道,她是整个怖魂庄中最美的女人。爹爹和母亲很恩爱,但他们最终没能走到一起,全是因为乔山这个狗贼!"乔琳说着,目光中满是愤怒,"爹爹和母亲相恋三年以后,乔山便仗着自己庄主的权势,强行将母亲掠夺而去,不准爹爹和母亲来往,而那时候,母亲的腹中经怀有了我。后来,在庄中将我生下,我便随着乔山这狗贼的姓氏,只不过从小母亲便告知我自己的身世,我闲时也能偷偷地见爹爹一面。爹爹并非怖魂庄中之人,不会毒术,也斗不过乔山,每次见面,总是抱着我难过自责。就这样,我在这狗贼身边忍气吞声了十三年!直到三年前的一天,乔山醉酒后与母亲吵架,错手杀死了我母亲……"乔琳说着,早已泪流满面。

"母亲死后,爹爹悲痛不已,不肯苟活于世,幸好我及时劝阻才没酿成大错。爹爹从那以后便离开了,我不知道他去了哪里。他走之前对我说,有一天,他会回来找我的……"

阿九看着她悲愤难过的样子,也不知该说些什么才好。

乔琳抚着画卷中的彼岸花:"多美的彼岸花啊,爹爹送给母亲的……"

阿九瞬间一愣:"乔阁主……"

"我不姓乔!"阿九被她冷冷地打断。

阿九轻轻一笑:"好吧,那我叫你端木琳小姐便可以了吧?"

她抬眼惊异地望着阿九:"你是怎么知道我姓氏的?"

阿九摸向画轴,感受着"杰"字的凹凸感,望着她微微一笑:"你父亲就是端木杰吧。"

第十二章　如梦宁夜

端木琳看着阿九微扬的嘴角,身子微微颤了一下,接着双手抓住阿九的肩膀,剧烈地摇晃着,焦急而略带惊喜地问道:"九姑娘,你见过我爹爹是吗?他在哪里?"

阿九被她晃得不行,挣开了端木琳的双手,回应道:"没有啦!不过我知道他,"顿了顿,略微犹豫了一下,又说道,"我那里还有一幅端木杰的画作。"

"带我去看!"她迫不及待地说。

阿九看着她:"可以,不过我要弄清楚几件事,你能如实回答我吗?"

端木琳轻轻点点头。

"第一件事,我想知道,秦涟裳是什么人,还有她家中有没有发生什么,比如有没有受到别人的威胁?"

端木琳想了想,回答道:"秦涟裳是我母亲的贴身婢女啊,她从小被送来了怖魂庄,我母亲看她可怜,就收了她当丫头,她是个很不错的女孩子,人善良又真诚,懂感恩。来到我母亲身边很是忠心,我母亲也很喜欢她,据说她老家乡下有个妹妹,十三岁就被富家大豪抢了去。我母亲去世以后,她对母亲也很是思念,有天她对我说想回乡下看看妹妹,我便准了她。谁知这一去,直到现在也没回来,我念她也是个好姑娘,就随她了,她若是不想回这怖魂庄我也不会怪罪她的。"端木琳说罢又问阿九,"难不成九姑娘见到了秦丫头?"

阿九转过脸望向窗外浓浓的夜色,想起当日客栈中秦涟裳惨死的画面,心头一阵纠结。

"见过,她死了。"阿九说着,尽量让自己的语气显得平静。

"怎么会？秦丫头是怎么死的？"端木琳脸上又是惊异的神色。

阿九把前些天客栈中发生的毒杀事件以及秦涟裳惨死事件一一讲给端木琳听，看到她的眉头越蹙越紧，眼中笼罩起一丝迷雾。

"好了，既然你也不清楚她遇害的原因，那我就继续问第二件事。"

端木琳再次点头："嗯，你问吧。"

"在这怖魂庄中，你有没有听说过一个叫清影公主的人？"

端木琳微微摇头："前段时间确实有一个名叫清影的女子找过乔山庄主。当时他们是密谈的，所以具体的我不清楚，那个清影是不是你所说的清影公主，我便不知。"

阿九听后想着，这个清影极有可能就是害死缨蓝和秦涟裳，并且要害他们的清影公主，想到这里一股恨意油然而生。

彼岸的花色在夜幕中显得越发娇艳，窗外是凄寒明月，阿九仰头迎向微冷的月光，缕缕清寒射向她澄澈的蓝眸。

端木琳看着阿九的背影，学着她的样子望向碧月，忽觉得这个九姑娘真诚热忱的外表下藏着一颗不为人知的凄楚之心。

"最后一件事。"阿九重新转过身，坐下来，看着端木琳。

端木琳说，好。

阿九低下头，脸上精致的轮廓掩埋于发丝之中，让端木琳无法看清楚她的神情。

她似乎感觉到，眼前这张发丝中深埋的脸有点落寞，让人忍不住去关心。

阿九感觉自己的心怦怦乱跳，脸上更是说不出的灼热之感。

像是下了很大决心似的，深吸一口气，终于抬起了脸。

"第三个问题，也是最后一个问题。"脸颊上泛着微微的红色，"你喜欢冰偌，是吗？"

空气似乎就在这一刻静止。月光停止铺泻银色，夜色停止延伸，尘世间的一切全部都在这一刻冻结，凝于她微羞的如水般清澈的蓝眸之中。

你喜欢冰偌吗？

这是她最在意的问题。

端木琳微笑，一双诱人的凤目如同漆黑的黄泉路上幽幽绽放的彼岸花般艳美。

"喜欢。"她淡淡地回答，已经放弃了刚刚寻死的念头。

阿九定定地看着她，许久。

如往常一样温暖的微笑："好，我的问题已经问完了。若是想见你父亲的画，明早来云游客栈找我。"

轻盈地缓缓踏出房门，一抹白纱被夜风轻轻吹动，银色的月光像是为她而铺下的丝路。

端木琳目送她离开，重新收好彼岸花之画卷，清理了地面上迷红锁喉的液迹，心中暗念："爹爹要回来看我了，我不能死，我要等爹爹……"

回到客栈，看芸儿依旧在熟睡的样子，阿九蹑手蹑脚地在床上躺下，哪知刚刚躺好，芸儿便一翻身抓住阿九的手腕："快说，这么晚你去哪儿了？"

阿九被吓一跳，只好委屈地说道："没有啊，只是睡不着就去怖魂庄园里查查庄主被害的事情。"

芸儿有些不相信："真的吗？那你查到了什么？"

"骗你做什么？我告诉你，其实乔琳并不是庄主的女儿，她真名是端木琳……"

夜下，闺中密友共躺一床说着枕边话。

"这样啊……那端木琳也很可怜啊……幸亏你今晚去了，不然她明早被人发现的时候已经是一具美女尸体了呢！明天她真的会来客栈？"

"会呀，她要看端木杰的那幅画。可能是上天安排不让她死吧，这么一个美人，若是死了确实可惜，虽然我不是很喜欢她，不过也不想看她死啊，就顺手救了她。"

芸儿的声音中微微透着朦胧的笑意："咦？你为什么不喜欢她啊？"

阿九一股脑蒙起被子："我要睡觉了！"

芸儿摇着阿九的身子，满脸坏笑："不许睡不许睡，快点说说啊！"

阿九被逼无奈，小脑袋从被子中探出来，喃喃地回应道："她说，她喜欢冰偌呢……"

"噢！"芸儿仿佛明白了什么，"你不高兴？难不成你也喜欢上了冰偌啊……"

阿九翻过身子："别乱说了！快睡觉吧！"

芸儿有些不甘心,轻轻念着:"好吧好吧,你不说算了,睡觉……"

随着两人的入睡,房中渐渐寂静了。

本来很警惕的两人,轻松之余却忘记了有一个词叫"隔墙有耳"。

丝毫没有发觉今晚闺中的每一句话已经一字不漏地被门外之人听了去。

第十三章　信示亡人

阿九本是一只猫,下山见识了人类的世界之后,她最讨厌的就是人间的小偷。究其原因,话题要回到逍遥镇上帮老婆婆驱鬼之后,老婆婆曾交给阿九一袋银两,而在被冰偌拉去雅梦居之后,阿九便发现自己身上的银两不见了,那几日忙着缨蓝的事,便也没说什么,只是从那以后便开始痛恨小偷。

不是因为单单一袋银两,而是因为那些银子是自己第一次得到的工钱。

清晨醒来,她又丢了东西,弄得自己心情烦躁不说,还要想着等下端木琳来了该怎么解释。

没错,这一次被偷的,是端木杰那幅梅下女子的画卷。

所幸的是,这一次她知道小偷是谁。原本枕边放轴画的位置,被一封信所盖。

信中所述如下:

此画本归她所有,至她死后,敝人之心一直留恋于旧日之情,此画为敝人与她初相见于梅园之时所作。望着凄香梅园,怎可比她凄楚一笑?今她已去,敝人唯有留下这卷冬梅以寄思念,夜间偷盗之行,海涵。

敝人心有不甘,爱之深,恨之切。乔山抢我妻儿,今已毙命。只是还有恶人未尝恶果,知道几位并非怖魂庄中之人,具仁慈侠义之心,只望切莫插手此事。

秋彼岸之日,便是怖魂庄恶人丧命之时。

端木杰留。

听阿九讲述了昨夜发生之事，又看了这封留信，慕容昕与逸前辈虽皆是闭口不语，心中却也是一阵清晰，一阵迷惑。

端木杰终于出现了。只是这信中所提的恶人究竟是谁？

冰偌望了望阿九与芸儿不解的神情，解释道："彼岸花开在秋分三日，所以这三日便被称为秋彼岸。"说到这里，冰偌暗暗计算了下时日，秋分？接着心中猛然一颤。

今日便是秋彼岸的最后一天！

冰偌冷哼一声，心中暗叫糟糕，丢下一句："我去见乔幻羽！"便匆匆地离门而去。其他几人跟在后面，也匆忙地往店外冲去。

芸儿在店廊上偏巧碰到红叶从房中走出，睡眼惺忪的样子一看就是刚起床，还没有洗漱。芸儿一把将他拉起拽走，红叶莫名其妙地喊道："喂，你拉我去哪里？男女授受不亲啊！"芸儿就是不松开红叶的手，转过脸赖笑着："和我一起去怖魂庄看热闹。"

红叶满脸的委屈："喂，我还没有穿好衣服啊……"

芸儿停下脚步，看了看衣冠不整的红叶，脖颈边上的一颗扣子还未来得及扣上，虽不像平日里整齐潇洒，却见他全身是一种不羁中又透着可爱的味道。芸儿微微一笑："不碍，这样也很好。"说罢便又拉扯着红叶快步追上了阿九他们。

当几人赶到庄中时，已经远远见到正堂之中摆着一张大床，床中所躺之人身上蒙上了一层丧用白布。

他们还是来晚了一步。

此时，一身着素装的女子望见门边的冰偌几人，便从堂中缓缓走出，脸上看不出悲喜之色。

她来到几人身边，望向阿九浅浅一笑，阿九心中正在犹豫是该称呼她乔琳还是端木琳，她却仿似看出了阿九的心思，轻轻说："叫我端木琳。"

阿九也松下一口气，点点头，称道："端木琳姑娘。"

她微微回应一声，眼神不出阿九所料地望向冰偌。

冰偌一直盯着正堂中摆放的尸首，不经意晃过端木琳温暖的目光，霎时想起昨日与她在书房中的尴尬场景，心中不禁一阵炽热，他忙理平了思绪，问道："琳姑娘，堂中之人是谁？"

端木琳望一眼被白布罩住的尸身，道："乔幻羽，今早在卧房中被婢女发现时已经没有气息了。死于迷红锁喉。"

"知道凶手是谁吗？"冰偌问着，一边观察着端木琳茫然的神色。

端木琳摇摇头。

"是你爹爹，端木杰。"冰偌从怀中将今早在阿九床边发现的信件递给她。

端木琳打开信，认真地阅读着，脸上一时悲哀，一时喜悦，看过之后只问了一句："爹爹现在何处？"

在场几人皆是遗憾地摇头。

冰偌进堂后准备掀开丧布观察乔幻羽的尸体，却被床边的一人拦了下来。冰偌冷冷地看着这个人，忽觉得像是在哪里见过他一般。

"遇害时间是三个时辰前，死于迷红锁喉，与前庄主一样，肩上的匕首上涂有剧毒。"这人看着冰偌缓缓说着乔幻羽的死因，却似乎并不想让他亲自去验。

冰偌回头看向逸前辈，见逸前辈用手指着肩与脖颈相交之处，在暗示冰偌注意肩井穴的位置，便向眼前之人问道："医师可曾发现肩井穴上插有银针？"

"没有。"他回答得略微有些含糊，这让冰偌更加起疑。

他缓缓收回拦住冰偌的手，向门外走去，冰偌看着他的背影，忽然想起他是那日在梅园遇到的医师——程忆。

冰偌转过脸时眼前忽地闪出一丝银光，冰偌被这一线微光刺到眼睛，定睛搜看光芒的来处，忽见程忆的腰囊中露出半根细小的银针。

又转眼去看乔幻羽尸首的脖颈处，一个小小的红点，像是被银针刺过，却已不见银针的踪影。

冰偌的目光变得冷峻无比。

芸儿将这几天所发生的事大体与红叶讲了一遍，红叶也明白几分，对眼前这个程忆微微有些怀疑。

在程忆经过自己身边之时，红叶一把拽过程忆的手腕，问道："医师查出了什么？"

话说着，红叶的眼光却向程忆的手掌处瞟去。

程忆一把将手挣回来,淡淡地说:"我已经告诉了冰偌侠士,你们且去问他吧。"说罢,悠然离去。

只是匆匆一瞥,对红叶来说,已足够。

红叶看着芸儿几人,露出一个玩世不恭的微笑,却没说什么。

程忆的右手中指之间,有层厚厚的老茧。

很像是长年握笔留下来的。

第十四章　梅园解疑

红叶与冰偌对视,冰偌的目光冷淡无比,而红叶却是满目的不屑笑意,两道截然不同的眼光交会,无声地暗示着。冰偌朝着红叶微微颔首,红叶双手抱胸,轻轻歪了下头,两个身影便聚于一处。

"他有古怪。"红叶垂着眼,漫不经心的口气。

冰偌牵起嘴角,扬起一丝微笑:"好奇就去看看吧。"说罢一挥袖,用隐身之法遮起身形,原处便不见了冰偌的踪影。

红叶随后打个响指,同样消失在漫漫人流之中。

端木琳见一眨眼的工夫两个大活人便消失了,惊讶得不可言喻,直直地看着阿九,一时间竟然问不出话来。阿九向端木琳笑笑:"琳姑娘别在意,他们是用了隐身追踪法,没消失。"

端木琳的脸上瞬时一片红霞:"隐身追踪法,冰偌侠士真是厉害……"

这话听在阿九耳中,阿九阵阵沉默。想起昨晚与她的那段谈话,她口口声声承认自己喜欢冰偌,而自己却只能将那日冰偌的耳边细语埋于心中,不敢表露出一丝暧昧之情。

她深知,自己是一只猫灵,而猫灵界的规定是对任何灵物都不可存有爱恋之心。灵物,便指的是尘世的凡人、族界的生灵活物,还有神界的仙侠。

当她看着缨蓝,看着芸儿,看着端木琳大声说出自己心之所系,她却只能将心中的一腔情思付诸东流,她第一次感到上天对她的不公。

阿九向正堂中缓缓走去,眼光晃过被丧用白布掩盖着的乔幻羽,想起端木杰信中所言:还有恶人未尝恶果。

慕容昕轻身迈步上前,看着阿九迷离的目光,怅然问道:"你同情他?"

"没有。"阿九淡淡地回应着,"自从下山来到凡尘,遇到了形形色色的人,人心险恶,为达目的不择手段。这乔幻羽,为铲除红叶,不惜嫁祸谋害前庄主的罪名,现今自己身遭不测,也算是恶有恶报吧。"

慕容昕对阿九安慰性地笑笑:"觉得你比以前成熟了不少。"

阿九转过脸,茫然地看向慕容昕:"以前?"

慕容昕摇摇头,从怀中摸出一个香包:"诗叶岚所制成的香料,睡前放在枕边闻闻它的香气有疗神的功效。"说罢握起阿九的手,摊开,将香包放在阿九的手心。

阿九轻轻吸了下这香包的气息,果真是清爽怡人,便嘟起嘴角微笑:"我收下了,不过你怎么想起给我这个?"

"我随手做的,送予你也留个纪念。"慕容昕转过脸,背对阿九,折扇在手中来回地转动。

阿九不再言语。

话分两边。冰偌和红叶自打从庄中隐身而去,便一直追随着程忆,程忆蹒跚的步履在人流中穿行,随后的冰偌和红叶跟他跟得颇不耐烦。

程忆最终到达了梅园。

古梅萧凌,枝干错综,像往日一样弥漫着微微腐朽的气息。

程忆向梅园深处走去,冰偌忽然想到,那日他与程忆在梅园中见面之时,他是正从梅园走出来,如此看来,这梅园深处必有蹊跷。

其中一个让人迷惑的地方,便是梅园中的那方无名坟墓。

此时,程忆站在那方坟墓之前,眼眶微红。

他靠着墓前的石碑坐下,伸手抚着石碑上雕筑的梅花,轻声呢喃着:"绮辰,秋彼岸到了,你最爱的彼岸花开了,这幅画是三年前我为你而作的,可惜被乔山狗贼抢了去,不过我已经为你报仇了。绮辰,你看这彼岸花,像你一样,凄楚动人,美得让人想到了死亡……"

程忆将手中的彼岸花之画卷摊开,指尖触到画纸,发出轻柔的脆响。

冰偌和红叶掩身在梅枝后,默默地看着程忆,消瘦的身影在墓碑边更显得沧桑。

"绮辰,再没有人能把你从我身边抢走了,琳儿也长大了,我们一家三口在一起多好,你回来吧,回来吧……"程忆将脸紧贴着墓碑上的梅花,温柔地呼唤着,"绮辰……绮辰……"

冰偌自心中轻叹,看来这墓中之人便是程忆的妻子了,听他所言,再加上阿九昨夜与端木琳的谈话,冰偌心中顿时清晰无比,庄主以及乔幻羽的死因已经明了,只是秦涟裳究竟为何人所杀?

想罢,冰偌显出真身,缓缓走向墓碑前的身影,轻声唤道:"程忆前辈。"

程忆略微慌忙地抬起眼,看到两人,悠悠站起欠身行礼:"红叶阁主,冰偌侠士。"

红叶背倚着古梅的枝干,银纱轻拂:"程医师不用多礼,我已经不是枫沙阁阁主了。"

程忆微微颔首,眼光转向冰偌,冰偌双手抱胸,直视程忆的双眸:"不知现在该叫您程医师还是端木杰?"

听到冰偌的话,他微微一愣,许久过后,却渑开了淡淡的笑容:"既然你都已经知道了,我也不再隐瞒,我更喜欢自己真正的名字——端木杰。"

"你不该杀乔山。"红叶也微微抬起脸,眼光中显出丝丝慵懒,却给人一种凌气逼人的感觉,"其实,他对夫人很好,心里也是真的很喜欢她,至于三年前那场惨案,只是他错手造成的,事后他忏悔不已,你可以去怖魂庄的陵墓园看看,他为她修建了一座壮观的陵墓。你怎么对这个无名墓哭诉?"

端木杰恨恨地瞪着红叶:"他是你义父,你当然会为他辩解,如果他真的对绮辰好,又怎么会错手去杀她?死后再为她修建陵园能赎罪吗?绮辰最爱的就是这片梅园,他根本就不知道,又谈何爱她?让她受十几年生不如死的生活,这就是他对绮辰的爱!"

端木杰激动不已,声声发颤,满目的愤恨,让红叶一时间说不出话。

久久,端木杰终于平静了些许,扬起手,将脸上的人皮面具撕扯下来,霎时,一张清秀而文气的俊脸显露出来。

昔日的画师，今日的医师。

"我苟且偷生在乔山身边三年，为了掩饰身份，不与琳儿相认，偷偷地将绮辰的尸身运来这李梅园，就是为了完成她的夙愿，要她与这梅花共放……接着，我就要找机会报仇，等了很久，那日，他孤身一人去柳明湖边练功，我想，机会来了……"端木杰的眼光飘忽，似是回到杀害乔山当日一样。

冰偌接过话："也许当时乔山正在湖边喝水吧。"

端木杰的身子微微一怔，木然地问道："你怎么知道？"

红叶依旧靠着古梅，似是对冰偌起了兴趣，也望着冰偌，等他继续说下去。

冰偌微微一笑："乔山的尸体边有一个被打碎的小瓷碗，我检查过，碗面没有毒迹，只不过微微有些湿润，所以应该是刚刚浸过水的。当时，应该是乔山练功疲累了，口渴难耐，便用随身携带的瓷碗舀柳明湖中的清水解渴，你趁他喝水之时，将医用银针刺入他的肩井穴，待他反应过来自己遭害之时，已经没有能力反抗了。等他咽气之后，你为了洗脱自己的嫌疑，便将乔山伪装成因打斗致死的场景，怖魂庄之人都会随身携带匕首，而匕首上常常会涂抹上毒液，所以，你就将涂好迷红锁喉毒液的匕首插进乔山的身体，以为这样一来便天衣无缝了，不过你在匆忙之中忘记了一件很重要的事情。"

端木杰回答道："没错，当时有侍卫从远处跑来，我没来得及拔掉乔山肩井穴上的银针。"

冰偌点点头，继续说："还有一点，匕首在人死后插入尸体，那个伤口是与真正的被刺而死是不一样的，所以我看到乔山的伤口，便知道这匕首是你在他死后才刺上去的。只不过我还有一点不明。"

端木杰像是释怀了一样，脸上挂着一抹若有若无的笑意："冰偌侠士能想到这些已经不容易了，还有哪里不明白？"

"你是懂得医术之人，银针刺向肩井穴，那人便必死无疑，你又为何多此一举将银针上沾染毒液呢？"

端木杰的眼光重新转回墓碑，淡淡地说："很简单，为了让乔山的体内也充斥着毒液，这才符合是有毒的匕首致死的道理。"

清风来袭，三人伫立在梅园之中，相对无语。

恩恩怨怨已过，留下的依旧是剪不断理还乱的哀愁，就算仇已报，血已流，却依旧唤不回逝去的亡灵，空留一声声悲戚的哀叹。

　　"可悲，绮辰再也不能回来了。"端木杰终于感叹。

　　红叶走上前，靠近端木杰身边，问道："如果她能回来，你却要死，你愿意吗？"

　　端木杰听后心中一惊一喜，愣愣地看着红叶，终于点点头："我愿意。"

　　红叶歪过头，把玩着自己的银发，漫不经心地说道："或许我能帮你。"

第十五章　心恋遗伤

　　端木杰凝视红叶琥珀色的双眸："要怎么做才可以？"

　　"等下雨。"红叶淡淡地说，"如果哪个夜晚下起了大雨你就来找我。"红叶说着转头走了，银纱随风飘动，他一边走着一边向端木杰和冰偌挥手，那抹隐隐约约的微笑消失在梅林之中。

　　冰偌看着他的影子，勾起了嘴角。

　　让绮辰还阳，却要杀死端木杰，他有什么办法？

　　端木杰一死，他也算是为乔山报了仇，尽了身为人子的责任，从另一方面来讲，让绮辰还阳，也算是帮了端木杰。如此来讲，算是两不相欠了。

　　红叶的背影渐渐逝去，梅园中空留冰偌与端木杰两人。

　　冰偌坐下来，与端木杰聊道："前辈，您画技高超，我想让您为我作画一幅，至于画中之人，也已经过世，日后也好留个念想。"

　　端木杰摇摇头："罢了，我一生挥毫只为绮辰一人，现今绮辰已去，我再也不作画了。"

　　冰偌低下头淡淡地说："如果算是冰偌求您呢……"

　　端木杰定定地看着冰偌许久，终于问道："你想让我为何人作画？"

冰偌听此话眉眼中一喜："如此说来，前辈是答应了？"

端木杰微微地笑了，笑容中杂着些许苦涩之味："待雨夜过后，就能让绮辰生还了，我就应了你，给你作这一幅吧。只不过，我再也不能陪着绮辰了……"

冰偌看着他，心中也浮起阵阵的哀伤之感，失去心爱之人的感觉他也是经历过的，又怎会不知他这三年的难过？自己口口声声说想让端木杰放下仇恨，可是自己又做得如何，来这怖魂庄不还是为了找出清影公主的线索，为她报仇么？

绮辰死了，端木杰还可以靠着红叶的力量将命抵给她，换取她的生还，可是缨蓝连魂魄都散去了，他又怎样才能让她回到自己身边？

微微沉默半晌，冰偌说道："其实，还有很多的事情我不明白，希望您能将知道的都告诉我，也好让我的朋友去得安心。"

"你还想问什么？"

"我想知道关于一个女子的所有事情。"冰偌顿了顿，直视端木杰，接着说道，"清影公主到底是什么人？您可知道？"

端木杰悠然地靠着墓前的石碑："很久很久以前，也有一个人向我问过同样的问题，那时候我还只是个六七岁的小孩子，碰巧也是在一片梅林中，那是我故乡最漂亮的梅园，一个很漂亮的小女孩问我'哥哥，你知道清影公主在哪里吗？'我当时觉得这个名字好熟悉，但是我怎么也想不起来清影公主是谁，于是我就对她说不知道，她就很失望地走了，那一脸失落的神情我至今仍然忘不了。"

听着端木杰的讲述，冰偌觉得他的心情已经平静了很多，或许是知道自己将死，也或许因为绮辰将重回人间，以至于他看开了很多吧。冰偌顺着他问下去："那后来呢？你有没有想起来清影公主是谁？"

"清影公主是我故乡的一个传说……"端木杰换了个姿势，仰头望天，眼神中透出一抹难得的宁静，像是一汪沉静的湖水，看不出一丝涟漪。

"传说，仙灵界有一个地方叫做天猫神山，山上有一位圣猫女，仙灵界规定神灵与神灵之间是不能相恋的，这个圣猫女几千年来一直遵循着界规，用圣洁的身体守护着人间，但是后来，她认识了冰族神界的王子，两人心心相印，便相爱了。他们这一场爱引起了仙灵界守护神的极度不满，圣猫女为冰族王子献出了自己的贞操，却也在他们缠绵的那晚被守护神诛灭了元灵……"

冰偌听着略有疑惑："这和清影公主有什么关系？"

"这个传说的玄机就在于,相传,圣猫女元神俱灭之前,将自己的灵力化作了五块玉石,又将自己的怨念寄生于她最爱的恋惜草上,为了千万年后让自己的后世证明给神灵看,她与冰族王子的爱是纯洁无瑕、值得后人推崇的真爱。而这个清影公主,在传说中,就是圣猫女的后世,只不过千万年来她在清影宫中观看着人间的痴男怨女,想起自己前世与冰族王子的悲惨结局,越来越嫉恨,便改了自己的初衷,开始杀害人间的相爱之人……因为她的怨念越来越深,以至于恋惜草千万年来都没再开过花……"

　　端木杰自觉讲述得差不多了,停了停,眼神中依旧是那抹悠闲,又补了一句:"这只是一个传说而已。"

　　冰偌摇摇头,喃喃地念道:"不是传说。我从古籍中看过,确实记载了圣猫女和冰族王子相爱的事,只是上面只记载了前一段,没有提到关于清影公主的事啊……还有,恋惜草不能开花吗?怎么阿九那日……"冰偌想起昔日与阿九在伊香圃中共种恋惜草的画面,想起恋惜草淡雅娇粉的小花,心中没来由地淌过阵阵温暖,又浮起丝丝疑惑。

　　那日,恋惜草确确实实是开了花的。

　　"不管你怎么想,我知道的也就这些了,现在我已杀了乔山和乔幻羽,仇已报,绮辰很快就会还阳,在我临死之前就给你作一幅画,给你为你的故人留个念想,也算我和你的相遇有个结局。"端木杰的神色中布起微微的哀伤,脸上却还在笑着,"来吧,你的故人是何容貌?我看过一眼便可记下,明日你再来这梅园,我便可将画交于你。"

　　冰偌听后点点头,扬起手幻化出丝丝银光,银光的映衬中显现出一片樱花林,樱花簇簇而落,林中一身着蓝纱青衣的女子在落花中翩翩起舞,脸上是天真无邪的淡笑。

　　虽只是幻影,却如同真实的景象一般,冰偌出神地望着自己施法幻化出的女孩子,似乎她从来没有离去,依旧在那片樱花林中痴痴地等着他……

　　眼神触到那抹熟悉的微笑,心忽然被刺痛。

　　"可以了,我已经熟悉了她的样子。"端木杰说着,见冰偌收回了幻术,又叹道,"会法术就是好,就算她不在了,你也可以凭着记忆幻化出她的样子。她确实是那种让人很难忘记的女孩子,我相信我最后一幅封笔之作,会因为她而没有遗憾。"

冰偌站起身："那么有劳前辈了,明日此时我会来梅园取画,先行一步。"说罢冰偌便朝梅园外走去。

"等一等。"端木杰突然叫住他,"能说出那女孩子的名字吗？"

冰偌的背影随着这一声而停住,心已经颤动不止,泛着微微的疼痛,却还是故作平静,用以往冷淡的语气说了出来：

"白缨蓝。"

第十六章　恋人夜

乔家父子一死,新任的庄主是乔山的大徒弟。

时光如梭,今年秋日不常降雨,偶尔下雨也是在白天,为了等一个雨夜,不知不觉间竟在这怖魂庄住得入了冬,直到入冬前两天,才难得地在夜中降下一场雨。

原来红叶是要用怖魂庄雨夜的亡灵之说,召唤出已逝的绮辰,再将端木杰的阳寿换给绮辰,如此一来,绮辰便可重返人间。只是当晚召唤亡灵时出了些差错,绮辰的亡灵现身之后不愿还阳,更不愿害端木杰离世,端木杰一家三口相拥于黑暗的雨幕中痛哭,阿九几人在旁看着,心头也不禁一阵阵哀痛。自那以后,端木杰便和琳姑娘父女相认,并打算过几日就离开怖魂庄这个伤心之地。

回到他们的故乡,柏霞山下的古吉村。

冰偌记得阿九曾说过,柏霞山上是有一块蛊灵玉的,他们想到清影公主杀害缨蓝的目的很有可能是为抢夺缨蓝体内的蛊灵玉,至于秦涟裳被害之谜,现在也未找到答案。几人商量之后一致决定,陪阿九一起去柏霞山。

冰偌与端木杰自分别以后,端木杰确为冰偌作了一幅画像,画中就如当日冰偌化出的幻影一般,缨蓝在樱林中绽放着隔世般纯真的笑容,画旁有句题词,是端木杰特赠与冰偌的：

回忆虽可贵,勿忘眼前人。

冰偌自己一个人的时候时常摊开画作,望着画中的缨蓝发呆,想着端木杰留给自己的这句话。他曾经问过端木杰,送他这句话是何意,当时端木杰只是道:"身在迷局中,自是看不清,若能真正释怀,又何必流连过去呢?眼前便有佳人相伴,只是冰偌公子尚未察觉罢了。"端木杰说这话之时眼神不断地瞟向阿九,听得阿九脸红不已。

冰偌再深问下去,端木杰便含笑不语了。

这夜是怖魂庄的恋人夜,庄中留下来的习俗,每年入冬的第一个夜晚被叫做"恋人夜",这夜来时,便可见街上一对对的恋人嬉闹游玩,景象甚是繁闹,街边都挂着小彩灯,颇有些过灯节的意味。冰偌一人独坐在客栈后院的小亭中,望着夜空的繁星,手中揉搓着刚刚阿九硬塞给他的小暖炉。他没想到这怖魂庄竟然会一夜之间变得冷得出奇,仿佛冬天一下子就来了似的,平日身健的他,陪红叶一起在雨夜作法之后,又赶上这般冷冽的天气,平生第一次受了风寒。

只是在阿九面前咳嗽了几声,虽然一再说明自己的身体无恙,但是略略沙哑的声音是骗不了人的,于是怀里就硬是多了这么一个小暖炉。

此刻忽然想起阿九为自己怀中的暖炉又添炭条又加香料的忙碌样子,冰偌不只身上是暖的,似乎连心中也微微荡漾起温热。

冰偌歪过头,看着阿九夜幕中的身影由远而近,慢慢地走来亭中,坐到自己身边。

冰偌忽然觉得,今夜阿九的眼神中流露出从未有过的光彩,身着淡粉色的纱棉小袄,看起来比以往还要好看许多。

"自己一个人坐在这里,想什么呢?"阿九勾起一抹淡淡的微笑,漫不经心地问道。

冰偌将暖炉往怀里揣了揣,感受着怀中的温热:"没想什么。"

阿九的眼光不经意瞥到冰偌身旁的画卷,心中略感酸涩,脸上却笑了:"还说没想什么,是不是又想缨蓝了?"

冰偌微微一愣,看着阿九的眼光正凝于自己身旁的画卷上,便笑着摇摇头:"没有。"

阿九也不再多说什么,陪他一起望着夜空发起呆来。

冰偌看似仰着脸望天，眼角的余光却斜看着身旁淡笑的阿九。他刚刚确实没有想缨蓝，其实他想着的，正是自己身边的阿九。

这是为什么，他也说不上个缘由，也不知怎的，感受着怀中暖炉的温热，脑中缨蓝的影像就被阿九取代了……

"红叶他们……"阿九转过脸，正对上冰偌瞥向自己的目光，心中一热竟停了话，后反应过来又重新说道，"红叶和芸儿他们去街上玩了，逸前辈和慕容昕刚刚也说去街上转转，今晚是这里的恋人夜，咱们也去玩玩吧……"

阿九说完感觉脸上一片灼热，心怦怦地乱跳着，低着头等待冰偌的答复。

冰偌一阵犹豫，若是这么出去，一定会被误认为是恋人，心中总觉得对缨蓝有些歉疚，但若是就这么拂了阿九的意，又觉得有些对不住阿九。

这时候阿九抬起脸，像是下了什么决心似的，深深吸了一口气，然后微笑着伸出了手。

冰偌感觉自己的手中传来一阵温热，他惊讶地看向阿九。

"就一个晚上，恋人夜嘛……哪怕你把我当做缨蓝也无所谓，我只是想和你一起开心地玩一个晚上……我听芸儿说，如果和喜欢的人在一起，就要和他手拉手……我没拉过手，也不知道这么拉对不对……"阿九解释着，因为紧张的原因，竟然说出来的话都结结巴巴的。

冰偌听她解释完，看着她绯红而尴尬的脸，终于忍不住，扑哧一声笑了。

想起端木杰的话：回忆虽可贵，勿忘眼前人。

也许，是应该试着改变自己的心态了。

"你一只猫，竟然会懂得人类的'喜欢'？"冰偌微哑的声音中充满笑意。

阿九依旧埋着脸，不知该说什么才好。

冰偌并没有挣开阿九的手，却反握起阿九，拉着她缓缓站起身，把怀中的暖炉紧了紧："那好吧，我们这两个孤家寡人一起过这恋人夜。"说完又想了想说道，"我不会把你当做缨蓝的，你们本身就没什么相似之处，更何况……你是只猫嘛，我今天就试着和猫做一晚上的恋人吧……"

阿九听后不满地仰起脸，瞪着冰偌："你说什么啊你，我是猫怎么了？好像和猫拉手让你很委屈似的，告诉你，本猫小姐也就是将就一下才和你一起玩的……"

"好吧，那就委屈下你了，猫小姐……"

两人吵吵闹闹地向院外走去。

彼此握着手。

夜巷比想象中要热闹许多，阿九和冰偌手牵着手，稍微感觉有些不自然，虽然嘴上一直吵吵闹闹的，不过心却还是扑通扑通地跳着。

走过街中最繁闹的一带，见这里被男男女女围了个水泄不通，阿九生性喜欢热闹，便拉着冰偌努力地往里面挤。冰偌被她弄得没法子，只得跟着她在人群中挤来挤去，最后还真挤到了最前面，只不过遭了很多人的白眼罢了。冰偌对后面的人群歉意地笑笑，阿九却似毫不在乎人们不满的目光，只顾着看眼前的热闹。

原来，这是怖魂庄每年的恋人夜里最受欢迎的游戏，很多恋人都希望能玩这个游戏，最终赢取设定的惊喜，只不过惊喜只有一个，所以每年只有五对恋人可以参与这个游戏。恋人成员的名单是由抽签产生的，最终玩到最后的那对恋人就会得到意外的惊喜和怖魂庄所有人的祝福。

现在已经有四对恋人参赛，还有一些人排在后面等待抽签，前面的人总是紧张地将手伸向签箱，抓出一句诗词条文，与自己的恋人相对，若是能成一组，便可参赛，若是不能成，便只有观看的资格了。

游戏也很简单，将两人的眼睛用黑布蒙好，让其置身于参赛者和观看者的人流之中，互相摸索，能够找到对方的，便算获胜者。

这一关还是比较容易的，难的在后面。过了这一关的恋人，便要去走一个复杂多变的迷宫，一个从入口进，另一个从出口进，若是两个人能够再次相遇，并且再一同走出来，便可赢得最终的奖赏。

说起来很容易，其实很多人连第一关都过不了，也有能过第一关的，但是却从来还没有一对恋人能从第二关的迷宫中走出来。

关于这个游戏，还有一个说法，若能过第一关，在人海中互相找到对方，就说明两个人是有缘分的；若是能在人海中相遇，并且能够走出迷宫，说明两个人就是命中注定的恋人。

阿九弄明白以后觉得甚是好玩，便拉着冰偌一起排在了队伍的最后，虽然冰偌一再地反对，却敌不过阿九满心的热情，只能无奈地跟在她后面排起了长队。

阿九排着队不时看着前面抽签者的反应，只见一对对的恋人失望地离开了，看着他们，弄得自己心里也是忐忑不已。

终于轮到阿九两人了,阿九深吸一口气,心里默默祈祷着,缓缓将手伸进了签箱。

箱中有很多很多的字条,她的手在这些细小的纸条中翻动着,犹豫许久,终于死死地一捏,感觉到一张小纸落入自己的手心。

没错,就是它了……

思索许久,终于下决心将这张小纸拿了出来。

阿九小心地打开,轻声将上面的诗句念出:花自飘零水自流。一种相思,两处闲愁。

冰偌看着阿九紧张的样子,心里不由觉得好笑,只是个游戏而已,又何必这么认真?而且……

自己只是和她做一个晚上的恋人而已啊。

想到此,冰偌将手伸进签箱,随意地拿了张纸条,便抽了出来。

阿九急忙催促冰偌:"快打开看看上面写的是什么!"

冰偌慢悠悠地摊开纸条,当眼光瞥到上面的文字时,不由地一愣。

"此情无计可消除。才下眉头,却上心头。"

阿九不懂什么诗词,只是在天猫神山上学过认字而已,便试着将自己与冰偌的对起来,念道:

"花自飘零水自流。一种相思,两处闲愁。此情无计可消除。才下眉头,却上心头。"

念后看着冰偌,呆呆地说:"听起来好像还不错,对了么?"

冰偌回过神,木木地点了点头,心里一阵懊恼,看来非要玩这个无聊的游戏了。

"恭喜两位成为我们最后一对游戏者!"这时,一位上了年纪的老者从街中自制的帘后走出来,对阿九和冰偌两人慈祥地一笑,"游戏者请随我到后帘来。"

听后,两人便随着老人走向帘帐之后。

其余的四对恋人已经在这里等候了,阿九进去一看,不由地惊笑道:"芸儿,红叶!你们也来玩这个?"

冰偌听阿九这话,便顺着她的眼神看去,果不其然,芸儿和红叶两人也在帘帐后,看见阿九进来了,芸儿也是一喜,看着随在阿九身后与她手牵着手的冰偌,坏坏笑道:"你们这是?"

阿九脸一红,冰偌也感到丝丝尴尬,解释道:"我们只是拉拉手……"

芸儿颇有意味地笑笑，红叶这几日下来也与冰偌几人的关系变得熟络起来，便也开起玩笑道："我和芸儿都没像你们这样把手拉得这么紧啊，哈哈哈……"

冰偌刚想回给他一句，却听老人说道："好了，现在请各位用黑布将自己的眼睛蒙好，之后我的小徒弟们会将各位带到前台的人流中，希望几位能凭着彼此的默契，在人流中找到自己的恋人。"

听他说完，在场的人便将自己的眼睛蒙好，等待老人的小徒们将自己送去前台。

芸儿被黑布遮着眼，听得有人把红叶送了出去，随后又有两个人引着自己走出了帘帐，身边已经感觉不到红叶了。她定了定心，深深吸气，听着周围观者鼓励的声音，在人潮中摸索起来……

最后被送出的是阿九，当时她听到冰偌说了声："今天就用心和你这只猫玩玩。"紧接着，就感觉到冰偌松开了自己的手。

当自己最后一个被引向人流时，她微笑，然后对自己轻声说："我一定会找到你的。"

黑色的视野中是不见一丝光亮的，相反，耳中所听到的声音却是异常清晰。

四个人都屏气凝神，认真地摸索着，偶尔犹豫下来，会将面前之人摸个半天，其他人也乐意配合他们玩这个游戏，便停下来，任他们摸上一阵，直到确定不是自己要找的人，才会放开手，继续摸索着前行。

汹涌的人流中，出现了两个安静的身影。

端木琳和慕容昕相视一笑："慕容公子，你也出来过恋人节？公子的恋人是？"

慕容昕摇摇头："我哪里会有恋人，只是和逸前辈一同出来凑个热闹罢了，逸前辈刚刚回客栈，我还想走一走。"虽然是在对乔琳说话，可是目光却始终停留在人群的某个角落。

端木琳顺着他的目光看去，心微微一颤，人流中，一个穿着粉袄的娇小身影，被黑布蒙蔽了双目，一小步一小步地向前摸索着，每走一步都会停一下，双手在人流中小心翼翼地挥摆着，无助的样子让人心怜不已，可是她的嘴角又微微地翘着，纯净的笑容显得那么开心和自信。

端木琳转过目光，在人群中搜索另一个身影，她的感觉告诉她，既然阿九来了，那和她一起玩这个游戏的，一定是冰偌。

她是那么地羡慕阿九！

一阵妒意过后,她的嘴角露出一丝不易察觉的微笑。

"慕容公子,我去别的地方转转,公子自便吧。"端木琳微微欠了欠身,与慕容昕打个招呼,便迅速消失在人群中。

慕容昕站在原地看着阿九,她依旧缓缓地向前迈着小步,就算自己离她这么近,她也无法看见自己,黑布阻隔了她看向他的视线。可,就算那丝布条没有蒙住她的双眼,哪怕自己就站在她面前,她的眼里,依旧没有他的位置。

她总是对另一个人微笑,为另一个人难过,似乎已经成了习惯。

慕容昕正想着,却见阿九被一神色匆忙的路人猛地一撞,伴着她惊慌地一叫,整个身子便毫无预兆地向一边倒去,慕容昕一惊,忙跑向阿九,试图稳住阿九倾斜的身子,跑了两步忽然停下了。

阿九的身子倒在了同样被遮住眼睛的冰偌怀里……

慕容昕心头一紧,又松了一口气,还好阿九没事。

眼看着又是一阵人群涌动,将原本互相靠在一起的冰偌和阿九两人再次分开。

慕容昕虽心中略有酸涩,却还是静等着看他们最后的结果。

夜色漫漫。

阿九感觉自己被人撞到了另一个人的怀里,那一霎那,闻到一股淡淡的熟悉的味道,使她兴奋不已,那种花草混合而成的特别的淡香,只有冰偌身上才会有!虽然看不见,但是这种味道,她绝不会认错!

刚才的碰撞,一定是那樱林中的暖怀……

阿九停下脚步,感觉自己脱离开了他的怀中,周围人群骚动不已,她试图摸索刚才那人的轮廓,却再也摸不到他的身影,心中不禁一阵失落。

冰偌同时感觉到有人被撞进自己的怀里,怀中之人给他的感觉异常熟悉,就像很久以前白府内的樱花林中,他救过的一只小猫,身子是那般的柔软,对自己的怀抱是那么地依赖。

就像阿九……

当他要开口说话之时,人群中又是一阵汹涌,只得凭感觉将她扶好,自己却随着人流被挤开了,一瞬间,心中竟然浮现出些许的不舍之情。

好不容易,人流减缓了许多,他站稳了身子,却听得耳边响起一熟悉的声音,带着试探性的,小心翼翼地问着:"是冰偌吗?"

冰偌心中一喜，这是阿九的声音！

他甚至忘记了应该摘下眼前的黑布，便像今晚刚走出客栈的时候，拉起了她的手："我是。"

声音中不是以往的淡漠，而带着些许温柔。

她也牵起他的手："嗯，我找到你了。"

冰偌的手瞬时将她甩开："你不是阿九。"

她呆了一呆，瞬即问："怎么？我是阿九啊。"声音中透着不解和急躁。

冰偌的嘴角浮起一丝淡淡的微笑："阿九握住我的手时，习惯把自己的手指插到我的手指之间……"顿了顿，收回笑容，声音中尽是冷漠，"你是谁？"

她叹了一口气，声音忽然变了，以至于冰偌一下子就听出了她的身份："原来你们真的这么有默契……本来想在临走之前易容冒充阿九和你好好地玩一个晚上的……"顿了顿又说，"我好羡慕阿九，虽然她不比缨蓝在你心中根深蒂固，但是，我知道，她一定是你最重要的人……也许你自己没有发现，但是我看得一清二楚，你说起她的时候，那种笑容是发自内心的，所以，你不要再拿缨蓝当挡箭牌了，你心里也是喜欢阿九的，不是吗？"

她一下子说了这么多，把冰偌听得一愣："端木琳姑娘，你？"

"我要随父亲离开怖魂庄了……"她笑了笑，"快去找阿九吧，我知道她在哪里，不过我可不会告诉你的，因为恋人夜的游戏，是属于真正的恋人的……"

冰偌心里虽然不怎么相信人海之中相遇就是注定的缘分之说，却也是很想和阿九玩好这场游戏，便点点头，继续摸索而去。

慕容昕也注意到一边的冰偌和端木琳，忽然觉得这个游戏确实很有意思，其实阿九和冰偌离得并不远，可是他们就是找不到对方，就算刚才相遇了，却还是会被人流冲散，这算什么？是不是该算有缘无分？

想着想着，一时间就走了神，等回过神来，却见阿九不知什么时候竟走到了自己身边，突兀地站在自己面前，被黑布蒙着眼睛，试图伸出手来摸索自己……

随着阿九的手摸向自己的脸，慕容昕感觉自己从未有过的紧张，心跳的声音似乎大到了极点一般，只是定定地站着不动，感受着阿九手心的温热。

阿九随意摸索两下之后，显然有些失望的神色，停下手，轻轻说了句："对不起，我找错人了……"

第十七章　亡灵作祟

一声锣响划破夜空,接着传来老人的声音:"距游戏结束还有半炷香的时间,至此时,还没有过关之人,请诸位多多努力!"

听得这话,参加游戏的几人都不免有些慌了神,阿九心中略略有些闷躁,看来芸儿和红叶也没有找到对方,而冰偌也不知道跑哪里去了,至今为止没有一对恋人过关……想了想,又安慰自己,还有半柱香的时间,不能放弃!

她转过方向,背离慕容昕而去。

街市的喧闹掩盖了他心底不停跳动的低音,泛着些许甜蜜的温热,回味着刚才灵巧温柔的触感,然后无言地,悄悄地,目送那个粉色的娇小身影渐渐远离,直至她在感知驱使下,与另一个身影越来越近。

心里矛盾着。

其实他有一个习惯,每当自己心情不好的时候,总会装作无事般把玩自己手中的折扇。

无论任何一个时节,或寒或暑,因为这个不为人知的习惯,自己手中总是有这样一把折扇,久而久之,便成了自己防身的兵刃。

现在,他将折扇在手中转来转去,看着阿九和冰偌的距离渐渐拉近,各自再走一小步,马上就可以遇见了……

阿九忽然闻到那股熟悉的味道,她微微一笑,确定了方向,伸出手一拉,感觉自己抓住了这人的胳膊:"找到你了!"声音中是藏不住的喜悦。

那人使劲将自己的胳膊一甩,弄得阿九一个趔趄,一个歉意的声音响起:"哎呀姑娘对不起,我不是故意的,您找错人了。"

不是,不是冰偌的声音……

阿九的身子被他挣得有些摇晃，却被人扶稳了，又感觉他抓住了自己的一只手腕，稍时，就是一个试探性的熟悉的声音："阿九？"

阿九一把扯下自己眼前的黑布，看到站在自己身边抓着自己的冰偌，顺带着也把他的黑布扯下，满目笑意："咱们赢了！"

冰偌望着阿九的微笑，霎时，竟有种好久不见的错觉，第一次觉得她笑起来真的很可爱。

又是一声锣响，台面上的老人拉着长音喊道："时至——过关者，阿九姑娘，冰偌公子——"这声一起，其他游戏者也稍稍失望地摘下眼前的黑布，轻轻叹息着。

红叶和芸儿摘下布条的那一刻，发现对方就站在自己的面前而自己竟然都没有发现，两人都是微微一愣，随后红叶安慰芸儿："别在意，只是个游戏而已。"

芸儿心中虽然失落，却也回给红叶一笑："嗯，阿九他们找到对方了呢！"

老人的锣锤指向人群中牵手而视的阿九和冰偌，周围响起阵阵祝福的掌声，两人被人们簇拥着走向台上，经过端木琳身边的时候，阿九看到冰偌与她相视而笑，随着他们不经意的互动，阿九的笑容渐渐显得僵硬。

"她也来了啊……"阿九小声嘟囔着。

"是啊。"冰偌不经意地回应着。

阿九不再说话。

第一关的奖赏是一对玉蝴蝶，因为有梁祝化蝶双飞的美谈，所以这对玉蝴蝶便代表了对他们美好的祝福。

"蝴蝶双飞栖芳草，朝朝暮暮共相老。"老人手捧着这对小巧的玉蝴蝶，面带笑容递给两人。

两人拿起属于自己的一只，嘴角浮荡起笑意。

"冰偌公子为阿九姑娘佩戴上去吧。"老人笑眯眯地看着两人，阿九有些不好意思地低下头，灯火的映衬下，脸颊微红。

冰偌笑了笑，拿起阿九手中的玉蝴蝶，将其套进阿九的颈上，眼光扫到她小袄的间隙中露出半片叶子，便好奇地拿了出来，竟然是恋惜草！

阿九看冰偌将自己怀中的恋惜草偷偷地拿了出来，又羞又恼，一把将其抢回手："你是小偷啊？"

冰偌看着阿九手中的恋惜草开着赤粉色的小花，想起端木杰曾对自己讲过的关于清影公主的传说,心中泛起阵阵疑惑,阿九为什么能让恋惜草开花呢?

最奇怪的是,阿九应该是只种过一次恋惜草,这花竟然开了好几个月一点都没有凋谢的迹象!

"阿九,你这花……"冰偌想问,又不知该从何问起,犹豫不决的样子竟让阿九误会了,她有些羞涩地解释:"我,只是觉得这花开得好看……"

冰偌摇摇头,刚想继续问下去,却听老人说道:"好了,两位跟我去迷宫处吧,第二关要开始了。"

阿九轻轻点点头,跟在老人身后走去,冰偌想了想,也跟着去了。

欢呼声四起,慕容昕望着台上的冰偌、阿九两人,低下头,默默地把玩自己手中的折扇。

台上几分喜,台下几分愁。

随着人流走向迷宫处。

"这就是我们的迷宫了,里面路路相通,真正的出路却只有一条……"说着,老人突然停下了,眼神向上瞟着,目光中满是惊惧,颤抖的手指向夜空,吐出两个字,"亡……灵……"

阿九一惊,转身向夜空中望去,天上竟有数不清的光芒闪动着,一愣神的瞬间,那些光芒便化成面色青黑的人像,直直地向下俯冲而来!

人群一时间骚动起来,伴着声声恐慌的声音,在大街上四处逃窜:"亡灵现身啦……快逃命啊!"

人群中不时传来类似的声音,阿九腾身而起,闭目念咒,撑起一团蓝色结界,却见亡灵的力量甚是庞大,他们一个冲不破,两个冲不破,最后竟然团结起来一同攻破结界,千千万万灵体的威力实在不可小窥。阿九看众多的亡灵向自己冲来,赶忙逃开了原处,射出金光咒,金光所到之处,亡灵便有一部分消散而去,可是新的灵体很快就又聚集到一处,如此打下去是没完没了。

"到底怎么回事?亡灵怎么会在这个时候现身?还这么多!"阿九一边对付着亡灵,一边喊道。

冰偌也是不断地作法:"不知道,我们先找地方躲起来吧,这样下去等我们死了也杀不完他们!"说着冰偌一把拉起阿九,朝客栈的方向跑去,街上的人群也都散开了,一些人被亡灵噬到,尸体躺在街面上。阿九实在无法相信,刚刚还很热闹的怖魂庄竟会在一时之间变得一片狼藉，如同地狱……

慌乱中蓦然想起，他们的迷宫还没有走……

慕容昕见此变故也是惊诧不已，随在冰偌之后赶回了客栈。

逸前辈在客栈和怖魂庄中各户人家的房门前施了法，三日之内亡灵是无法攻进来的，红叶和芸儿最后回到客栈，确定各自都相安无事后，逸前辈问道："怖魂庄的亡灵不是只有在雨夜才敢出来么？怎么会失控？"

红叶沉着脸："我是千年银狐，你们都是知道的。其实，我下界，就是为了怖魂庄中的亡灵……"

第十八章　命运札记

夜风呼呼作响，置身于客栈之中，听着亡灵在街上游走的响动，整个怖魂庄一时之间都笼罩在惊恐之中。

原本美好的恋人夜，竟变成了恐怖的亡灵之夜。

红叶仰起头，原本阴沉的脸上忽地露出一抹淡淡的微笑，带着些许无奈，却又带着些许自信。

"怖魂庄的亡灵，是命运札记中出现的定数，只因我在百年前俯望世间流下的一滴凡尘泪。"

逸前辈几人对看一眼，等他继续说下去。

红叶撩起自己的银褂，在椅上坐定，琥珀色的眼眸中闪着笑看尘世般的光芒，嘴角浮起一抹若有若无的微笑，"《命运札记》是一本记载人世间命运的古籍，只存在于天界，由冰族的圣王父冰黎掌管，它是一本灵书，可以推算出凡尘的命运。七年前的一个夜晚，《命运札记》开始闪烁灵光，这是人间有大劫难的征兆，本来凡尘之事天界不应插手，只是我从凡尘修炼而成，便偷偷地翻看了《命运札记》，才决定到下界转一转。"

芸儿打断了红叶："等等,你没说清楚,你翻看了《命运札记》,上面记载了凡尘有什么大劫难？"

红叶看着芸儿,微微一愣,思索着该如何解释,慕容昕便开口了："是不是怖魂庄的亡灵会在恋人夜这一天失去控制,危害人间？"

稍稍犹豫了一下,红叶摇摇头："其实,札记中所记载的并不是今日,而是一年以后。"

慕容昕疑惑不解："那亡灵怎么会今夜提前失控呢？"

阿九的眼光瞥了一眼外面,冷冷地说道："蛊灵玉,我感觉到了蛊灵玉……"

冰偌接话问道："从什么时候开始有蛊灵玉的感应的？"

阿九转脸看着冰偌："就在刚刚,一定是这些亡灵获得了蛊灵玉的力量才会威力大增,提前失控的。"

一阵沉默之后,冰偌用淡然的语气问道："札记上有没有记载化解这场劫难的方法？"

"有,"红叶点点头,接着说,"百年前,我在这怖魂庄的上界亲眼见证了一段神人共泣的爱情,他们本是天界的神灵,一个是圣猫女,一个是冰族仙侠,两神相恋之后逃往人间,被天界的守护灵追杀。冰族仙侠元神俱灭的地方,就是怖魂庄,圣猫女自杀身亡,丧命之所是柏霞山。我目睹了他们的打斗,在他们双双而亡之时,流下了一滴凡尘泪,这滴泪洒落到人间怖魂庄,便给了这片土地灵气,自那以后亡者死后灵魂聚集,便有了怖魂庄亡灵之说。"

说到这里,红叶解释了一下："至于我落泪的原因,那位冰族仙侠是我的至交好友……"他的眼光忽然瞥向逸前辈,嘴角牵起一丝不易察觉的微笑,看得冰逸一愣。

"因果相报,化解这场劫难的办法,就是用我的灵力将所有的亡灵超度,如此一来我便随着亡灵一同散去。"

红叶的语气波澜不惊,大家一时之间沉默不语,思索着红叶话中的含义。

芸儿琢磨着红叶的话,喃喃地叨念着："随亡灵一同散去……"随着芸儿这声一出,所有人恍然之间明白了红叶的意思,芸儿一把抓住红叶的手："你说什么？是说你会死么？"

芸儿眼中焦急的目光一时之间深深刺痛了红叶,原本平静的心中忽然牵动起难舍的情绪。

眼前这个女子,是他千年来遇到的第一个能让自己动心的女子。

他一把拉起芸儿的手向外走去,芸儿一惊,就这样在阿九几人的注目下与红叶双双走了出去。

阿九几人看着他们离去,一时间又静默了,谁也不知该说些什么。

冰偌虽与红叶交往不久,可心中却早已经将他当成自己的亲友,想起曾经为了端木杰和秦涟裳两人一起雨中作法的日子,真的不想让他为了这些亡灵消散而去……

"不行,我们不能让红叶死!"冰偌突然冷声沉沉地说道,眼光望向逸前辈,"爹爹,您有没有办法救红叶?"

逸前辈抬眼望了望众人,见阿九和慕容昕也是满脸期待地望向自己,深深叹了口气,无奈地摇摇头:"亡灵是杀不尽的,唯一的办法就是红叶用自己的灵力将他们超度,他说得没错,一滴凡尘泪酿下的祸根只能由他自己来解决……"说罢,再次摇了摇头,向自己的房间走去。

冰偌看着逸前辈的背影,突然觉得他似乎有很多不为人知的地方。

他的养父,为什么会知晓这么多天界的事情?

长夜漫漫。

"你干什么?外面有亡灵啊……"芸儿疑惑不已,走到客栈的后院便一把拽住红叶,停下脚步,眼光惴惴不安地四处张望着,生怕有亡灵闯进来。

红叶看着她小心翼翼的样子,蓦然发现,原来她着急的样子是这么好笑。

芸儿看着红叶,与他的眼光相对,心下一阵乱跳。

银发在夜风的吹拂下微微乱了几分,淡淡的笑容依旧是玩世不恭的味道,琥珀色的眼眸中只映出身前脸色微羞的芸儿。

轻扬起手,手指触到芸儿细滑的脸庞,看着她羞涩地将头低下,已不再是那个雨中翩舞的小女子。

当他在枫林中第一次见她小心翼翼捕蝶的样子之时,就有预感,她将是自己生命中最美的一笔。

只是还没真正说过喜欢她。

这一次不说,恐怕以后便再也没有机会了。

"傻瓜。"红叶歪过脸,不羁的笑容下杂着些许玩闹的意味。

芸儿仰起脸，睁大眼睛瞪着他："臭红叶你说谁是傻瓜？"

"你啊。"红叶在凉亭中坐下，一副理所当然的语气。

芸儿假装生气地鼓起嘴："你超度那些亡灵吧，和他们一起去死，我走了，再也不要看见你了。"说着就欲转身离去。

红叶看着她快走了几步，速度又慢了下来，犹犹豫豫地朝前走着，知道她是在等自己开口叫住她，便继续悠哉地坐着，直到芸儿实在忍不住，又转身对红叶说道："我真的走啦！"

见红叶还是一脸淡笑地看着她，芸儿一气，闷哼一声便将头恨恨地转过来，真的要回房去了。

红叶的声音在身后响起。

"你连我喜欢你都不知道，你说你是不是傻瓜？"

第十九章 离殇一梦

芸儿感觉夜风习习吹过她的脸庞，微凉的轻柔触感，红叶的声音显得清晰又模糊，杂在风中，有淡淡的，像是将要失去般强作欢颜的玩笑味道。

隐隐约约的。

我喜欢你。

芸儿在这一瞬间将身子定在原处，忽的想起和红叶分地瓜时，地瓜老伯说的那句话。

相公少一点，娘子多一点，恩恩爱爱到永远。

她转过脸，映在红叶眼眸中的，是她如夜中百合般清纯的笑颜。

她的眼神中没有丝毫的犹豫，只是多了几分女子天性的温柔和羞涩，夜如水般宁静，只听得见她轻轻的语调：

"那,我们成亲吧……"

短短一句,掩盖了心中壮阔的波澜,她静静地看着红叶。

红叶的笑容僵在脸上,无言地看着芸儿期待的目光,心头阵阵抽痛。

恍然间,一个念头在脑中飞速地闪过——在人间游荡几年,几乎要忘记自己特有的催梦幻术。

对不起,芸儿。

我欺骗了你。

我们就要结束了。

我真的要离开你了。

我只能让你做一场梦。

我只能对你说我喜欢你。

我真的不想你为我难过为我哭。

我只能让你梦一场,清醒以后忘记我的名字。

无论亡灵抑或命运,全都抵不过他缓缓出口的几个字,因为爱,是超越生死的,就算躯体已经不复存在,而这一刻的真情却是永存的。

再过几千年,几万年,也许没有人会记得在这片土地上有两个人曾携手共度生死,但是那真真切切的四个字随着时光的消逝,随着历史的洪流,是真实存在过的,任何人都无法否认它存在过的印记。

很多很多年以后,用心去聆听,依旧可以听到夜风中依稀的声音。

它轻轻地诉说着,那段不为人知的,平凡而寂寞的传奇。

我喜欢你。

红叶走到她身前,缓缓扬起手掌为她理了理额前被夜风吹乱了的黑发,一如既往地微笑,慢慢地俯下身子,在她的耳边喃喃低语,掌心闪烁的光亮轻柔地从她的侧脑渗入:

"好啊……"

眼前一片混沌,她忽然觉得好累,意识变得很模糊很模糊,只是觉得耳边淌过丝丝温暖的气息,然后,听到他的声音。

她觉得这是她听过的,最美的声音。

嘴角扬起一丝幸福的笑意,满足地闭上了眼睛。

她发现自己不知何时竟穿上了红红的嫁衣,头上遮着红盖头,她忽然觉得好幸福,就这样被红叶牵着手,在众人羡慕和祝福的眼光中缓缓走向喜堂,耳边是阿九的声音:"芸儿好幸福啊,臭冰人,你什么时候娶我?"

她心里暗笑,这个阿九什么时候变得这么大胆了?

接着又是冰偌的声音:"你急什么,你真这么离不开我?非要我娶,你这可是逼婚啊……"

然后是一片哄笑和打闹的声音。

逸前辈的声音响起:"别闹了,新郎新娘要拜堂了!"

阿九几人的声音一时间平静下去,芸儿低着头,心里甜甜地笑着。

"一拜天地——"

在红叶的牵引下缓缓转过身,轻轻下腰一拜。

"二拜高堂——"

再转回来,向着逸前辈欠身一拜。

"夫妻对拜——"

面向彼此,可以感觉到彼此的甜蜜,弯下身。

"送入洞房——"

一时间,又是阵阵哄闹的声音,耳边的祝福声不断,整个堂中都充斥着从未有过的喜悦氛围。

……

敲门声响起,阿九、冰偌和慕容昕三人还在一起商量着对付亡灵的办法,听到声音,阿九便起身去开门,见红叶抱着芸儿入门而来,阿九刚想问这是怎么回事,红叶便轻轻地做了一个嘘声的动作,小心翼翼地将芸儿放于床铺之上,才小声说:"她在做美梦,千万不要吵到她……"

阿九看着红叶的样子,有些疑惑,但还是点点头。

红叶看了看冰偌和慕容昕,坐下来压低自己的声音:"你们也别白费力气了,这一劫是我注定要经历的,照顾好芸儿,千万不要吵到她,让她把这场美梦做完,到时候我就可以没有牵挂地走了……"

"是你让她做梦的?"阿九问道。

红叶笑笑,笑容中第一次杂了苦涩的微笑:"梦里面,是她最想要而我却给不了的幸福。梦过之后,她就会忘记我,你们千万不要对她提起我,让她继续快乐地过下去吧。"

红叶闭上眼睛,银色的发丝顺顺地垂下来,却掩盖不了他的哀伤。

让她快乐下去,就如初见时,追蝶的快乐样子;就如雨中翩翩跳舞时般无忧无虑;就如街边手捧地瓜不停地往嘴里塞时天真的样子。

红叶蓦然发现,自己的回忆里,竟然被她充斥得不留一丝缝隙……

第二十章　驱灵古籍

阿九还想说些什么,看着红叶,却再也说不出一句话,只觉得心里酸酸的,几滴泪水在眼眶中打着旋,手情不自禁地抚向红叶的银发:"总会有办法的。"

红叶抬头对阿九安慰似的淡淡一笑:"没什么,几千年了,我也玩够了……"

眼神转向床铺上安睡的芸儿。

只是。

舍不得你们,舍不得她。

这么酸的话,就藏在心里吧。红叶自嘲地笑了下,然后歪歪头,向阿九调皮地眨了下眼睛,往常一样的玩笑语气:"这次银狐少爷真的玩够了……"

听着红叶故作轻松的语气,阿九的眼泪终于不可抑制地掉下来。

看见阿九的眼泪,红叶再也开不出玩笑了,手指静静地滑向她的脸,为她拭去泪水。阿九却哭得更厉害了,呜咽许久,终于抬起脸看着眼前的红叶。

"你走了,芸儿可怎么办?她离不开你的……就算失去记忆,她也无法舍弃对你的感情,我知道她的性子……"

红叶不说话,只是看着阿九清澈的眼睛,几滴泪珠还凝在眼中,晶莹无比。

"我去找逸爹爹。"冰偌突然起身,说罢便欲向外跨步而去,刚走两步却见逸前辈正急匆匆地推门而入,手上捧着一本破旧的书卷,满脸的喜悦神色:"找到了找到了!红叶有救了!"

一听这话,几人纷纷凑上前问个不停,阿九从逸前辈手上抢过那本书卷,照着上面的记载念出来,因为刚刚哭过,声音中还带着微微的沙哑。

"驱除恶灵之法:寻阴地,南临尸坟,北靠葬花,白幡招灵,聚阴之时,以一男一女做引,三人围外,招雷电,同心共念超灵咒。隔于世,外人万不可扰。"

念毕,阿九一脸欢喜的神色:"写得真好!"顿了顿又向众人望了望,小心地问道,"写的什么意思?"

大家都被阿九这句话逗笑了,阿九自己也破涕而笑,气氛一时间轻松不少。

逸前辈看到床铺上安睡的芸儿,示意大家去他的房间细细商议。

待到了逸前辈的房间,逸前辈才解释到:"这本书是我珍藏的古籍,没想到今天真的派上用场了。我本以为红叶无救了,谁知试着翻看了几眼,竟然发现了对付恶灵的办法,虽然不知道对这怖魂庄的亡灵起不起作用,但也要试一试才好。"停了停,他开始解释,"这上面记载的方法是,要对付恶灵,就要找到一个阴气极盛的地方,南面要临着死尸坟墓,北面要有葬花,所谓葬花就是彼岸花,三人围成三角阵,阵中要坐上一男一女拿着白幡招附恶灵,等到阴气最盛的时候,也就是月上中天的时候,恶灵便会聚于阵中。到时,布阵之人同心念'超灵咒',一定不可有私心杂念,只能暗想着超度亡灵,并且万万不能有外人打扰,到时候借着布阵之人的心念就能将恶灵超度。"

说完,看着几人:"明白了吗?"

几人均点点头。冰偌想了想说:"怖魂庄有墓林,正好在这家客栈的南面,可是这个时节哪里还有彼岸花呢?"

逸前辈笑笑:"你忘了端木杰。"

阿九一拍手,笑道:"对!端木杰那里有一幅彼岸花的画卷,如果我没记错的话,大冰人可以施法力让彼岸花变成真的,不管什么时令都可以开!"说着看向冰偌,"就像那片樱花林一样……"

冰偌稍稍一愣,眼前浮现出缨蓝的影子。

平息了下自己的情绪,转过脸说道:"我去找端木杰前辈要画卷,顺便把他们父女接到这里来。"

逸前辈点点头："嗯,他们在怖魂庄是很危险,接过来为好,但是千万别告诉他们我们要布阵驱除恶灵的事。天界预言的劫难若是被凡人知晓,泄露天机会遭谴的。"

听过逸前辈的话,冰偌忽然仰起脸与他的眼睛对视："爹爹,我们除了学过一些法术,其他都与凡人无异,为什么我们可以知晓这些事?"

慕容昕和阿九听后都是一愣,看着逸前辈,等他解释。

逸前辈定定地看着冰偌,许久,抚了抚自己手上的银戒,淡淡地问："你说什么?"

冰偌摇摇头,看了看阿九,又将眼光转回来,重新看向逸前辈："爹爹,阿九曾说过,我的血液不属于人类,所以我想问,爹爹当年发现我时的情景是怎样的,我想查查自己的身世……"

逸前辈叹口气："这个以后等我想告诉你了,自会对你说,现在驱除亡灵要紧,还是先将端木杰父女接来吧。"

"爹爹……"冰偌还想继续问下去,却见逸前辈已经背过身,便止住了嘴边的话,说道,"那,我现在就去接他们了。"

又在原地看了看红叶几人："我去了。"

"等一下!"阿九和红叶同时叫住将要出门的冰偌。

冰偌回过头："怎么?"

"我和你一起去。"阿九又和红叶同声说起,说罢又各看对方一眼,相互笑了笑。

冰偌也回给他们一个微笑："你们留下来照顾客栈里的人吧,我自己去。"

两人点了点头。

冰偌向外走去。

"大冰人……"阿九又叫住了冰偌。

冰偌再次转过身,声音中有些许不耐烦的味道："还有什么吩咐啊,阿九小姐?"

阿九微微地笑了："我是叫你小心一点啊。"

冰偌稍稍一怔,心中顿时弥漫起温暖的轻雾,不好意思地笑笑："嗯。"

这是他们的恋人夜,只要这一夜没有结束,他们就是恋人。

其实,也想听到她的关心,因为她的声音听起来很美。

其实,也想看到她对自己笑,因为她笑起来的样子总是那么可爱。

其实,也想这一个夜晚永远也不会结束,因为她勾住自己的手指时,自己的心跳会没来由地加快。

就像与她演出一场爱情戏剧,只是彼此入戏太深,便不想结束这场戏。

因为,结束了的不单单只是戏剧而已。

还有牵手时的温暖。

第二十一章　怨灵散

端木杰父女被冰偌接来了客栈,他们曾问冰偌街上亡灵是怎么一回事,因冰偌直言相告天机不可泄露,便也从了冰偌的话,安心地在客栈住了下去。

逸前辈三日来一直忙于准备驱灵所用的招魂幡,其余几人都拿着逸前辈写给自己的超灵咒背诵,这超灵咒共有五千字,对慕容昕、冰偌和红叶三人来说背下来很容易,可是对阿九这么一个只学过认字,连作诗颂词都不会的猫女来说,如此五千字的灵咒要背熟可是难于登天了。

最让她气恼的是,这咒文里竟然有很多字她连见都没见过,所以当冰偌几人都已经背好咒文了,阿九还在房里捏着那张写满密密麻麻奇怪文字的白纸大眼瞪小眼,如果不是为了救红叶,她早就忍不住将这张烂纸撕掉去见阎王了。

这时,一曲轻柔的音调透窗而入。

这曲子似有某种魔力似的,声声入耳,阿九便觉心中的烦乱去了几分,多了一丝安定之意,闭目听过许久,原本杂乱的心情顿觉豁朗无比,脑中清醒了许多,再看咒文,也有心思继续背下去了。

明日就要驱灵了,所以今晚她必须将这咒文背会才好,想及此,便去了相隔不远的冰偌的房间,准备问问那些不识得的字。

房门外,曲调更显清晰。婉转悠扬,像是置身于清凉的瀑布边,声声弦音如飘洒而下的水流,激起层层叠叠的水花。

门是虚掩着的,阿九轻轻推开门……

果不其然,冰偌端坐在木椅上,怀中是阿九从未见过的一个像弓一样的东西,顶上雕着个与鸡头相似又有些不同的动物脑袋,弓身是丝丝的琴弦。

冰偌见阿九来了,便停了原本在弦上拨动的手指,随意一笑:"什么事?"

阿九好奇地盯着他怀里的乐器:"原来你还会弹琴,你怀中这个是什么?"

冰偌将其放于桌上:"这个叫凤首箜篌,是凡间的乐器,一般来讲都是女子弹奏的。我很少弹这个,今天在客栈的小房里发现了,就顺手弹两下。"

阿九笑说:"挺好听的。"

冰偌点点头,注意到阿九手中的咒文,温和地笑了笑:"笨猫,还没背会啊?"

阿九脸一红:"不是我笨,是这些字太复杂了。"

冰偌示意让阿九坐下,阿九便坐在他身边,将咒文递给他,一手指着上面,嘟着嘴问:"你说说,这字念什么?"

"忧天忧地,菩提缘怨,生归诸灭,糁汗挥雨,普度忠灵。"冰偌一字一字地读给她听。

她随着他念:"忧天忧地,菩提缘怨,生归诸灭……"一时间又停顿下来,盯着后面的字犹豫着。

冰偌又引导着她念:"糁汗挥雨,普度忠灵。"

"糁汗挥雨,普度忠灵……"

漫漫一夜终于又在朗朗读文声中度过,迎来了天边的一线光亮。

阿九终将这咒文背会,靠在冰偌肩上睡了过去。

冰偌试图叫醒阿九,轻摇两下,阿九应了一声,却又迷迷糊糊地睡着了。

准备再叫她,却听到她做梦还在喊:"缘生缘灭,灵灵归一……"不禁有些不忍了。

这时,阿九突然又喊了一句,差点让冰偌笑趴下。

"冰偌你小子再让我背这东西,猫姑奶奶把你的脸抓成乌龟壳!"说着就闭着眼张牙舞爪地朝前面一阵乱抓。

冰偌自言自语叹道:"你这只死猫做梦都要和我吵,那就成全你了。"说着将阿九一把抱起,放在自己的床上,接着又是一阵闷哼,"看起来挺瘦的,一抱竟然这么沉！"

为阿九盖上棉被，出门前看了看熟睡的阿九，掩好房门，去找逸前辈几人了。

今晚就要驱灵，这一天逸前辈又做了最后的部署，终于将一切打理完备，只等今夜降临了。

阿九睡到午后才醒，逸前辈告诉她，这次的驱灵阵，只能成功，如若失败，红叶便当场随亡灵一同散去了，她和红叶他们商量好以后，就继续回忆超灵咒的咒文了，以免到时候因为自己忘记咒文而出差错，她会一辈子不能原谅自己的。

夕阳终于逝去，夜幕终于来临。

客栈中其他的客人沉浸在梦乡之中，他们开始行动了。

客栈的南面正好是怖魂庄的墓林，所以选择在客栈的后院摆阵。冰偌将灵力散在彼岸花之上，霎时客栈的后院满种彼岸花，殷红一片，像是鲜血在召唤。

阿九和冰偌盘坐在阵的正中，手握白幡等待月上中天的时候招附恶灵，逸前辈、慕容昕和红叶三人盘坐在阵的外围，形成一个以人为点的三角阵。

阵阵阴风扬起，彼岸花被吹得摇晃不已，阴冷的凉风打在几人的身上，几人霎时感到彻骨的寒意。

"来了。"逸前辈轻声示意，几人点点头，纷纷集中精力，潜心凝神，一心驱除恶灵。

不能受到外界的干扰，不然一切都会前功尽弃。

月已快升上中天，阿九和冰偌手中的白幡摇晃得异常剧烈，几人都感觉到越来越多的阴灵已经聚于阵中……

此时身于梦中的芸儿正与红叶在初次见面的枫林嬉闹，只是她望着眼前的男子，却想不起他的名字了……

他对她笑得那么灿烂，她也开心地牵着他的手，可是这一切似乎都没有缘由。

为什么会在这片枫林？不是和阿九在一起么？他是谁，他为什么会牵着自己的手？他怎么知道自己的名字？阿九呢？慕容公子他们呢？都去哪里了？

为什么？

自己为什么会和这个陌生男子在一起？

芸儿猛地抽回自己的手，瞪着眼前这个男子："你是谁？"

他迷离地一笑，笑中伴着淡淡的忧伤，轻声自语："终于还是忘记了……"

芸儿意识到有什么不对劲，又问一遍："你到底是谁？"

"红叶。"他像以前一样，从芸儿的肩头取下一片刚刚飘落的红叶。

"红叶？"芸儿奇怪地问。

他再次微微一笑，摇摇头："我没有名字，我是说你肩上有一片红叶。"

芸儿的眼中满是疑惑。

他将这片红叶贴在心口，红叶瞬时闪着缕缕赤色光芒，后将其递到她的手心。

"送给你，留个纪念吧。"

芸儿稍稍犹豫了片刻，终将这片红叶子藏于胸怀。

眼前的男子消失不见。

风吹得越来越烈，似乎整个天地之间都开始躁动不安。

芸儿依旧平躺在床榻之上，只是眉头已不是那日刚刚入睡时的舒展，三日甜美的梦境，对她来说不知是幸运，还是遗憾。

砰！砰！砰！

窗户被阴风吹开来，摇摇晃晃地发出砰砰之声。

芸儿伫立在枫林之中，隐隐约约感受到这来自另一个世界的声音，清脆有力，像是在召唤她一般。

那个在自己面前消失的男子，有似曾相识的感觉，在他消失之际，竟感到一种眷恋之情，好似有人硬生生地将什么从自己的心中抽离一般。

红叶纷纷而落。

手抚向胸怀藏匿留作纪念的叶子，温暖贴心。

砰砰的声音在芸儿的耳边越加清晰，而周身旋飞的红叶却渐渐变得模糊，芸儿在这一刻突然明白了什么，却为时已晚。

心底最后的声音对这片枫林诉说着，芸儿终于在渐醒的一刻落下泪。

泪的味道已经分不清是悔恨，还是遗憾。

再见了，红叶……

芸儿慢慢睁开双眼，一阵凉风袭来，原来是窗子被风吹开了，于是起身将其重新关牢。一阵疑惑浮上心头。"阿九呢？"芸儿自言自语着，推开房门向外走去。

自己好像睡了很久一样，现在精神好得不得了。

芸儿整理了一下思绪，为了寻找清影公主，她和阿九、冰偌和慕容昕决定去怖魂庄,客栈中遭遇了毒杀事件,凶手秦涟裳最后也被杀死,遇到了逸前辈,几人一起进了怖魂庄,然后就在这家客栈住下了。

想到这里芸儿看了看自己身上披着的棉袄,心下一阵奇怪,她明明记得是秋季,自己穿的是丝裙,什么时候把这棉袄穿上了?

想着想着,越发感觉不对劲,便下楼,在客栈的每个角落寻找阿九几人。

后院红叶几人正进入与外隔绝状态,月上中天,几人开始默念超灵咒。

招魂幡剧烈地晃动,阵中的阿九和冰偌一边努力压制着阵中的恶灵,一边念着咒文。

"生生息息,因果轮回,善恶相逆,忧天忧地,菩提缘怨,生归诸灭,糁汗挥雨,普度忠灵……"

阿九记得最好的就是这一段,她回忆着每一句咒文,生怕背错酿成大祸,很久很久以后,咒文终于要背完了,待咒文念过之后亡灵被超度,红叶也就不会魂消魄散了。

芸儿不知不觉地走到了后院,发现自己前面还有一位女子在随意地走着,身着华丽的衣饰,一看就是千金小姐的模样,这时,她回过头恰巧看到了芸儿,朝她微微一笑:

"怎么,芸儿,你也睡不着出来走走啊?"

芸儿细细打量她一番,确认自己的记忆里没出现过这个人,便问道:"你是谁?怎么知道我的名字呢?"

她不可置信地看着芸儿,惊了一会儿,待回过神来奇怪地问道:"你怎么了芸儿?我是端木琳啊!"

芸儿冷冷地别过脸:"我不认识你,我在找我朋友,没什么事情先走了。"说着芸儿便自顾自地走出了后院,往客房走去。

端木琳一脸惊愕地站在原地,待芸儿渐渐走远,她才反应过来,喃喃自语道:"难道芸儿失忆了?"

想到此,端木琳便急忙地去找阿九,刚要转身,却看到后院突然闪出一道银光,借着这束光亮,端木琳看到阿九和冰偌正盘腿坐着,逸前辈几人围在外面,而这道银光就是从阿九和冰偌手中的白幡上射出的!

想到失忆的芸儿,端木琳心中暗说:"要赶快告诉他们芸儿失忆了才好啊……"

便急匆匆地朝他们跑去。

他们还在定定地坐着,端木琳摇了摇慕容昕的身子:"慕容公子,不好了!"

……

正在阵中默念咒文的阿九几人,原本安静清晰的思绪中霎时传入了这一句话,打破了原有的阵势。

"红叶!芸儿失忆了!"

……

阵中的几人一时间心绪错乱,阿九听出这是端木琳的声音,她好想告诉端木琳不要再说下去了,可是身于阵中的他们根本就无法抽身。

端木琳看这几人理也不理自己,一下子更着急了,便绕过慕容昕,走进阵中,将阿九和冰偌手中的白幡一把夺过扔在地上,喊道:"你们拿着这种东西在干什么?芸儿失忆了!"

恶灵一下子得到解脱,冲出阵势,摆阵的几人同时被恶灵的力量冲击躺倒在地……

端木琳看着脸色苍白、嘴角淌血的阿九和冰偌,怔在原地,关切地问道:"你们怎么了?"

"啪——"阿九扬起手甩在端木琳脸上一计响亮的耳光,眼中渐渐闪起了泪花。

端木琳被阿九的耳光扇倒在地上,感觉脸上一阵火辣的痛感,她捂着自己的脸,一阵气愤:"你打我干什么?"

阿九恨恨地站起身:"我不只要打你,我还要杀了你为红叶报仇呢!"说着掌心闪着蓝光一把掐住端木琳的喉咙,气势虽凶猛,下手的力道却不是很重。

"阿九!"红叶摇摇头,"她不是故意的。"

阿九感觉到恶灵已经冲破了三日的符咒席卷而来,她看着红叶无奈而苦涩的微笑,眼泪簌簌而下。

阿九松开了端木琳,端木琳虽然不是很明白,却也知道自己做了错事,只是木讷地摇着头:"对不起,对不起……"

一时间,怖魂庄中惨叫声四起……

三日已过,布阵之法失败。

红叶缓缓起身,望着阴阴的夜空,月光已被阴气笼罩。

接着,红叶转过脸,对他们微笑。

"逸前辈,谢谢你。"

"慕容兄,谢谢你。"

"阿九,不要哭了,你笑起来才好看啊。"

"冰偌兄,阿九是个好姑娘,你一定要好好待她。"

"我银狐几千年来只交过一个仙界的朋友,他已经死了,而我为他而流的一滴凡尘泪又让我遇到了你们。我想,如果我没下界来这一趟而在天界直接超度亡灵而灭,我会很后悔很后悔的,谢谢老天让我遇到了你们这些朋友,还有……"

红叶的眼光瞟向另一侧,目光中写满了怜爱和眷恋。

芸儿正向他们跑来!

"阿九,你们在这里啊,我找你们好久!街上有很多人被一些奇怪的灵体杀了,尸体遍地都是……"

冰偌几人看着芸儿,都哽咽地说不出话。

红叶带着一脸邪气的微笑走向芸儿,看得芸儿一惊:"你,你是我梦里那个……奇怪的人……"

红叶还是微笑,像是在对所有人说,又像是在自言自语:"原来我是奇怪的人啊……"

芸儿看了看他,没再理会,又急急地对阿九几人说:"怎么办啊,不能让它们再杀人了!"

"放心吧,它们不会再杀人了。"红叶淡淡地说着。

随着芸儿转头看向他,他俯下身,在芸儿的脸上轻轻一吻。

熟悉而陌生的温热气息,第一个也是最后一个轻吻。

阴气渐渐消散,月亮显露而出。

彼岸花随风微微晃动。

瞬间,漫漫红叶从夜空中飘旋而落。

初见时,一身银衣,一头银发,在枫林中留下不羁笑容的红叶。

雨巷中,撑伞而行,伸出手掌接住纷飞雨丝,轻扬嘴角的红叶。

正厅中,轻跃而起,将芸儿一把揽入怀中,对正座之人冷声道"我玩够了"的红叶。

街角里,被乞丐小孩围成一圈,为小孩子分着馒头,亲切地笑着的红叶。

"我无名无姓,只因喜爱这秋韵的叶子,便与它同名。"

"传说,怖魂庄是有亡灵的,你怕不怕?"

"枫沙阁还给你,我玩够了。"

"喂,你不是喜欢上我了吧……"

"哇,你吃那么快,真怀疑你是不是没吃过地瓜!"

"相公少一点,娘子多一点,恩恩爱爱到永远……"

红叶的身影渐渐消失于月光之下,将最后一抹微笑留给了这个世间……

相公少一点。

娘子多一点。

恩恩爱爱……

第二十二章 情·追忆

亡灵被红叶超度以后,能量尽散,于是阿九在这些亡灵的手里拿到了第一块蛊灵玉。

冬季的第一场雪终于纷纷扬扬地飘落在怖魂庄这片土地上,不知是上天的悲悯,还是凡尘的哭诉。

红叶走后,怖魂庄恢复了以往的安定,只是他带走的不只是庄中的恶灵,也带走了芸儿最美的记忆,更带走了所有人的心。

阿九永远也不会忘记红叶最后那个温柔的笑靥,那么地不舍,却又那么地无可奈何。

很长一段时间,阿九都恨着端木琳,而端木琳事后竟然说当时不知道怎么回事,脑中只有一个念头,就是要打断布阵的阿九他们,让他们知道芸儿失忆了,仿佛无法控制自己一样！她了解自己的弥天大错以后，更是无法原谅自己。

其实那一晚，逸前辈本来布好了阻止外人闯进的结界，而这端木琳不知有何不为人知的力量，竟然可以随意地进入结界。逸前辈查看半天，才知原是端木琳的一支发簪不一般，这发簪上镶着一小块碧绿色的奇特石头，看似是翡翠，可是逸前辈看出这不是翡翠，而是一块蕴涵着法力的灵石。

佩戴灵石的凡人，会被灵石真正的主人控制心智，这便解释了端木琳那晚疯狂地要制止布阵超度恶灵的原因。

端木琳被人利用了，而这个人利用她的目的就是要阻止他们布阵，也就是要害死红叶。

难道，所有的一切，都在幕后人的掌控之中？

而端木琳说，这簪子是她母亲的贴身侍女——秦涟裳给她的。

当日秦涟裳将这簪子送给端木琳时显得有些犹豫，端木琳说不要了，可她又非要端木琳收下，端木琳觉得这只是一支平常的翡翠簪子，也没放在心上，就收下了。

秦涟裳已在怖魂庄外的客栈中被杀，这簪子究竟是怎么到她手里的也就无从考究了。

逸前辈用符咒封住了灵石的法力，以免暗中又会被人控制。

得知这些以后，几人的心更是沉重，都怀着一股浓浓的恨意。

就因为这么一块小石头，红叶，再也回不来了……

窗外的雪花轻飘飘的，阿九将手伸出窗外，小小的六瓣晶体落在她的手心，接着化作一片湿润。

就这么消失了。

看似不留痕迹。

却湿了掌心，冰冰的触感。

阿九望着手心那片雪水，喃喃地念："红叶，你真就这么走了吗……"

一阵熟悉的脚步声响起，继而阿九感觉有人蒙住了自己的眼睛，一个故作粗犷却透着女气的俏皮声音响起："猜猜我是哪位神仙——"

听着这个声音，阿九心中一阵刺痛，终于还是故作平静地开起玩笑："你乃逍遥镇芸儿女侠是也！"

芸儿松开手，和阿九并排着靠在窗边，望着被雪厚厚覆盖住的街面，欣喜地说："真漂亮啊……"

阿九与芸儿对视，笑了笑，没再说什么。

红叶曾说过要让芸儿快乐下去，所以在那晚之后，阿九几人向芸儿撒了一个谎，说芸儿进入怖魂庄以后，被人暗算，服了一种沉睡的毒药，直至那一晚才醒。为了圆谎，他们还刻意编造一些好玩的故事，装作不经意地说给她听，芸儿也就信以为真了。

她唯一不明白的就是那一晚，一个素不相识的人，也就是红叶，为何会在身形俱散的一刻亲吻自己。

关于这，阿九的解释是，那人生性风流，看我们芸儿长得这么漂亮，临死前也要风流一把吧！

当时是开着玩笑说的，可是说完之后却慌忙地背过身子，湿了眼眶。

此刻，两人凝望窗外的雪景，静默了许久。

"他真那么风流？"芸儿眼神望着外面，轻声自语。

阿九心一沉，原来，她还是在意了……

"敢占我便宜，就算他不死，我也饶不了他！"芸儿气气地说，攥起拳头恨恨地捶了一下。

阿九松一口气："好了，他人都死了你就别气了，雪好像停了，咱们去外面看看吧。"

芸儿赞同地点点头，与阿九并肩走出了客栈。

虽然天冷气寒，不过街上还是有很多人来来往往，出来玩雪的小孩子居多，其实在怖魂庄待得久了，便也不觉得像刚刚来时那般冷清了。

几个小乞丐的身上披着他们红叶哥哥以前送的厚厚的棉衣在雪地里欢快地奔跑。

对他们来说，红叶，也许是唯一的亲人吧。

这条街还是那么热闹。

憨厚的老伯又来卖地瓜了。

只是枫树的叶子都凋零了，被这片洁白的雪层覆盖。

只是再也寻不到曾经那对男女手牵手踏过这条街的痕迹。

只是再也看不到那个银色的身影,还有那张玩世不恭的笑脸了。

阿九和芸儿将手放在嘴边哈着热气,迈着轻巧的步子走在雪上,每走一步,踩出一个印子,便咯吱一声响,杂着纯净的笑声,在怖魂庄的雪地上久久回荡。

就这样,两人漫无目的地走着。

忽然,芸儿从怀中摸出一样东西:"阿九,你看。"芸儿伸出手,将其递给阿九。

阿九接过,不禁一惊,这是……

一片红色的闪着灵灵微光的叶子。

这片叶子像是玉石雕琢而成的,精致而小巧,很薄很轻,叶的边缘却又很锋利,如果真是有人雕琢而成,那此人的工艺可是非同一般,因为这叶中丝丝的纹路都异常清晰,浑然天成一般。令阿九不解的是,这叶子竟然散着微微的红光,仿佛有灵气庇佑似的。

"芸儿,你这叶子从何而来?"阿九急忙问道。

芸儿犹豫了一下:"我在昏睡的时候,做了很长的一个梦,可是醒来以后就全忘记了,只记得最后梦里有个男子送给我一片叶子,要我留作纪念……可是,等我醒来后才发现,自己身上真的有这么一片漂亮的叶子,这是怎么回事啊?"

阿九一听,便明白了一切,笑了笑没作回答。

芸儿更是疑惑了:"阿九,你知道这是什么叶子吗?"

一阵冷风袭过,阿九的长发飘动,眼神似是穿透了一切,终于,淡淡地说:

"就叫它红叶吧……"

声音似乎很遥远很遥远,仿佛在追忆着一个人。

第二十三章　离庄分行

"红叶啊……"

芸儿轻轻地点了点头，念着这个名字，将叶子揣入怀中。

阿九蹲下身，伸出双手捧起一团雪，在手中捏成小雪球，冰冰凉凉的，然后随口说："好白的雪。"

纯白。

像是芸儿对红叶的记忆。

其实。

这样也好……

她埋着头，心里暗暗地对自己说。

芸儿看不清她的表情。

终于，阿九站起身，释怀一般，长长呼出一口气，扭脸对着芸儿坏笑。芸儿刚想开口询问阿九笑什么，却见阿九手中的雪球猛地被抛出，一声娇娆的惊叫，雪球不偏不斜地打在芸儿的身上，碎裂开来。

"阿九！"芸儿顺手抓起一把雪，冲着阿九喊道，装着生气的样子，声音却是掩盖不住的开心。

阿九笑着跑开，边跑边继续揉着雪球，不时回头看看身后追逐的芸儿，然后趁其不备将雪球再次抛出。

时间在这片雪地上渐渐流逝，伴着她们轻快的笑声、嬉闹声，还有不时飞来的雪球击中目标后的碎裂声，一切一切，都这么动听。

这样也好……

玩了好久，两人停了下来，依旧笑着，感到些许累了，才回了客栈。

客栈中，逸前辈几人正在商量着什么事情，冰偌随意地朝门边望了望，正巧看到阿九和芸儿推门而入，便对其他几人说："她们回来了。"

几人的目光一时集中在阿九和芸儿身上，见她俩的衣服上还沾着雪，逸前辈笑了笑，问道："打雪仗了吧？"

两人回应一笑，进了门，阿九顺手抚了抚身上的雪："这么美的雪景当然要好好玩玩了，是不是芸儿？"说着将脸转向芸儿。

芸儿笑着点点头："这么大的雪难得一见呢！"

看到阿九久违的笑容，冰偌和慕容昕的心中都是一暖，自红叶死后，她还未这么笑过，今天这个灿烂的笑容，是为了芸儿么……

逸前辈示意阿九和芸儿坐下,收起笑容稍作犹豫,略有歉意的目光望着阿九:"阿九,我和偌儿怕是不能陪你去柏霞山了。"

阿九微微一怔,瞬时被热茶呛了一口。

"为什么？"心中一阵疑惑,下意识地抬眼望向冰偌,却见他只是低着头,面无表情。

阿九隐隐觉得不安。

逸前辈饮下一口茶:"是叶飞和雪涵出事了,我们要尽快赶回白府去。"

阿九的脑海中顿时浮现出雪涵那姣好的面容,还有白叶飞那一脸的漠然。记得当初在白府时,雪涵曾两次为自己备置丰盛的餐宴,那一双巧手所制的佳肴是她最难忘的。

"他们出什么事了？"阿九赶忙问道。

芸儿也是满心的担忧:"是不是清影公主要害他们？"

冰偌抬起脸,对他们摇摇头:"到底怎么了我也不是很清楚,只是刚刚白大哥用千里传唤之术找到了我,留下一段奇怪的话就没了音信。"

冰偌说完扬起手指,朝向无人的地方一挥,便出现了一片混沌,混沌之中隐隐浮现出一段文字:

"男痴女爱心合一,怨泪为引灌青根,情灵寄芳草,天地重回新。神龙摆尾,狐狸空穴,乾坤风来转。魂归灵草,血染清巾,断命魄升天。 ——密摘·叶飞"

众人完全不知所云。

这时,一片血红覆盖了这些漂浮的文字,诡异的红色,看得人心惊不已。

冰偌和逸前辈猛地站立而起,面色凝重,眼睛紧盯着那片突来的血红,接着阿九便见红幕上显现出几个硕大的字体:

血光溅,速回！

"血光！难不成……"阿九一声惊喊,却见冰偌和逸前辈已经匆忙地向外走去。

"大冰人——"阿九不舍与担忧之情顿现,对着冰偌的背影脱口而出。

慕容昕默默地望着阿九,听到她呼冰偌,蓦感阵阵酸涩。

冰偌身子停了停,转过脸,触到阿九如水般的眼神,心中顿起一阵涟漪,平了平心绪,解释道:"雪涵和白大哥有危险,刚才的红幕是白大哥用自己的血制出的传唤之法,我要去救他。"

没有任何商量的语气,只是在告知阿九,他必走不可了。

阿九点了点头:"我们分两路,我、芸儿、慕容公子去柏霞山继续查找蛊灵玉和清影公主的事情,你和逸前辈回府救雪涵和白主人。"

"好。"冰偌一口答应下来,又欲往外走。

"等一等。"阿九再一次叫住了他。

冰偌停下来,目光之中已有急躁的神色。

阿九小跑到他身边,踮起脚尖附在他的耳旁轻声说:"明年的恋人夜我们一起走完迷宫。"

冰偌愣了愣,然后笑了,毫不顾忌地抚了抚阿九的脸:"好。"

有一种对恋人般宠溺的味道。

终于,他离开了她的视线。

后会有期。

阿九心中暗暗祈祷着。

"我们也走吧!"慕容昕转了转手中的折扇,"端木父女昨天已经回故居了,据说他们就住在柏霞山下,我们也去那里看看,阿九你不是说那里有蛊灵玉么?"

阿九回过神,点点头:"嗯,慕容公子,芸儿,收拾一下,我们去柏霞山。"

芸儿背起床榻上的包袱,拿起佩剑:"没什么可收拾的,衣服什么的我前几天已经打理好了,我们现在就走吧。"

于是,三人从马厩牵起马儿,再次踏上了匆忙的离庄之路。

雪地上还留有刚刚打雪仗的痕迹。

马儿踏过,添了一行深深的蹄印。

怖魂庄。

再见。

第三卷　山灵·雾

CHAPTER · 03[SHANLINGWU]

第一章　柏霞小村

柏霞山与逍遥镇方向相背，冰偌与逸前辈快马加鞭赶往逍遥镇，而余下的阿九三人也离开了怖魂庄，前往柏霞山。

阿九戴着当日恋人夜游戏所得的玉蝴蝶，自冰偌为她戴上之后，她就再也没有摘下。

蝴蝶双飞栖芳草，朝朝暮暮共相老。

这是她的愿望。

冬日的阳光看起来很散漫，柔和地洒在雪地上，闪着微小的光亮，给人温暖的想象。

马儿已经奔驰了好久，距怖魂庄越来越远，三人一路下来，周边尽是奇山，荒无人烟，心里都不禁疑惑，端木杰说他们住在柏霞山下的村子，虽说未到柏霞山，这附近也该有人走动啊。

慕容昕抬眼眺望着远方，扯住缰绳，抚了抚马儿的鬃毛，对阿九和芸儿说："离柏霞山不远了，估计天黑之前能到，先吃顿午饭吧，马儿跑了半天也累了。"

阿九和芸儿听后纷纷下马，"这荒山野岭的，也没有酒家，去哪里吃饭呢？"

慕容昕看着阿九和芸儿，微微一笑，从怀中摸出两个黄皮纸袋，递给阿九和芸儿："吃吧。"

阿九接过，感到一丝温热，接着便是扑鼻的香气袭来，打开一看，原来是两个葱花饼子，还泛着缕缕的热气，她笑了笑，问道："奇怪，你什么时候买的？"

慕容昕但笑不语。

"还是热的呢！"芸儿咬了一口，好不惬意地说，"肚子饿的时候连葱花饼都是这么香啊。"

阿九看着芸儿的样子，忽的又想起红叶，眼神黯淡下去，安静地吃着葱花饼，不发一语。

慕容昕已将阿九的心事看穿。

他缓步走到阿九身边，飘忽的目光望向幽蓝的天际，随口问道："忘记他对你说的话了么？"

阿九一愣："嗯？"

"你笑的时候才好看啊。"慕容昕说完便走开了。

阿九瞬时想起红叶月光下的笑颜。

别哭了，你笑起来才好看啊……

芸儿还在津津有味地吃着。

阿九看向慕容昕，他正为马儿拍着身子，嘴上还说着："好马儿辛苦了，累了吧，给你按按身子，好一点没有……"

那样子看起来，仿佛马儿是他的兄弟一般。

"你说这些有用么？他又听不懂。"阿九饶有兴趣地走到他身边问道。

他微微一笑："你又不是它，怎么知道它不懂呢。"

阿九一想也是，自己是只小猫，也是能听懂人说话的，况且自己又不是这马匹，怎会知道它的心思呢？

"这马儿一定要好好地待它，它们驮着主人奔跑很累的，时常给它们按按身子，它们就会舒服一些。"慕容昕一边给马儿揉捏着身子，一边对阿九解释着。

阿九点点头,也来帮忙给马儿揉按:"刚才,谢谢。"

"没什么。"慕容昕随意地说道。

"嗯,就是想谢谢你。"阿九对他笑了笑,两人心照不宣。

慕容昕知道,从此,阿九会努力微笑的。

因为,她笑起来才好看。

这不只是红叶临死前的祝福,更是他一直以来的心声。

"好了,上路吧。"慕容昕看了看天色,说道。

芸儿吃掉最后一口葱花饼,抹抹嘴角的油渍,抓起佩剑,和阿九一同上马,奔向柏霞山。

太阳偏西,马蹄声渐渐远去。

待到天色将黑之时,终于找到了端木杰所说的村落。按照端木杰的话,他住在一所红砖低墙的小院之中,院居终年雾气缭绕的柏霞山下。

村落里的房子大多都是红砖低墙,所以现在阿九几人正在寻找那座高峭雄伟又终年雾气缭绕的柏霞山。

这时,一女子从阿九身旁走过,引起了她的注意,这女子的头发是银白色的,与红叶的发色相似,奇怪的是,正值冬季她却只穿了一袭诱人的白色纱衣,长长的纱裙垂下,覆盖了她的脚面,走起路来翩然无声,让人想到飘忽的鬼魅。

"姑娘,你知道柏霞山在哪里吗?"阿九拦住她问道。

白衣女子缓缓仰起脸,映在三人眼眸中的是一张清秀绝美的容颜,只是脸色过于苍白而显得有些娇羞的病怜之感,微冷的寒风拂过,她轻眨水般的双目:"柏霞山吗?"

只是轻轻地回问,声音是些许的淡漠,听不出悲喜。

阿九点点头。

"随我走吧。"白衣女子说了,便走在前面带路,慕容昕几人随在后面。

这个村子很是奇怪,房屋不少,也能见到房中陆续燃起的烛火,就是村间小路上没有一人,许是天色将黑的缘故,可是一抹冬日残阳犹挂,路上不见一人也实在过于诡异了。

白衣女子一路上都静默着,弄得阿九几人也不知该说些什么,昏暗的光线渐渐洒下,直至最后一抹残阳消逝,气氛就这样僵冷地持续着,几人默默地随着她走，转过几个弯，她忽然停下来，说声："到了。"

几人抬起脸，夜幕下，柏霞山巍峨耸立着，果真如端木杰所言，朦胧的雾气缭绕，根本看不清山上的景物，只是一片白茫茫，宛如夜空的银河铺散而下。

几人无不被这奇观所震撼。

阿九回过神想向白衣女子道谢，她却早已无声地离去。

"这是不是你们说的那个端木杰前辈的家？"芸儿手指着柏霞山下一所红砖小房问道。

慕容昕看了看："应该就是这里，我去敲门。"说着，他便走上前轻轻叩门。

咚，咚，咚！

阿九和芸儿见到房中的烛火竟然在慕容昕敲门之后熄灭了。

三人面面相觑，疑惑不解。

慕容昕接着叩门："请问是端木杰前辈家吗？"

房中的烛火重新被点亮。

过了一会儿，院门敞开，阿九几人看向出来开门的人，正是端木杰。

"你们怎么今天来了？"端木杰向几人身后望了望，赶忙将他们让了进来，"没碰见什么奇怪的人吧？"

"没有啊，端木前辈怎么这么问？"阿九和芸儿、慕容昕对视一眼，奇怪地问。

端木杰领着几人进了屋，将房门掩好："这三天是给柏霞山山灵老翁祭祀的日子，要是被一个长发老翁跟上，就没命了！"

第二章　狼嚎哀怨

这时端木琳从内房走出来："爹，有客人来吗？"说话间抬起头，正巧对上阿九的目光，又默默地垂下了脸。

芸儿和慕容昕纷纷以礼问候："琳姑娘好。"

端木琳回应着点点头，眼角还是忍不住瞥向阿九，看到阿九佩戴着的玉蝴蝶，她知道，那是冰偌亲手为她戴上的，她如此珍视，可见对冰偌用情至深。

又见阿九只是默不做声地饮着茶，仿佛根本没看见自己一般。

心不禁沉了沉，原来她还是不肯原谅自己……

端木琳又想起当日阿九恨恨地抵住自己的喉咙，眼淌泪花的愤怒。

"我不只要打你，还要杀了你为红叶报仇！"

……

那是她第一次见到她的眼泪，阿九说话虽狠，却最终下不了手，而自己害死红叶这件事，也成为了一生的罪过。

"你们路上辛苦了，我去准备晚饭。"端木琳说着便悻悻地低头而去。

看着端木琳的背影，芸儿凑在阿九的耳边有些奇怪地问道："唉，你怎么也不跟琳姑娘打声招呼啊？"

阿九依旧沉着脸："没什么。"

慕容昕见了，只得赶忙扭转话题缓解这压抑的气氛："对了，端木前辈，您刚才说什么？祭祀？"

端木杰一听到"祭祀"两字，身子禁不住微微一颤，愣了愣神："不好说，以前村中每到这夜，不回家之人都会被一白发老翁杀死，传说这夜山灵苏醒，要人间的阳气作为祭祀之礼，后来人们每到这几天都不出门了，害怕会丢了性命。"

端木杰这一说，几人顿时来了兴趣，阿九放下手中的茶杯，问道："那长发老翁是什么人？"

端木杰刚想说什么，话未出口，便听一声幽深的哀号传入耳中，房内之人顿时不发一声，只听得见那哀怨凄切的号叫……

"嗷呜——"

一声接着一声，声声悲切，似有催人泪下的魔力。

许久许久，声音终于渐渐平息了下去，只是那股悲戚之感依然萦绕在众人的心头，挥之不去。

"这……是什么声音？"芸儿望向窗外，眼神似乎穿透了夜空，要寻找那声音的来处。

端木杰缓步走到窗前，淡淡地说："那是狼嚎声吧，在很小的时候我们就听习惯了。"

阿九低头喃喃自语："是么……"

当初在天猫神山上也时常听到狼嚎声，相比这声而言，虽很是相似，却也有些许的不同之处。

阿九曾听过的狼嚎，声音浑厚有力，每每月上中天之时，号声四起，幽戚涤荡，久久不散，却不比今夜柏霞山的狼嚎悲婉凄切，如穿肠透骨般给人一种哀伤之感，如此之声阿九还是第一次听到。

"自我记事以来，时常能听到这声音，村中人都说这是山上雪狼的嚎声，但是这柏霞山没有人登上去过，所以从未有人见到过山中的雪狼。"端木杰看着阿九疑惑的神情，解释道。

阿九点点头："我听神山上的叶荣姑姑说过，因为柏霞山上的恶鬼得到了蛊灵玉，所以变得非常可怖，山上有一位老翁，是万恶之首，所以村中之人都不敢上山，是么？"

端木杰看了看三人，摇摇头："不是，我不知道你说的什么蛊灵玉，村民不敢上山是因为柏霞山终年被迷雾笼罩，很容易迷路。曾经有位壮士上山想见见山上的雪狼，却再没回来过，自那以后只要是上山之人，都是有去无归。所以，虽然每夜都听到这狼嚎，却再没人敢登这柏霞山了。"

夜幕笼罩，听过端木杰的话，几人都觉得柏霞山实在怪异。

阿九和慕容昕对看一眼，见慕容昕也是不解地摇摇头，便收口作罢。

微微静默了一会儿，阿九又淡淡地道："不对，既然上山之人都有去无回，那端木前辈又如何得知这声音是雪狼呢？为什么不是其他的狼种？"

听这话，端木杰想了想，答道："辈辈相传，都说是雪狼的嚎声，其他就所知不详了。"

祖祖辈辈相传而得，夜中的哀号是雪狼的悲叹。

只是，雪狼，你是为何而悲……

吃过端木琳准备的饭菜，三人早早地睡下了，赶了一天的路，只有躺于床榻之时才会感觉疲累易眠。

芸儿临睡前将那片漂亮的红叶用线绑好，挂在了胸前，哪知半夜正当芸儿熟睡之际，红叶忽然发出强劲的光芒，并有一股冰冷之感直入芸儿胸口，将她惊醒。

醒时正听得寂静的夜里忽传出一声哀婉的长号。

继而红叶的光芒暗了下去，恢复了原状。

度过了难眠的一夜。

次日一早，几人刚刚起床便听端木前辈说村落里死了人，据说还是被雪狼害死的。

几人匆匆跑出去看，见村民各个手中携着刀具和棍棒，群围着一只雪白色毛发的狼，阿九第一次见到这么漂亮的狼，周身全白，没有丝毫的杂色，毛发很长很顺，只是背上有一片殷红的血迹。离它不远处躺着一个鲜血淋漓的男子，似是已经断气而亡。此狼正与村民们虎视眈眈地对看着，村民们手握叉刀棍棒驱打它，它被逼迫得一步一步向后退，情势对它十分不利。

"杀了它！"不知是谁大喊了一声，村民们便向那只雪狼冲去，顿时狼的闷号与刀棍的声音交杂在一起，混乱成一片。

阿九细细查了查那具尸体，又看看被村民逼迫却只是声嘶力竭哀号、毫不反击的雪狼，心中蓦然一惊。

"都住手！"阿九冲着人群大喊。

慕容昕略有不解地看着阿九，芸儿轻轻拽了拽她的衣袖："阿九，你干什么？"

村民们听到这声音，停了停，见阿九只是一个面生的小女子，又毫不理会地继续驱打雪狼。

阿九心中一气，冲进村民中间又大喊一声："我让你们都给我住手！"

村民感觉一股力量将他们冲击开来，待回过神纷纷不满地吼道："这狼崽子害死了人，住什么手？"

阿九不屑地看了他们一眼，冷冷地说："人不是雪狼害死的，相反，这只雪狼本是要救他。"

第三章　村下雪冤

村民们听这一声便停下了手,有人道:"刚才我们亲眼看见这狼卧在这里,旁边就是被它咬死的小琪兄弟……"

阿九穿过人群,走到雪狼身边,雪狼警戒地向后退了几步,阿九见状便蹲下身子,温和地笑了笑:"雪狼啊,你不是从不下山吗?今日怎么下来了?不怕被欺负么?"

雪狼好似听懂了一般,站在原地不动,只是幽深的黑眸依旧警惕地凝视着阿九,过了一会儿,闷闷地嚎了一声。

众人仿佛都听出了雪狼与生俱来的桀骜号声中所杂的那丝怒意和委屈。

阿九站起身,对雪狼淡淡一笑,转而朝向众人高声问道:"这位兄弟的家人是哪位?"

人群中走出一对中年夫妇,阿九看到他们悲伤的样子,心不禁也沉了下去,深吸口气,向他们问道:"大娘,大伯,你们可是这位兄弟的父母?"

两人擦着眼泪点点头。

阿九安慰道:"生死有命,还请节哀顺便啊……"

哪知,阿九这话一出,两人哭得更伤心了,弄得阿九十分窘迫。其他村民也纷纷来劝两人,过了许久,才勉强止住了哭声。

阿九颇为尴尬地和芸儿对看一眼,见芸儿也是一脸无奈,清了清口,又问道:"昨夜这位兄弟是否不曾回家?"

那对夫妇互相看了看,妇人说道:"姑娘说的是,小琪昨晚没有回家,因为昨夜是山灵祭祀之夜,我很是担心,可他爹说许是到别人家里去了,天黑了又不好出去找,我也就以为他去了朋友家里,可谁知,一早天刚亮,我出门便看见小琪身子僵硬地躺在这儿已经死了,还有这匹恶狼!"

妇人说着说着,眼泪又要出来,恨恨地瞪着雪狼,雪狼也警惕地注视着妇人,又往后退了两步。阿九见状说道:"大娘您别误会,人不是雪狼咬死的,您看,小琪兄弟的身上没有被狼咬过的痕迹啊!"说着,阿九又走到尸体旁边,强忍住心里对满身血腥尸体的恐惧感,将伤口指给那对夫妇和其他村民看,只见尸体的喉颈处有一条青黑的痕印,痕印中间又破了一道深深的割口。这割口参差不齐,乍看上去是很像被咬成的,可仔细一看便可见得与动物的齿印不相符,更像是用锋利的器具划伤的。

划痕细数有五道,阿九心中又是一惊:"怎么像是被猫族魔女的魔指甲所伤的……"

猫族分神女和魔女两界,像阿九这样的就属于猫族神界,另外还有一族便是人间所传的猫妖,属于猫族的魔界,阿九看这伤口,下手凶狠无比,很像猫族魔界妖女的杀人手法。

"不是狼咬死的,那是什么人害死的小琪啊?"村民的议论声将阿九的思绪重新拉了回来。

这时,慕容昕也走上前,看了看尸体,冷声说道:"看他的鞋底,沾着的厚土还很湿润,看来他昨晚应该是上了柏霞山,昨天早上下过雪,虽然雪下得大,但是村中的雪也已经融化了,但是柏霞山上比山下冷,积雪不会这么快消融,他鞋子上这么厚的泥土,应该是爬到了柏霞山的高处,那里还有积雪,所以现在看来,这些土才这么湿。"

阿九看着慕容昕,点点头:"和我想的一样。"顿了顿,又转眼看那只雪狼,接着说道,"如果是雪狼咬死了小琪兄弟,它嘴边的毛发应该沾染血迹才对,而大家看,它嘴边的毛发是纯白的,倒是它的背上,沾着一大片血红,这说明什么?说明是柏霞山上的雪狼发现了小琪的尸体,又费力地将他从山上驮了回来!"

阿九这话一说完,人群便又是议论纷纷。

"怎么会有这么好的雪狼,不应该吧!"

"小琪怎么上柏霞山了?他不知道有山灵老翁吗?"

"肯定是山灵老翁害的小琪!"

就这样,众说纷纭地猜测着,也不知道哪句是真,哪句是假。

阿九想了想，又说道："请问大家以前可曾见过柏霞山上的雪狼？"

众人均是摇头："本来今天能看见这么漂亮的雪狼是很惊奇的，谁知它咬死了人……"

阿九有些不满地打断说话那人："都说人不是雪狼咬死的了！"

众人一时被阿九说得没了话。

阿九轻声自语："这么多年来，雪狼都不下山，为何今日却将被害人的尸体送了下来呢？"阿九再次看着雪狼，她是猫，或多或少了解动物的内心，从雪狼的眼神中她已看出，雪狼是无辜的。

阿九淡淡地笑："雪狼，也许只有你才知道真正的凶手是谁吧……"

雪狼幽深的眸子凝望着阿九，抖了抖身上纯白色的毛发，仰天一嚎，缓缓地朝阿九走近，到她身下，绕着阿九走了一圈，便奔向柏霞山，临跑上山时，雪狼回过头看了看阿九。

那双黑色的幽眸，带着一丝感激，是那么地清澈。

"跑了！"有村民大喊一声便要去追，却见雪狼在柏霞山的迷雾之中渐渐没了踪迹。

隐约中，阿九似乎看到雪狼跑到了一白衣女子身边，那位白衣女子置于迷雾当中微勾着嘴角，像是对自己微笑。

她是谁？

阿九眨下眼睛再看，只见一片雾气茫茫，根本没有什么白衣女子。

她心中一阵疑惑，莫不是自己看花眼了？

村民们帮忙将小琪的尸体安置好，又安抚了他的父母，不知不觉已经将近中午，几人此时才有了饥饿之感。

回到端木杰院内，端木琳赶忙去准备饭菜，正走之时，芸儿有些佩服地说："阿九，你刚才好厉害，为雪狼伸冤啊！"

阿九轻笑着摇摇头："我是跟大冰人学的，他要是在，肯定一早就看出雪狼不是凶手了。"

听到这话的慕容昕和端木琳心中皆是一痛。

端木琳身子定了定，没说什么，接着向前走去。

慕容昕望着阿九一脸憧憬的目光，将手中的折扇握得更紧了。

原来,是因为冰偌……

"是啊,冰偌是很聪明呢,要是他在一定也会像你似的看出真相。"芸儿也笑了,附和着阿九。

阿九的手不自觉地抚向脖颈上的玉蝴蝶。

冰偌,你还好吧……

第四章 雾罩迷山

来柏霞山已有三日,阿九早就跃跃欲试想爬上这诡异的柏霞山,只是端木前辈一再地说等祭祀结束之后再去才好,才忍了几天。今日已经是山灵祭祀的第三天,也就是最后一日,阿九和慕容昕商量午后就上山,端木父女都不会法术,所以由芸儿留在村中等待冰偌和逸前辈的消息,这次端木杰虽也是很不放心,却只能在慕容昕的保证下目送他们上山的背影。

午后的阳光依旧很懒散,两人的身影已经消失在茫茫雾气之中。

"慕容在,阿九在。慕容即亡,阿九亦生。"

慕容昕的声音随着山周的迷雾渐渐消散在耳边,却定音在她的心中。

两人不发一语地往山上走着,待回过头看时,来路已被雾气罩住,辨不清方向了,阿九苦涩一笑,缓缓说道:"原来上山之人都是因为迷路才有去无回的,不知道我们会怎么样……"

"放心,一定没事。"慕容昕说话声音很轻,却透出无比的坚定,说得阿九也振奋了些许。

越是艰难的环境,越能磨练人的心智。自阿九离开天猫神山,已经成长了很多,懂得了很多,这次她要爬上这传说中凶险的柏霞山,不只是为寻找蛊灵玉完成使命,而是这山上似是有什么力量在牵引着她,如此神秘,她必要登上一览才没有遗憾。

雪狼，传说中的山灵老翁……

还有，那次她隐隐约约见到的，不知是不是真实存在着的白衣女子。

全都在这诡秘的柏霞山上，她必要见见他们，看他们获得了蛊灵玉的力量之后到底有多厉害。

想到此，阿九忽然愣了愣。

白衣女子？

当日引他们找到端木杰家院的人也是一个白衣女子，虽然后来见到的那次很模糊，可细想起来，给人的感觉很是相似。

山上雾很大，阿九与慕容昕相隔不远，看上去却也像隔着一层白色轻纱帷幕一般，因怕失散，慕容昕在刚上山的时候用一条丝带系在阿九与他的手腕之上，走着走着，阿九忽然停下来，问道："你还记得刚到这里时引领咱们找到柏霞山的那个女子吗？"

"哪个女子？找到柏霞山的不是你么？"慕容昕奇怪地问道。

阿九心中一颤。

"全身白衣，头发是银色的，和红叶的发色一样，样貌非常秀美，走起路来翩然无声，是这样一个女子领着咱们找到的呀？怎么会是我？"阿九第一次有了害怕的感觉，着急地问道。

"我没见过什么白衣女子，当日确实是你领着我们拐了几个弯口才找到柏霞山的。"慕容昕也觉察出了不对劲，问道，"难道是有人领着你，你又带着我们走，才到了端木前辈家的？"

阿九将那日见过白衣女子的情形细细地描述了一遍，心中越发地不安，后又问道："难道你们没看见我问路吗？我曾向她问路，她也回答了啊……"

慕容昕往前走了两步，来到阿九的身旁，说道："我记得当时是这样的，我们到了村口，街上一个人都没有，大家说只要找到柏霞山，就能看见端木前辈的院落了，那时芸儿随口说了一句'柏霞山在哪啊？'你应了一句'柏霞山么？随我走吧。'接着就像曾经来过这里一般带着我们走，当时我们还问你怎么对这里这么熟悉，你也不说话，就静静地走，后来就到了柏霞山的脚下了。"

慕容昕这一席话说得阿九心中凉飕飕的，阿九摇着头，喃喃地念着："怎么可能……"

山上的雾气似乎在一时之间变得更加浓郁,遮住对方的脸面,让人怀疑与自己对话的究竟是自己的同伴还是暗中窥视自己的鬼魅。

"慕容昕。"阿九轻轻叫了声。

"嗯。"他像是知道阿九的心思,轻声而坚定地回应。

"没事,就是想叫叫你的名字。"阿九忽然觉得自己很可笑。

"我知道……"

因为雾气,在山上根本分不清楚是什么时辰,两人只是凭着感觉往上攀爬着,偶尔说一两句话逗逗彼此,也不显得孤寂,阿九心中虽有了些害怕,却也更坚定了要爬上山看看这些神秘人的心情。

不知不觉,天色暗了下来,两人不知已经走了多久,也觉出了一些疲累,慕容昕停下来,说道:"天快黑了,晚上在这雾气漫漫的山上过夜,你行么?"

阿九笑笑:"怎么不行,你别忘记我是从天猫神山上来的……"

慕容昕也随着她笑了笑,不再说话,捡了些柴火,又扒开枯草,捡了较干的,将草铺好:"坐吧。"

阿九和他并肩坐下,又见他燃起柴火,火光映照在脸上,铺上一层红晕。

许久,只是默默地烤着火并坐,相对无言。

风微微吹过,微寒。

火光随着风向摆动。

"那个,谢谢你。"阿九微低着头,打破了沉静。

借着火光,慕容昕可以看到阿九的红颊,一时没反应过来:"怎么,谢我什么?"

阿九抬起头微笑轻声道:"谢谢你在上山的时候说的那句话。"

慕容昕一愣。

慕容在,阿九在。慕容即亡,阿九亦生。

慕容昕心中一阵温暖,连笑容也像火光一般:"阿九,以后不要叫我慕容公子了可以吧?"

"啊?那要叫什么?"阿九一阵疑惑。

又往火堆中添了几块柴火,慕容昕应道:"随你啊,只要不是太生分就好,认识这么久了,你一直叫我慕容公子,换换吧。"

阿九嘟着嘴，想了想，偷笑道："大冰山总是不说话，待人很冷淡，但是人很好，你呢，也不经常说话，显得呆呆的，要不就叫你呆头昕吧！"说完自顾自地坏笑。

没想到慕容昕却一口答应道："好，随你了。"

阿九先是愣住，后又一阵大笑。

阵阵笑声在柏霞山上回荡。

夜幕下的柏霞山，看起来好像也不是那么可怕了。

"我给你讲个故事吧。"慕容昕淡淡地说。

第五章　夜诉心语

"讲故事？好。"阿九止住笑，看着慕容昕幽远的眼神，等待着他开口。

雾下夜色朦胧。

慕容昕缓缓启齿。

很久以前，故事一般都是这样开头的吧，久到没人记得那是什么时候了。有个小男孩在一次游玩中迷了路，他就走啊走啊，走了好久，发现了一座有如天境般云雾缭绕的大山，那座山好美，仿佛有一股神秘的力量在召唤着他，于是，在好奇心的驱使下，他终于迈开了上山的脚步。烈日当头，小男孩的汗水湿透了衣襟，正欲找个歇脚之处，却被山上的一位女神仙拦了下来，那个女神仙高高在上，朝小男孩说道：

"仙灵禁地，凡尘之人不可擅入！"

女神仙的声音幽远而浩瀚，在山上久久回荡，说完，女神仙便扬起了手中的长剑，朝小男孩挥去，男孩子吓坏了，赶紧跪在地上求饶，不停地喊："不要杀我不要杀我……"

这时候，一个小女孩跑到他身边，和他一起跪下，朝女神仙喊道："叶荣姑姑，这位哥哥不是故意闯进神山的,你不要杀他好不好?"

小女孩的声音传入男孩的耳朵,男孩顿时感到一线活下去的希望,果然,女神仙好像很娇宠这个小女孩,收起了长剑,并让她送小男孩下山。小女孩的笑容很甜很甜,眼睛是淡淡的蓝色,她看到男孩的脸上满是汗水,便体贴地为他擦汗,并赠给了他一把纸扇用以扇风遮阳。

在送他下山的时候,小女孩一直又蹦又跳,开心得不得了,终于,将男孩送到了山下,接着,那座山便从男孩的视野里消失了。

从那以后,男孩就记住了这个小女孩,四处寻找她,希望能再见她一面,周游四海学习法术,为了以后再次遇见的时候能保护她,就像她那次保护他一样,可是十几年过去了,却再也没有见过她,他有些害怕了,害怕自己再也见不到她了……

因为那个女孩曾送给他一把折扇,于是他不管走到哪里,手中都会握有一把扇子,不知不觉间,折扇竟成了他防身的武器。

后来,他在逍遥镇开了家葬灵堂,有一天,听到街上传来一阵奇怪的叫卖声,开始的时候他没有在意,可是当他仔细一听,竟然觉出一些熟悉的味道,他又惊又怕,惊讶的是这声音怎么好像是那个小女孩的声音?害怕的是这只不过是自己的错觉罢了……于是他冲到街上,本以为会看到那个美丽可爱的小女孩,可是他失望了。

不是小女孩,而是一个面目清秀的男子。

他不甘心地站在街边不肯走开,一时间,那人将脸转过来,他看到了那笑容和那双微蓝的眼睛。

是她!是那个小女孩!虽然是男子装束,可是那笑容和那双眼睛不会错,多少年来,他梦中时常出现她的容貌,他已将她的笑记了那么多年,世间女子再没有谁能比她的笑更美,更甜,这一天,他终于再次遇见她了!

接着,他想尽办法接近她,在街上与她吵闹;跟着她与她搭讪,要和她做朋友;找到了她住的府邸;甚至偷偷守着她,暗中帮她查探镇中的命案……

只是,当他在为她努力的时候,她从没有发现他关切的眼神,而他终于成为了她的朋友,却才发现,原来,她心里已经有了另一个人……

……

慕容昕淡淡地诉说着,讲到这里,停了许久,眼光还是不敢看向阿九,雾中的星月隐隐约约散着微光,像是他藏匿多年的心事。

"阿九,我喜……"慕容昕的话未说完,却感觉肩头一重,还有些湿湿的感觉。

他转过头来看,阿九竟然趴在他的肩上睡着了……

最气人的是,阿九已经在他的衣服上流了一大片口水……

慕容昕的眉头皱了皱,轻叹一口气。

原来,她真的不记得了。

又是一阵冷风袭来,慕容昕见熟睡中的阿九缩了缩身子,抿了抿嘴。

他往火中加了几块柴火,红扑扑的火苗燃得更加旺盛了,在寒夜中温暖着阿九的身体,也温暖着……

他的心。

他歪头,在夜色中凝视着阿九的睡颜。

忽觉,这是他一生中最幸福的一刻。

第六章　雾罩之灵

夜里山上的狼嚎声更显清晰,慕容昕设下了结界将声音阻隔在外,以免阿九被吵醒。这一次,他记下了红叶被害时的阴谋,未免有不轨之人闯入结界,慕容昕就守着熟睡中的阿九,一夜未眠。

努力十多载,却远不比冰偌与她相处两个月,虽然每每想到此都心有不甘,但是又总会对自己说:

爱下去就好。

夜幕渐渐散去,迎来了柏霞山上的黎明,阿九缓缓睁开迷蒙的睡眼,不经意地瞥到慕容昕肩头上竟湿了一大片,霎时脸红不已,尴尬地道歉:"啊,慕容公子真对不起……"

慕容昕先是笑了笑,脸色又微沉了下去:"你还叫我慕容公子?"

阿九一听更是不好意思了,忙解释道:"我都习惯了,要叫你呆头昕还真有点叫不出口。"

"那你为什么可以随意地叫冰偌大冰山呢?"慕容昕下意识地将话脱口而出,话刚出口便后悔了,只是低着头,不再言语。

阿九听到这个名字心又是一颤,心中的思念之情顿起,手不知不觉地握紧了项前的玉蝴蝶,冰凉之感透过手心,缓缓淌入骨髓……

阿九不禁缩了缩身子。

他临别前说用法驱马,可将三日的路程减为一日,如此来说,一日便可回到逍遥镇。若是能当天就往回赶……

已近三日,冰偌,也该回来了吧。

此时,阿九忽然觉察出一阵轻微的草木摆动之声,立即警觉起来,四下观望,并没发现什么异常之处,微微松了一口气,忽而又觉有人从背后拥住自己,接着便听得耳边传来慕容昕浓重的呼吸声。

阿九转头看向拥住自己的慕容昕,刚想挣脱,他却一把松开了阿九,满脸苍白之色,手捂胸口不停喘息,轻咳一声,竟有大口鲜血喷涌而出,瞬即身子向后倾倒而去,吓得阿九一慌,赶忙将他拥扶在自己怀中:"你怎么了……"

慕容昕用手擦拭了嘴边的血渍,声音虽然气力微弱,却还是微笑着:"终于能保护你了。"

阿九一愣,手掌抵住慕容昕的胸口,暗暗一惊,是雾罩瞬击!

慕容昕救了她!

雾罩是精灵所用的法术,尘世间的灵物,如石头、小草这些本没有思想的东西因为获得意外的力量或者吸吮天地的灵气,千百年后便能修成精灵,而雾罩则是精灵最厉害的法术之一,只有高等精灵能炼成,此高等精灵就是指星辰、月亮、河流、霜、夜、雾之类的精灵了……

雾罩之法分瞬击和聚击两种,瞬击是直接将敌击中,神不知鬼不觉,被击中者内脏俱损,没有万年的修行之术解救便必死无疑;聚击便是将雾气积聚,将敌包裹吞没,被吞没者无法可救。

阿九将猫眼擦亮,明恍的蓝光透过重重雾气向深处探望,闷哼一声,将手掌挥动,层层叠叠的蓝光向四周迷雾中射去,将慕容昕放下躺好,朝他轻轻微笑:"谢谢。"

慕容昕点点头,阿九起身而立,闭上眼睛深深呼吸,继而,仿佛一切都静止,不再有任何声音。

"雾精灵,出来!"

阿九恨恨地念一声,细细听着入耳处的声音,感觉周围的雾气开始急速地流转,阿九好像置身于一处旋涡之中,被层层迷雾所包围困住,接着,雾气旋涡急速旋转,阿九猛地将眼睁开,朝向周身雾气的一处狠狠打出一记蓝色光圈,这击一起,被打中的雾气消散了许多,只是没过多久又重新聚合在了一起,阿九再次将眼紧闭,细听雾气的流转。

旋涡旋转得越来越快,阿九的身躯渐渐隐没在层层雾罩之中……

慕容昕看着即将被吞没的阿九,大声呼喊:"不要——"

阿九感觉自己被雾气压得越来越重,冷笑一声:"机会!"猛地腾身而起,周身的雾气被这一冲,也随之腾起数十丈。

阿九一面向上腾一面在胸前挥摆手势念咒:"庶,空,法,吉,旌,灵破!"大念一声,阿九的手指射出团团灵火,火焰在雾中熊熊而燃,雾罩的气势瞬时败下去很多。

正在阿九得意之时,听得一句温婉的女声响起:"幽幽天地,载载空心,雾灵俱聚,齐心破敌。"

此声念毕,所有雾气再一次重聚,力量却是刚才的几倍之多,阿九的身体被雾罩紧紧裹住无法动弹,阿九使劲挣脱着,无奈越是挣脱,雾罩的力量越是强大,呼吸渐渐感觉困难了,视线也越来越模糊,隐隐约约中,阿九仿佛又看到那个白衣女子在微笑着……

慕容昕焦急的声音在耳边淌过……

听不清了。

阿九的心沉了下来:阿九,难道你要命丧于此了么?甚至连自己为什么要被害死都不知道?

还有很多很多的事情没有完成……

阿九感觉终于要被雾罩淹没了,她绝望地闭上双眼。

雾罩的力量突然松了开来,无力地睁开眼,重重叠叠的雾罩竟然被人打出一个大洞!

原本在半空将阿九紧紧裹住的雾气瞬间消散,阿九的身子从半空中重重地下跌……

接着,感觉一个有力的怀抱将自己紧紧揽住。

阿九贴在他的胸口,熟悉的味道。

她轻轻地笑,依旧闭着双眼:"你回来了……"

像是什么都没有发生,只是淡淡地问候着。

你终于回来了。

又一次救了我,又一次抱了我。

第七章　迷山之返

冰偌拥着阿九徐徐落地,看向阿九的眼神中第一次有了生气的味道:"以后我不在,不许你一个人擅自行动。"

语气带着些许命令,但是更多的是担忧。

冰偌说完快步赶到慕容昕身边,将他背起来,又回过头对阿九说:"这里此刻很危险,快随我下山。"

阿九有些迟疑:"山上雾这么大,我们已经迷路了……"

冰偌淡淡地说:"我早就做好准备了,跟我走。"

阿九一听这话忙跟在冰偌身后走,这才发现,冰偌上山的时候施法做了一条牵引线,由山脚开始系起,所以按着牵引线走就一定可以下山了。

牵引线是很一般的法术,大多数习法之人都会,只是阿九在上山的时候心情过于急迫,根本没考虑到迷路的问题,以至于受困于此。

阿九不觉地看向冰偌。

他总是比自己想得周全。

阿九又看了看他背上昏迷过去的慕容昕,心中一阵愧疚。

嘴角还留有一丝血痕,以往英俊潇洒的面容此刻却是苍白无比。

而这一切,都是为了救她。

"大冰人,慕容公子还……"说到此,阿九迟迟不敢再继续说下去,声音已经哽咽。

冰偌知道阿九的意思,虽然自己心里对伤者也甚是担忧,却还是安慰阿九道:"放心,有逸爹爹在,一定能救慕容兄的。"

阿九重重地点了点头,平静了心绪,忽想起了白府,又问道:"对了,白大哥和雪涵姑娘怎么样了?"

话刚问出口,阿九明显看到冰偌的身子颤了颤,随即停下了脚步,沉声道:"下山再说。"

阿九从他的声音中听出一丝隐忍的悲凉,便也不再言语了。

"昨夜,你们不在,我半夜赶到村中,在巷中的尖塔上发现一名被吊死的女尸。"冰偌一边稳步朝山下走,一边对阿九说着。

阿九心中一惊,又出人命了?

"什么尖塔?我怎么没见过?"

"听端木前辈说,那是座夜明塔,只有深夜才能看见,才能爬上去,白天是找不到的。"冰偌将慕容昕向背上紧了紧,阿九赶忙帮着扶稳慕容昕的身子。

听冰偌说完,阿九对这柏霞山更是好奇了:"怎么会有这种塔?"

冰偌的目光飘忽着,似是在回忆一般:"那座塔很美,在夜里散着古铜色的光芒,昨夜我到村中一眼便看见了它,对它很留意,当我细看之时,发现塔顶的悬梁上竟然吊着一身穿白衣的女子,于是我和逸爹爹赶快驱马赶往那座塔,塔很高,我们爬了几个时辰才到达塔顶,看那女子没有挣扎过的迹象,倒像是自杀的。"

"身穿白衣的女子?"阿九想了想说道,"最近我好像时不时就会看到一个女子,但是总是隐隐约约地看不清楚,只看到她的头发是银色的,也是穿着纯白的纱衣。刚才我和雾精灵作法的时候,被雾精灵困住,意识模糊的时候又看到了她。"

"精灵是可以修为人形的,也许你看到的那个女的就是雾精灵吧,只是她为什么要害你呢?"顿了顿冰偌又说,"那座塔很奇怪,今夜我还要上去看看,快走吧,端木前辈家中还有人在等。"

"谁?"阿九下意识地问道。

冰偌稍稍犹豫了一下:"等回去你就知道了。"

阿九嗯了一声,随冰偌一起加快了下山的脚步。

慕容昕迷蒙中也模糊地听到了些两人的谈话,无奈伤势过重,只能任由冰偌背着自己,甚至连睁开眼睛的力气都没有了。

不过他是高兴的,因为他救了阿九。

还好,阿九没事。

慕容昕安慰着自己,在冰偌的背上睡了过去。

冬日的柏霞山很是寒冷,草木都已枯黄凋尽,加上漫漫的迷雾,懒散的阳光在雾气中渐渐消散,偶尔袭过的清风更让这份严寒深入骨髓。

下山途中,阿九时不时地偷偷地看冰偌那张漠然的脸,她知道白府一定出了事,虽然冰偌一直尽量显得平静,看起来与以往没什么区别,但是刚才那一句话便让阿九觉察出了不妥。

照冰偌的性子,回来后该是先说白叶飞和雪涵的状况,好让她放心,可是刚才他竟然说等下山之后再谈,又说端木前辈家有人在等他们……

阿九很想一股脑将所有的疑惑问出来,可是看着冰偌沉闷的样子,却怎么也问不出口,只好作罢。

正午时分,终于到了山脚下。

远远的,阿九看见了记忆深处残存的那个身影。

那么地鲜艳,那么地难以磨灭,那么地不可亵渎。

阿九的心跳毫无预兆地漏了三拍,继而呆滞地愣在原地。

她在路上猜了很多个人,究竟是谁在等他们,可是她无论如何也不会猜到这眼前之人。

那个身影在端木前辈家门前朝山上眺望着,满目的焦急与担忧,待看到他们下山的身影之后,露出隔世般纯洁的笑颜。

她缓步跑到几人身边,为冰偌擦着额上的汗珠:"冰偌哥哥,你们可算回来了!"

冰偌淡笑着点点头,擦过她的身侧,忙着将慕容昕送到家中安置照料。

阿九看着她,心中的味道一时间交杂错乱,她的明目晃过阿九,阿九忽觉原本散漫的阳光竟然刺痛了自己的眼睛。

"九公子,不,我听冰偌哥哥说了,应该是阿九姑娘,你,还记得我吗?"

她看着阿九轻轻地笑着,一脸期待地问。

阿九的指尖掐得自己生生地疼,听到她的问话,忍不住再次细细打量了她一番,却找不出一丝与记忆中那个影子的不同之处。

"缨蓝……"阿九轻声念道。

第八章　滴血救昕

"嗯!"她轻快地答应。

阿九看着眼前的她,万千疑惑浮上心头:"你不是已经……"话说到此,阿九并没接着说下去,她知道缨蓝已经会意了。

"我现在不是鬼,不是妖,也不是魂魄,而是一个正正常常的人。"缨蓝很是热情,一把拉起阿九的手向院中走,因阿九与缨蓝相识之时是男儿身份,所以从未与她有过亲近的举动,此刻两人携手,倒弄得阿九心里头很是不自在。

阿九装作很随意,巧妙地将自己的手抽了回来,对缨蓝微微一笑以掩饰心中的尴尬,问道:"缨蓝,你怎么又活了?"说过以后,阿九觉得此话有些不妥,像是自己盼着缨蓝早死似的,于是便又改口道,"不是,我是说,那晚在樱花林,我和大冰人明明眼看着你魂飞魄散,可今日你又活生生地站在我面前,我实在不敢相信。"又做了些思考,稍有迟疑地问道,"你能解释一下吗?"

缨蓝原本轻笑的脸庞一下子布满哀伤,独自朝前走着,声音中满是悲戚:"我,我也不知道……"

"什么？"阿九惊讶地问。

"我醒来的时候,躺在伊香圃,自己到底为什么没有死,又是怎么从妖变回了人,我什么都不记得了,只知道是冰偌哥哥找到了我……"缨蓝停了停,不觉地开始抽泣,"白大哥死了,冰偌哥哥那天好伤心,我看见他抱着白大哥,白大哥满身都是血,我第一次看到冰偌哥哥那么难过……"

阿九忽觉天地开始旋转,几乎站立不稳,定了定身子,随即湿了眼眶,双手紧紧抓捏着缨蓝的肩膀,摇着她的身子："你说什么？你说白主人死了？这怎么会,他那么厉害,怎么可能会死！"

缨蓝抬起脸,眼中已经满是泪花,她看着满脸不相信自己的阿九,轻轻点头："是的,白大哥死了,雪涵也不知道哪里去了,冰偌哥哥这两天一直装作什么事都没发生,可他是最难受的,他不让我告诉你们,逸爹爹也不让我说……可是我没他们那么能遮掩自己,我总是忍不住想起白大哥和雪涵……"

阿九无力地松开缨蓝,抬眼望着屋中正在救治慕容昕的冰偌和逸前辈。

逸前辈坐于床榻边上目色严肃地检查着慕容昕的伤势。

冰偌抱胸在旁冷色观看,将背影留给阿九。

为什么……

虽然缨蓝回来了,阿九却依然感觉他是这么地孤单。

阿九心中清楚,在冰偌心中缨蓝的位置无人可以取代,她也从来没想过要去取代缨蓝,现在缨蓝既然没有死,虽然她的出现让阿九以前为冰偌所做的努力降为徒劳,不过她也是愿意成人之美的。

她对冰偌的喜欢,远不比缨蓝。

这一点,她是知道的。

她转过身,抬起手轻轻拭去缨蓝眼角的泪珠："我一定会找出杀害白主人的凶手,"顿了顿,阿九的眼中弥漫起恨意,攥紧拳头狠狠地说,"他必死无疑。"

阿九先一步往屋院中走去,只留那恨恨的允诺萦绕在缨蓝的耳边。

望着阿九渐远的背影,缨蓝摇摇头,意味深长地一笑。

"那就只好奉陪到底了……"缨蓝嘴角的笑意更浓了。

继而,她收起笑,恢复了落寞的样子,随在阿九之后进了房。

逸前辈为慕容昕查看过后,转过身走到窗边,似是在考虑着什么事,一句话也不说,神情显得颇是迷离。

阿九虽已经知道白叶飞已故的事,却也什么都不说,既然冰偌和逸前辈都不想透露让大家难过,那她也就随着瞒下去吧。她坐在慕容昕床边,为他掩了掩棉被,等待逸前辈说出救治之法,可逸前辈却迟迟没有开口。

缨蓝和端木琳一起去准备茶点了,说是先给阿九几人垫垫肚。

又等了许久,阿九有些着急了,她和冰偌对视一眼,冰偌点点头,看了看窗边的逸前辈,问道:"逸爹爹,有什么办法能救慕容兄?"

逸前辈转过身,微低着头,像是在犹豫着什么,依旧迟疑着不肯开口。

"逸前辈,事况紧急,我们也不懂什么医术,端木前辈虽会医术,却也没办法救治这种精灵所致的伤,现今您有什么办法就快说出来吧!"阿九心中一急,不禁开始催促逸前辈。

逸前辈抬起脸,说道:"雾罩瞬击是很厉害的精灵之术,只有万年的修行之术才能救,我法力虽高,可我并不是真正的仙人,而是从人修成为仙的,修行也不过千载,我救不了他……"

阿九听完这话,心中沉闷得像被一块巨石狠狠地砸了一下,她望着慕容昕苍白的脸,喃喃地说:"不可以,不可以,一定要救他……他是为了我才……我对不起他……"

慕容昕用尽力气,吃力地睁开双眼,看着阿九担忧的面容,惨淡一笑:"阿九,不要说对不起。"

阿九听这声音,看着慕容昕的眼睛,忽然想起了什么,心中一惊一喜:"你醒了!你放心,不就是万年的修行么?我去天猫神山找叶荣姑姑救你!她有万年的修行了,而且,她是最宠我的,如果我求她,她一定会来救你的……"说着,阿九忙起身,要往外走。

正当阿九站起身时,却感觉自己的手被慕容昕一把握住。

在场之人心中都是一震,阿九更是震惊不已,她重新坐回床榻:"你……"

"不用去了,你应该也知道你的叶荣姑姑是猫神,也知道猫神是不能插手凡间之事的。"慕容昕说话声音很轻,也显得很吃力,却还是努力地对阿九露出安慰的微笑,"所以,别费力气了。"

"我可以去求她,她不答应我就一直求!"阿九的声音充斥着不甘心,越说越哽咽,"你怎么可以死……都是我害你的,要不是为了救我你也不会……"

慕容昕止住阿九未出口的话,淡淡一笑:"别说这些了,我只想告诉你一件事。"

阿九抹了抹自己的眼泪:"什么事?"

"其实,我一直喜……"

"事到如今,我也顾不了那么多了,冰偌,你能救他!"逸前辈像是下定什么决心,突然说了这样一句,将慕容昕的话打断了。

一时间,所有人的目光都集中在冰偌身上,冰偌本也在为慕容昕的事情难过不已,忽而听到逸前辈这话,却被弄得莫名其妙,他看着逸前辈奇怪地问:"我怎么救?"

逸前辈将自己怀中用来雕刻的小刀扔给冰偌,冰偌一把接住,逸前辈又说:"把你的血喂给慕容公子喝一些就行了。"

冰偌迟疑地握着小刀,又看了看同样迷惑的阿九和慕容昕,问道:"为什么我可以救慕容兄,爹爹却不行?我的修行根本还不如您啊!"

逸前辈淡淡地说:"因为你不是人。"

第九章　花糕暗语

冰偌掐痛了自己的手心,冰冷的目光游走着,终于沉声问:"我是谁?"

异常地平静。

阿九在这一瞬却明显感受到了他内心的汹涌,虽然他说得那么轻松。

平静的问句,几乎听起来像是陈述。

逸前辈转过脸,不再面对冰偌冷冷的目光:"你是仙灵界的遗孤。你的父母在仙灵界相爱了,被神诛杀,因我与他们是仙尘好友,你母亲临终时用尽最后一丝法力将你的灵体交付与我,从此我便一直抚养着你。你在你母亲为你所制的结界中睡了一百年才破界而出，天神一直在追查你的下落。为了你的安危，我封印了你体内的神灵心，这神灵心一旦沉睡，你便与凡人无异，只是因为我的法力有限，不能冻结你神灵心周边的血液，以致你的血液不同于凡人，所以你的发色渐渐变成了神灵才有的蓝色，我都无法控制……"

屋内的几人听着逸前辈离奇的叙述，心中颇是一惊。

"那么，关于你的父母是谁，或许你已经想到了吧……"逸前辈的声音中尽是无奈。

慕容昕吃力地望向冰偌，心中酝酿着自己该说些什么才好。

阿九转过脸，忽然发现芸儿不知何时也站在了门边，脸上的神情清晰地告诉阿九，她也听到了逸前辈的话。

冰偌的脸上一片冰冷，他记得以前曾见到缨蓝已经成妖了的灵体，这本身就是身为人不可能做到的事情，后阿九用天猫眼看了自己体内的血液，也确信了自己不是人类，所以今听到逸前辈所说，虽然震惊，却也是自己意料之中的。

关于生父生母，此刻的他心中或多或少已有了些猜测，但真实与否，还要得到逸前辈的肯定，不过在这之前还有更重要的事。

冰偌用刀子在自己的手掌心划开一道长长的口子，瞬间鲜血便从伤口处渗出，冰偌将手掌侧立，放到慕容昕的嘴边，血顺流而下，滴到慕容昕的干涩的唇上，一片殷红。

这个动作一直持续着，血流入慕容昕的口中，接着被吞咽而下，许久过后，直至逸前辈说声可以了，冰偌才将手收回。

阿九忙用准备好了的棉布为冰偌包扎。

芸儿为慕容昕擦净嘴边残留的血迹，朝他微微一笑："没事了。"

慕容昕回以一笑，疲惫地闭上眼睛。

冰偌的手被阿九轻托着，看着她认真地为自己包扎伤口，不知怎地，竟有种莫名的开心之意。

竟想看着这张脸，一刻也不愿转离视线。

阿九抬起脸微笑："好了。"

眼神刹那间相遇。

总是这样，不可控制地心跳。

甚至偷偷责备自己没用,然后尽量显得随意和平静,缓缓转开脸。

虽然心中是无穷尽的留恋。

冰偌起身,抽出自己的手,朝外看了看,见缨蓝和端木琳正往屋内走来,脸色一沉,对屋内之人说道:"关于我的身世,切记千万不可告诉缨蓝。"

眼看缨蓝即将端着茶点进房了,阿九和芸儿心中都是疑惑不已,但看逸前辈和冰偌严肃的样子,也只能先点头答应作罢了。

缨蓝满眼明媚的微笑:"饿了吧,快尝尝,这可是我和琳姑娘亲手做的!"

冰偌捏起一块糕点,放入嘴里大口咀嚼,不住地称赞:"缨蓝,你的手艺可真是一点也没退步,不过我还是怀念小时候你给我做的杏仁花糕,记得那时候我连着吃了一个月都不嫌腻呢,什么时候再做给我吃?"

缨蓝先是微微地一愣,随即有些开心又有些遗憾地微笑道:"杏仁花糕啊,是啊,那时候你很贪吃呢,不过这个季节杏仁不多见了,怕是没办法给你做了呢冰偌哥哥……"

冰偌随意一笑:"没关系,我只是说说怀念下,"接着,看除了阿九以外,其他人都来品尝了,便将眼光投向阿九,微笑说:"来吃吃看吧,和雪涵的手艺有得一拼呢……"

阿九听到冰偌和缨蓝回忆小时候的事情,心头不觉失落不已,又听得冰偌提起了雪涵,更是难过。

她缓缓走过去,心不在焉地顺手捏起一块花糕,入口后不禁一惊。

味道确实很不错,只不过,不比雪涵所做的清淡。雪涵做的糕点是清淡的甜味,吃到嘴里还有些许咸味,本来咸和甜的味道不容易把握,而雪涵总能将这两种味道混合得恰到好处,所以让人吃起来赞叹不绝;而此刻阿九口中所尝的缨蓝之作是没有咸味的,甜味很浓郁,入口时是觉得很不错,但若是长时间食用便会觉得有些腻。

吃过之后,阿九从心中感觉出:雪涵的厨艺更胜一筹。

毫无意义的比较。阿九是这样认为的。

自冰偌几人回来后,端木杰的家中人一下子多了起来,端木杰的家不是很大,而村子里又没有客栈,以至于到了夜晚要有个人挤去厨房睡觉才行。

慕容昕是病人自然不能去厨房;芸儿略懂一点药理医术,要照顾慕容昕;缨蓝是住惯了华丽闺房的小姐,能屈身于这么个小村子已经不错了,说什么也不好让她去睡厨房;冰偌和逸前辈晚上似乎有事情要商量,所以要睡在同一个房里;而端木父女是主人家,途经这里打扰他们这么多天已经很过意不去了,更不能让他们腾房间了,这样一想,睡厨房的人选很自然地落到了阿九的头上。

夜里,因为棉被也不够了,所以阿九只能化作小猫的原形,蜷缩在一团棉布里。

厨房的窗子坏了,夜风时不时地吹在她身上,她感觉身子阵阵发冷。

其他人都已经睡下了吧。

阿九迷糊地想着,努力地蜷缩着身子,祈祷着自己快些睡着。

正当自己半睡半醒的时候,忽然觉得身上像被压了什么,柔软的厚重感使自己温暖起来。

缓缓睁开双眼。

是冰偌……

他微笑着抚了抚阿九的白色毛发:"我觉得,你变成小猫的样子更让人喜欢……"

阿九用自己深蓝色的猫眼无声地凝视着他。

是冰偌,将自己的棉被盖给了她。

"在你睡之前,我要对你说件事,你只要听着就好了,切记这件事不可告诉任何人。"冰偌停了停,便开始压低声音说道,"这个缨蓝,不是我们认识的缨蓝,我和逸爹爹都这么怀疑,今天我特意试探了她,才断定了她不是缨蓝。缨蓝根本就没给我做过什么杏仁花糕,是我故意这么说要试探她的,她果然什么都不知道,所以以后和她相处的时候要注意,她是什么身份我们都不清楚,但是也不要露出我们已经在怀疑她的破绽。"

阿九听后一惊,随即点点头。

"午夜我和逸爹爹要去那座夜明塔看看,你和我们一起去,用猫眼看看那座塔的内部构造有什么不同之处。"

阿九又点点头。

冰偌为阿九掩了掩被子,轻轻微笑:"睡吧,我守着你,等半夜要出发的时候我叫醒你。"

阿九安心地闭上双眼。

棉被很暖。

很暖。

第十章　夜塔亡女

凉夜里的温暖显得很短暂。

阿九被冰偌叫醒时正迷迷糊糊地做着美梦，睡眼中瞥见逸前辈和冰偌，恍然了解到他们正看着自己懒洋洋流着口水的睡姿，心中顿感丢脸，却又庆幸自己幻化成了小猫原形，不然真人的睡相一定会被他们笑死……

变回人形后，阿九随两人走出院落，幽深的夜色中，三人小心翼翼地驱马而行。

逸前辈的白马最有灵气，只要是走过的路它都能记下，即便主人忘了，它也会记得，夜明塔的位置并不确定，所以逸前辈驱着马儿在前方引路。

冰偌与阿九共驾一马，冬夜的寒风呼呼袭过，冰偌手持缰绳，这个姿势将阿九整个环绕在自己的怀中，阿九感觉冰偌的呼吸声从耳边流淌而过，后融在呼啸的寒风中消逝，暖意顿生。

不知过了多久。

遥遥朝向夜空望去，一座古铜色的楼塔骤然显现，散发着神秘的光芒，虚无缥缈，让人不敢相信它的存在，而它却又真真实实地印在自己的眼眸之中，此塔仿似从天际而生一般。

而此时，正值午夜。

阿九不禁吃了一惊，夜明塔竟然如此突然地在午夜的夜空中降临……

阿九的眼睛闪烁着溟蓝之光，朝向夜明塔望去。

周围是迷迷蒙蒙的灰色雾气笼罩，若不是用猫眼是无法看到的，雾气笼罩下的夜明塔整体形状与柏霞山的山体很是相似，呈现坡度平滑的角形，夜明塔的材料竟然是……

柳缠香木。

"阿九。"冰偌同样注视着夜明塔，问道，"它的材料是不是柳缠香木？"

阿九先是一愣，好奇冰偌怎会知道，后一想必是冰偌和逸前辈在登塔之时闻到了它特有的清香气，便点点头："没错，就是柳缠香木，造这座塔的人和你一样怪异。"

冰偌很是不解。

阿九继续解释道："你不是也曾用柳缠香木为缨蓝筑造了一所格调优雅的小木屋么？她日日夜夜地在房中等你……"说到此，心头一阵酸涩，轻咬着嘴唇，幽幽地止了话。

"是啊，我为她建樱花林，造柳缠木屋，是为了祭奠她……"

阿九脑中一个念头闪现。

祭奠？

如前所说，柳缠香木大都用作巫女超度亡灵时所燃的熏香，冰偌是为祭奠死去的缨蓝才会为其造柳缠香木之屋，而缨蓝逝去成妖以后也很自然地住到了这间小屋之中……

夜明塔也是用柳缠香木所建，且不说它为何会在午夜才能看到，但说这柳缠香木，那么造塔之人会不会也是像冰偌一样，为了祭奠呢？

如此来想，造塔之人是谁，被祭奠之人又是谁？

阿九一连串地猜测着，却又找不到根据，只得摇摇头作罢。

此时逸前辈从前方喊道："快一点，好像又有个姑娘在登塔！千万不能再让她出事了！"

阿九和冰偌两人听到这个声音不约而同地将眼光投注到冲天耸立的夜明塔上，果然，朦胧中隐约可见一身着白衣的女子在奋力地向上攀爬，眼看着她踏过一叠一叠阶梯将抵塔顶，阿九心中暗暗祈祷。

一个不解之惑浮上心头。

如此高耸的夜明塔，要爬上去绝非易事，遥望去，却见这女子似乎丝毫没有疲累之意，只是一味地向塔上爬，阿九有种不好的预感。

这座塔绝不简单，甚至有控制人心的威力。

周围迷蒙的雾气又是怎么回事？像个结界一样将夜明塔笼罩起来……

难不成又是雾精灵么？

万千疑惑找不到答案，只期盼着快快抵达夜明塔，救下这位白衣女子。

终于来到夜明塔下，隐约中看那女子，似已达塔顶。

冰偌健步冲向前，朝向塔顶腾身而起，夜风拂过，他的衣衫随风摆动，如在疾行腾飞的夜鸟。

眼看冰偌的身影越来越远，阿九系好马，随之而上。

随在阿九后面的是逸前辈。

三人各自隔着段距离，越过重重的风声，朝向塔顶飞去。

就算这么快的速度，恐怕也来不及了，更何况，越向上飞越被塔周围的气流冲击，最后，也只得在第二十层处顺着阶梯向上爬了。

各自心中都知道，为时已晚……

果不其然，当三人气喘吁吁地终于到达四十五层塔顶之时，那白衣之女已然被悬吊于横梁之上。

脖颈处青黑色的淤痕，已经变得些许僵直冰冷的尸体，就这样悬吊着，印在三人的沉重眼眸中。

白色轻纱缓缓舞动，宛如夜间降下的白色精灵。

嘴角淌着暗红色的血。

寒风的吹拂之下，微微干涸。

冰偌无声地走上前，将女子的尸体抱下。

空荡荡的白绫随风荡着。

像是夜中随风而舞的幽灵，凄凉、美丽而寂寞。

是在呼唤着什么吗？

只这一瞬，阿九忽有个念头。

不知将自己的身子放上去，是种什么感觉。

而与之相配的，该穿一袭白纱才更动人吧……

第十一章　离别一夜

阿九缓缓走上前，轻轻抚着飘忽荡漾的白绫，柔软的触感滑过手心。

嘴角轻扬微笑，收于胸怀。

"阿九，你在干什么？"冰偌放下女子的尸身，抬头望见阿九莫名的笑意，心中稍有一惊，下意识地问道，"你笑什么？"

阿九转过脸："没有啊，这个时候了我怎么还会笑。"

声音平静，毫无波澜。

"刚才那条白绫呢？拿给我看看。"冰偌的眼光依旧停留在尸体脖颈处的淤痕上，朝阿九摊开手，等待阿九将白绫递给他。

阿九略微犹豫了一下，将白绫掏出，交予冰偌。

当冰偌接过白绫的一瞬，忽感觉自己的意识有些模糊，白绫轻柔地在手中滑动，隐约之间，竟似看到一银发白衣女子在微笑，笑得很美……

冰偌闭上眼睛使劲摇摇头，睁眼再看，也不知是自己看错了还是什么，根本没什么白衣女子。

阿九眉头微微一蹙，蹲下身子，问道："怎么了？"

"没事。"冰偌淡淡地说一声，将白绫扔到了地上。

阿九暗笑，将白绫重新拾起。

"等等。"逸前辈看着阿九说道，"那个，交给我保管吧。"手指着阿九手中的白绫。

阿九心中一紧，轻咬着唇边，朝向逸前辈走去，逸前辈将手背于身后，微微晃动一阵，继而将手伸出，手心泛着银光，接过白绫。

一团火光骤然从手心升起，白绫瞬时间化为灰烬。

"不要!"阿九不禁叫出了声。

这一声,引得逸前辈和冰偌同时将眼光投向阿九,阿九愤恨地注视着塔面上的一片灰烬,猛地抬起头瞪着逸前辈:"为什么要烧它?"

"阿九……"冰偌不可思议地看着性情突变的阿九,"你怎么了?只是烧了一条白绫而已啊……"

此时,逸前辈却对冰偌摇摇头,示意他不要再说下去,冰偌微微颔首,便止了话。

"阿九,我烧了白绫,你不愿意么?"逸前辈轻声问。

阿九站起身,与他对视:"是。只有它能祭奠亡者的冤魂,只有它能用少女的生命抚慰亡者的哀怨,只有它的纯白能与亡者的灵魂相融……"

阿九动情地念着,眼神不知不觉地遥望夜空。

冰偌和逸前辈对视一眼,逸前辈的表情忽然变得严肃,看着阿九沉声说:"摄魂术。"

右手猛地腾于阿九的头顶之上,阿九顿时痛苦地紧闭双眼:"放手!干什么!"

丝丝银光注入阿九体内。

阿九的身子无力地向后倒去。

冰偌紧步上前,将阿九揽在怀里。

"逸爹爹,您这是干什么?"冰偌的语气中第一次带了些许嗔责,"就算要救她,也不用这么大功力啊,让她多难受……"

逸前辈微微一愣。

他不是一直喜欢缨蓝的么?

此刻怎会为了阿九……

想到此,逸前辈的心微微一沉。

"你和阿九,不要走得太近。"

冰冷的话语传入他的耳膜,他的身子不禁僵了一僵。

夜风忽然变得冷冽刺骨。

低头凝视怀中昏睡的阿九,清颊红唇,惹人爱怜的样子任谁都会想要去保护她。

"你的父亲就是传说中的冰族仙侠,而你的母亲就是天猫圣女,他们相爱的后果,你不是不知道,所以,你不能喜欢阿九。"逸前辈严肃地说着,"天猫界的规定是猫女不能与外界的神人相恋,阿九虽然胆大妄为,也被圣姑叶荣宠爱,但是她若真的违了规,就是她的叶荣姑姑想护着她,也护不了,她必会被守护神制裁。"

说到此看冰偌没什么反应,接着道:"而你,虽然灵力被封印了,但是你一旦和阿九在一起,天神迟早会追查到你,到时他们必会铲除你这个所谓的孽缘之根,也会牵连到芸儿几人。为人为己,你应该知道怎么做。"

冰偌依旧抱着阿九,一语不发。

白衣女子的尸体被逸前辈施法托起,缓缓地飘于塔底下的地面之上。

"这夜明塔有控制人心的力量,还需查明。尽早离开的好。"

冰偌无动于衷。

逸前辈无奈地叹口气,背过身子,霎时不见了踪迹。再看时,已见他早已驱马而去。

冰偌置于塔顶的冷风之中。

其实。

已经喜欢上她了吧。

如果要追溯缘由,是从何时而起的呢……

也许是在伊香圃中,同栽恋惜草时,九公子为他拭去汗珠的那一刻。

也许是在净身坊中,使坏摘掉她的毡帽,初见她女儿之身的那一刻。

也许是在恋人夜中,听她表白自己的心事,答应同她牵手的那一刻。

虽然有时候觉得烦。

可是,若见不到。

竟那么那么地想念。

只是……

不能够在一起了么?

夜明塔的光亮刺痛了他无神的双眸。

夜间的狂风猛烈地呼啸。

紧接着,雪花纷纷扬扬地飘落而下。

注定分离。

冰偌苦涩一笑,轻轻拨弄阿九额前的发丝。

我想和你在一起。

哪怕只是这短暂的一刻,至少,我们是在一起的。

阿九。

我,是喜欢你的。

你能听到我心里的话么……

冰偌俯下身子,在阿九的额上留下一记不为人知的、轻轻的吻触。

第十二章　不舍情心

雪花肆意飘落,降于冰偌所布的结界上又被迅速地飞弹开来。

冰偌就这样怀抱着阿九,很久很久。

直到天边隐约露出了鱼肚白,冰偌暗自叹息。

该回去了,也该分开了。

已是清晨,缨蓝起床后见冰偌不在房中,便早早地来到院门边上等候。芸儿见慕容昕休息了一晚,身体也已无大恙,随端木琳一同进小厨房准备早饭之时,见阿九不在,忽想起这两天总有些怪异的传闻,还有女子在夜明塔上被吊死的事情,心中一紧,担心阿九出了什么事,便急急忙忙地跑出去和缨蓝一起朝外张望。

看着缨蓝,芸儿眼中又浮现出七年前她惨死在冰偌剑下的那一幕。

她明明已经死了,魂魄都不剩,此刻竟然又会站在自己身边,真是造化弄人。

"冰偌哥哥去哪了,怎么还不见人呢?"缨蓝满目的焦急,不安地揉捏着手指。

芸儿回过神,同样担忧:"是啊,阿九也不见了!"

听见这话,缨蓝一时间愣了愣,眉眼之间弥漫起一丝不悦,声音忽而变得很冷:"原来他们在一起。"

芸儿是聪明人,听出了缨蓝话中的醋味,只不过缨蓝与阿九相比,她更喜欢阿九的性子，不知怎地，总觉得缨蓝是他们之间的阻碍，于是言语之间不由地显露了几分偏护阿九的意思："是啊，我怎么忘记了，他们总是在一起的，冰偌一定会保护阿九的，应该不会出什么事。"

缨蓝冷眼看了芸儿片刻，扭过脸，不再说话。

芸儿隐隐觉得缨蓝的性子似是变了很多，从前她认识的缨蓝是个可以为冰偌付出一切却不图回报的善良女子，只是因不甘寂寞而酿成了终身大错，可本性是纯真善良的，而眼前的缨蓝，竟然让她感觉出了一丝敌对的意味。

说话间，见冰偌的马儿到了门边，阿九在冰偌的怀里酣睡着，冰偌小心翼翼地将阿九抱下马，缨蓝小跑上前："冰偌哥哥你去哪里了，我很担心你呢！"

冰偌一言不发，从缨蓝的身侧走过，留下缨蓝略有尴尬地站在原地。

"冰偌哥哥你怎么不理我？"缨蓝微怒。

冰偌停下身子，看了看怀中的阿九，冷冷地说："你小声点，别吵醒她。"接着对芸儿说："等她醒后给她熬些安神的汤药，她昨晚中了摄魂术，不过已经得救了，现在身子弱，记住千万不能让她看到类似白绫的东西，否则昨晚的救治之术被冲开，阿九又会失控。"说罢便朝屋中走去。

芸儿一听"摄魂术"三个字便被惊吓住了，传说中摄魂术之人便会被施术者摆布，仿似傀儡一般，抛弃了本身的思想与天性，只是一味地受控于施术者，阿九怎会中这么歹毒的幻术？

芸儿随在冰偌之后进了房，忙去准备汤药。

缨蓝听着冰偌的话心中颇不是味。

主人说冰偌是喜欢缨蓝的，怎么此刻他丝毫不为自己所动？反倒是对这个阿九很不一般似的……

如此下去必会影响主人的计划，到时一定会受到主人的责罚，所以一定要尽快让冰偌喜欢上自己才行。

不惜任何代价。

缨蓝的目光忽变得无比凛冽。

"冰偌哥哥，我也来帮忙。"缨蓝说着，一脸担忧地向屋中走去。

冰偌见缨蓝进了房，随即平静下心思，"缨蓝，你随我一起走，离开这里。"目光仍旧停留在阿九的脸上，久久不散。

缨蓝心中暗笑。

这话被芸儿听到，她意识到不太对劲，忙问："冰偌兄，你此时此刻要去向何处？阿九还需要你的照料，况且你不是说要帮她一同寻蛊灵玉的吗？"

冰偌的心不由地被刺痛，转身望向芸儿："寻蛊灵玉的事情，我不会再帮她了，你和慕容兄在她身边要照看着她，她性子冲动，动不动就会惹事，下山的时日不多，涉世不深，很容易相信别人，柏霞山很危险，她若是执意上山，告诉她千万别忘记系牵引线了。对了，我从府里带来了一些竹清酿，在怖魂庄的时候她时常念叨想喝我的酒，就放在厨房，昨天事情过多，我忘记对她说了，噢，还有……"冰偌将手伸向怀中，小心地从怀中摸出一棵恋惜草，"我看她很喜欢这草，白府出了些事，伊香圃中的花草都败了，只剩下这一小棵了，你交给她吧……"

说到这里冰偌忽然停了下来，见缨蓝和芸儿都奇怪地看着他，问道："你们怎么这么看我？"

芸儿上前一步，拿过冰偌手中的恋惜草，细细看了看，说道："阿九随身都带着这么一棵草，只不过她的草开了花，是粉色的，很漂亮，而且不知道为什么那朵花常开不败，很是神奇。"芸儿顿了顿，猛地抬起脸，几乎逼视着冰偌，"这些先不说，我就是要问你，到底出了什么事？"

冰偌躲开芸儿的目光，转过身子，沉声说："并没有什么事，只是想离开这里。"

"不对！"芸儿肯定地说，走到冰偌面前，"你不想走的，平时你对阿九连一句关心的话都不会说，你今天是怎么了，一下子说这么多，你明明放心不下她！"

冰偌适才反应过来，自己竟不知从何时起变成了如此优柔寡断之辈。

从前的自己绝不是这个样子的，和缨蓝在一起的时候从来没如此过。

甚至亲手杀死了她。

冰偌冷冷地抬起脸："也许是我说得过多了吧，我们这就起身，你记住我的话。"

说罢拉着缨蓝朝门边走去。

芸儿不甘心地问："冰偌兄，我知道你明白阿九的心意，我只想问一句，你是喜欢阿九的吧？"

冰偌停了停："不，我喜欢的是缨蓝。"

空气似乎都凝固。

很冷很冷的腔调。

沉睡中的阿九隐隐地,似是听到了这样一句。

我喜欢的是缨蓝。

像是有意识地想要醒来,却怎么也睁不开眼睛。

快一点,快一点,快一点醒来!

似是过了好久好久。阿九终于睁开眼睛。

芸儿守在自己身边,阿九一把抓住芸儿,问道:"大冰人呢?"

"他走了……"

……

缨蓝娇羞地靠在冰偌的肩头,此时两人早已离开柏霞山很远。

"冰偌哥哥,你说喜欢我,是真的么?"缨蓝笑着问,声音中满是兴奋。

冰偌面无表情地看了看她,沉声道:"嗯。"

缨蓝继续依偎着冰偌的肩膀。

冰偌心中明白缨蓝是假的,之所以让她跟在自己身边,是害怕自己不在,她会对阿九不利。

至少,可以让她稍稍安全几分。

他仰望天际,似是看到她昔日开心的笑颜。

在心中深沉地呼唤:

阿九……

第十三章　草寄相思

竹清酿的味道,是清冷的。木桌上平放着的是一小棵尚未开放的恋惜草。

逼问之下,芸儿终是将冰偌离开时的情景讲给了她。

阿九不哭不闹,就这样安静地自饮着竹清酿,轻抚着恋惜草,只是因为中了摄魂术的原因,身子比以往弱了很多,脸色也不比从前红润。

念起昔日饮酒、共种恋惜草时的情景,阿九苦涩一笑。

自己果真是比不上缨蓝……

"只不过,冰偌啊,我知道你走的原因一定不是这个,"阿九暗自喃喃地念着,"你忘记我已经知道了缨蓝是假的么?说喜欢缨蓝,带走的却是假缨蓝,你究竟为何意……"

你走得干净,剩我孤身一人,要如何面对。

心酸酸的。

门敞着,慕容昕站在门外看着发呆的阿九。

阿九略一抬头,看到悠然站立的身影,轻轻笑道:"慕容公子,身子好些没有?"

慕容昕跨门而入,在阿九对面坐下:"这话是该我问你才对,被摄魂后身子会比以前差很多的,现在精神怎么样?"

委屈之情终于在这一刻从心底涌出。

冰偌,为什么不是你来关心我?

想到此,阿九胸中忽然憋闷难忍,手不自觉地在胸口揉按,慕容昕脸色沉了下来,搀扶着阿九坐到床榻边,又看了看桌上的竹清酿,有些生气地问道:"你不舒服怎么还喝酒?"

"我……"一时间不知该如何解释。

慕容昕的手不由地抚上阿九的脸,掠过额前的发丝,看着阿九的秀美眉目:"你知不知道,我会心疼你……"阿九仰起脸,与他的目光对视,竟有种看到冰偌的错觉。

慕容昕将阿九拥入怀。

这种感觉——

樱花林怀抱的温暖,恋人夜牵手的心惊,柏霞山得救的平静……

咬痛了自己的嘴唇,泪如雨下。

阿九一把推开慕容昕:"你不是他!"摇晃着身子跑去院门外:"你去哪里了……去哪里了……"

只是轻轻地念着,看着来路的黄昏。

慕容昕没有追上去,只是暗自叹息。

幽幽山峦隔千里……

过了些时日,阿九的身子差不多恢复了,逸前辈随在冰偌之后也离开了,要去寻找他未找到的人,只是临走之前将从端木琳那里得到的灵石交给了阿九。这块灵石经过逸前辈的提炼已经将控制人心的魔力消散,现在只是一块附有逸前辈灵力的普通的召唤灵石,只要把它放入火中焚烧,逸前辈便会知道阿九身处困境,回来助其一臂之力。

阿九知道就是这块石头将红叶害死的,现在还没将它的主人找出来为红叶报仇,虽然不想用,却还是收下了。

未寻到的人么?

阿九时常看到逸前辈刻着一只小猫的木雕。

陪在阿九身边的只剩下芸儿、慕容昕还有端木父女了。大家都知道阿九将冰偌的事情藏在心底,表面上还是对大家笑得很开心,却也不会在她面前提起冰偌了,阿九知道大家的用心,自己更不会主动提起此事,就这么一天一天地过着。

阿九在端木杰的院落里种起了恋惜草,这草无论什么时节都照样地生长、开花。这让端木杰大为不解,恋惜草自从天猫圣女死后就再也不能开花了,可是阿九只是随意地浇下一点清水,恋惜草便会开出灿烂的粉色花瓣。

下雪的季节,这是唯一的暖色点缀。

恋惜草每当多开出一枝花,阿九便会折下来重新栽种,久而久之,花草的数目渐渐多了起来,占了院落中很大的席位。

阿九时常呆呆地望着它们,暗想心事。

她觉得,慕容昕像是喜欢自己……

安慰自己,这只是错觉而已。

恋惜草随着清风摆动,香气弥漫在寒冷的气息当中,闻之便觉清醒了几分。

冰偌,你看,我也学会种花草了……

你要是在,一定会高兴的吧。

禁不住再次叹息。

端木杰几人匆匆忙忙地朝外走去,阿九拉住芸儿问道:"怎么了?"

芸儿有点犹豫,终说道:"这几日不知道怎么回事,小琪死后,又有五位姑娘失踪了……"

阿九一惊，想起白衣女子在夜明塔自杀之事，有些嗔责地问道："这种事情你怎么现在才告诉我？"

"我是怕你……"芸儿不再往下说。

阿九一听便明白了，自冰偌走后自己不再像以前一样急着去寻蛊灵玉了，也并没有关心夜明塔的事情，只是种花栽草，思念着冰偌，且自己曾被摄魂，身子和法术都不比以前了，也不怪大家不对自己说，只是为她好罢了。

只是，就算他不在身边，也该努力才是吧，若不曾遇见他，自己还是一个人的。

阿九拉起芸儿："已经五个人失踪了？"

芸儿点点头："嗯，除了逸前辈和……"顿了顿，接着说道，"除了逸前辈和冰偌曾经发现了两具尸体，还有最初死去的小琪兄弟，还差三个人不知踪迹，可能已经……"

"你们这是要去哪里？"

"三位失踪女子的父母吵着要上柏霞山，慕容兄正在劝阻，可是他们甚是顽固，我们也要去看看，一定要阻止他们才行。"芸儿一脸焦急。

"要上柏霞山？我和慕容公子上去都差点没命，他们岂不是去白白送死？"

阿九急急地冲向村外。

第十四章　狼现山下

村民聚到一处，端木父女和慕容昕拦在山下，村民越发激动，执意要往山上走，慕容昕情急之下竟然打出一个结果，震得几位村民摔坐在地。

其中一位壮汉站起来，拍了拍身上的土，眉目之间颇是霸气，嚣张地用手指着慕容昕："这是我们村里的事，生死都用不着你这个外人插手！"

慕容昕定定地看着他，双手抱胸，不言不语。

端木杰赶忙说："慕容公子是好人，也练过功夫，他是好心才帮咱们，大家都消消气,村里各家的姑娘丢了,谁都着急,可万万不能贸然地上山。慕容公子和阿九姑娘都精通法术,他们上山都遭遇了不测,何况我们这些凡人呢?"

壮汉和其他几位要上山的村民依旧冷冷地瞪着慕容昕,丝毫没有缓和的意思。

阿九慌忙地跑到慕容昕的身边:"你们都疯了吗?不要命了?"

一向心直口快的她毫不顾忌就大声喊了出来:"山上的灵怪多的是,且不说村里所传的山灵老翁,就是雾精灵的厉害你们也没领教过吧,她随便伸伸手指你们连怎么死的都不知道,还找什么失踪的姑娘?"

村里的人因前段时间阿九为雪狼洗冤的事对她颇为敬重,今日她一开口便使得一些人犹豫起来,村民都低头商量着什么,隐隐地听到有声音说:"要不就算了吧。"阿九才放心了一些,便听刚才的壮汉气气地喊道:"一个小姑娘在这里耀武扬威什么,不上山怎么去找我失踪的妹子?我就算拼了命,也要把我妹子救回来!"

颇有气势的一句话,使得村民又受了些许鼓动。

阿九盯着他,朝他靠近了一些,冷冷地抬起脸来与他对视,一字一顿地说:"你说我耀武扬威?"

壮汉狠狠地在地上啐了一口:"别以为脑子聪明点就有多了不起,上山靠的是真功夫。"

"你是说我和慕容公子没有真功夫?"阿九心中有些气,好胜的性子使她受不了什么屈辱,话中由此带了些许挑衅的意味。

慕容昕听得一惊,忙扯了扯阿九的袖子:"阿九,别任性。"

壮汉一听这话,嘴角上扬,回以挑衅的语气:"看你这弱不禁风的娇人样子,再看他那满身的公子气,说是会法术,保不准是为制止我们上山编出来的鬼话!"

阿九转过脸,看了看慕容昕:"他们不信我和你,我便教教他们如何信人,这不是任性。"

慕容昕微微皱眉:"我来。"说着便上前一步,挡在阿九身前,准备与壮汉一比。

壮汉握起拳头,刚要打出,阿九便喊声:"等下,"待壮汉收了手,接着说道,"既然是我挑起的,自然是我来和你比。"跨出一步,重回慕容昕身前。

慕容昕拉住阿九的手腕,颇为担忧地说:"我不是怕你打伤了人,而是担心你初愈的身子……"

阿九心中蓦然一暖,朝慕容昕笑了笑,不再言语。

转而对壮汉道:"来吧。"

壮汉的拳头砸来,阿九随意挥手一闪,一道蓝光随落,瞬间消失得无影无踪。壮汉傻了眼,脑袋朝四周转动,眼神也颇为警惕,却透出一股慌张感,茫然地问道:"人呢?"

一边的慕容昕禁不住笑出了声。

而后阿九的声音从壮汉的头顶传来:"傻瓜大哥,我在你的头上啊……"

原来阿九在一瞬间变成了一只小猫,飞蹿起来,现在正趴在壮汉的头顶打着哈欠:"不要晃你的脑袋了,晃得我都快睡着了。"

壮汉腿一软:"怎么变成猫了?"

芸儿和慕容昕都笑得不成样子,他们怎么也没想到阿九根本不出手,只变成猫便将壮汉吓成了这个样子,虽然有些滑稽,却也不失为一个好办法。

在场的村民一时间都傻了眼,只是呆呆地赞着:"真是好功夫……"

猫儿一跃,跳入芸儿的怀里,芸儿一把将其接住,偷笑着道:"阿九,你真是聪明。"又看看在场的村民,故作严肃地说:"阿九和慕容公子的功夫这么好,上山都身遭不测,你们还不了解他们的用心吗?是为了大家的安危才阻止你们上山的,真要辜负了他们的一片好意么?"

这次村民的回答惊人地一致:"不去了!"

阿九跳下地,重回人形:"大家明白了就好,这柏霞山异常危险,万万不可随意攀爬。"

人群中又传出声声哀叹:"我可怜的女儿,该怎么办呢……"

此时一声狼号从山上传出,紧接着,先前那只纯白的雪狼便从山上跑下,在村民中间转了两圈,在阿九身边停下,以前肢直立、后肢弯曲的姿势坐了下来。

初见它时背部毛发上的一片殷红血迹已经不见,此时它用幽深的眸子看着阿九,像是看向久违的好友一般,没有丝毫的戒备。

阿九疑惑不解。

"它要做什么?"慕容昕不禁问道。

在场之人都很茫然,村民也都纷纷摇头。

阿九脑中灵光一闪,忽笑了,蹲下身子抚着雪狼柔软的毛发:"狼儿,你是来报恩的吗？"

雪狼轻轻地嚎了一声。

众人诧异，这雪狼竟如此有灵性。

阿九细细看了看雪狼，时隔不久，雪狼背上的血迹若是它自己清理绝不会这么干净，如此想来，怕是这雪狼是有主人的，加之雪狼在山上生活了多年，对环境必是熟知……

想到此，阿九站起身："明天我和慕容公子再次登山，是生是死，必会查清姑娘们失踪的缘由，给大家一个交待。"

慕容昕微微一惊："阿九，这太危险了。"

阿九一笑，看着一直随在自己身边而坐的雪狼："有它在，就会事半功倍了。"

第十五章　重归客栈

院落中恋惜草芳香弥漫，阿九似有了一种回到伊香圃的错觉。

雪狼一直跟着阿九，她置身于恋惜草中，轻闭着眼睛，随意地弯起嘴角，似是在微笑。

明日就要登山了，我知道你不会再救我了吧……

没关系，就算你不在，我也可以的。

冰偌，你看看，这些恋惜草开的花多美啊，为我高兴吧。

阿九蹲下身子，抚着片片晶透的花瓣，玉蝴蝶紧贴在脖颈下，又是一丝清寒。

毫无预兆地想起怖魂庄分离时的画面：

"明年的恋人夜，我们一起走完迷宫。"

"好。"

阿九自嘲似的一笑，你不会回来了吧，你终究还是食言了。

雪狼闷闷地低号一声。

阿九看着它,湿了眼睛。

随即对自己说:"不可以哭,只要找到他,还有机会的,现在绝对不可以哭……"

缓缓站起身,擦干眼泪,深深呼吸,然后转身,却一下子愣在原处。

"慕容公子,你什么时候来的?"

慕容昕用力握着手中的折扇,低低垂下脸:"其实我,一直都在……"

淡淡的语气,透着一种心痛的感觉,像是自言自语着。

其实我,一直都在。

只是你没发现罢了。

阿九点点头,擦过慕容昕的肩,朝屋中走去:"时间不多了,准备下上山必需的用具和食物吧,明天一早就出发。"

慕容昕应了一声,随后走去。

此时此刻的冰偌正与缨蓝一起查探着清影公主的下落。

也许阿九怎么也不会想到,她心心相念的冰偌回到了怖魂庄的客栈之中。

至此为止已经可以肯定清影公主不在柏霞山了,冰偌对阿九几人也稍稍放了心,毕竟留在柏霞山的三人法力还是属于上等,尤其是阿九,猫神的法力是很不一般的,只不过阿九在天猫神山修炼的时候贪玩,不爱练功,性格又马虎,以至于遇到强劲的对手时总是会放松警惕罢了。

若是清影公主在柏霞山,他还真担心他们应付不来,现在看来,除了柏霞山上的雾精灵,他们也没有什么其他威胁了。

不知道自己走后,她还会不会像以前一样快乐。

冰偌是矛盾的,既希望她开心,又希望她能为自己的离开感到些许的伤怀。

奇怪的心理。

"冰偌哥哥,你想什么呢,这么出神?"缨蓝看冰偌只是一味地朝客栈的厅堂中走,自己连叫他几声都没有听见,不禁有些奇怪,便拉了拉冰偌的衣衫。

冰偌回过头,假装不好意思地一笑:"哎呀,我是肚子饿了,在想着吃什么好呢。"

缨蓝颇有些不相信:"真的?"

冰偌点点头："我是在想你的雪涵姐姐，她厨艺好，做的橙香清丝是我最爱吃的，可是如今……"

如今，生死不明。

雪涵，我一定要救你。

冰偌没有接着说下去，径自朝向客栈走去。

缨蓝听了这话，嘴角不觉浮起一丝微笑，也跟着冰偌进了客栈。

小二忙跑过来招呼，因前段时间在这家客栈住了很久，所以小二和掌柜都认识了冰偌，小二开口便道："冰少侠又回我们这儿了？"眼光瞄到后面还跟着一位貌美的姑娘，刚想开口叫"阿九小姐"却见并非那个始终带着笑脸的阿九，便问道："哟，这位姑娘看着眼生，您是住店还是？"

缨蓝随手指向冰偌："和他一起的。"

冰偌听后说道："小二哥，还是老规矩，两荤两素一壶小酒两碗热粥。"

"好嘞！"小二热情地应答着，接着冲后厨喊道："劳烦两荤两素一壶小酒两碗热粥……"

冰偌和缨蓝随意地坐下，隐隐听到掌柜和小二低声议论着："这冰少侠也真是厉害，前些日子身边是阿九小姐陪着，阿九小姐那可是好人，咱客栈人手不够的时候还给咱们帮忙呢。要说阿九小姐那相貌美得就够让咱们开了眼界了，这才两个月不到，就又换了这么一位漂亮姑娘……"

"可不是，要不说冰少侠是能人呢！"

……

缨蓝听得有些厌烦，猛地扭过脸，一双冷目直直地瞪着掌柜。

掌柜一惊，忙不迭地训斥店小二："不去招呼客官，闲扯什么？"说完又赶紧向缨蓝赔笑脸。

缨蓝恨恨地回过头："冰偌哥哥，你以前总是和阿九在一起么？"

"是。"冰偌的语气没有丝毫波澜，举杯将酒一饮而尽。

两荤两素一壶小酒两碗热粥。这些都是他和阿九来这家客栈后单独在一起吃饭时点的菜目，只不过这次，坐在自己对面的人换成了另一女子罢了。

缨蓝心里竟然有些吃味。

看冰偌的样子，自己似是还没有真正闯进他的心里，想到这里，缨蓝露出一个神秘的微笑。

"冰偌哥哥,你刚才说想吃橙香清丝是么?"

冰偌一愣:"啊?是啊,以前雪涵经常做给我吃的,好久没吃过了,上次吃还是四个月前要陪阿九一起离开白府的那次,你雪涵姐姐给我们做了一席离别宴,就有橙香清丝这个菜。"

缨蓝点点头:"雪涵是冰偌哥哥的亲生妹妹,我了解冰偌哥哥很思念她,不如这样吧,今天就由我来代替雪涵,为你做一道橙香清丝吧。"

冰偌一口酒差点喷出来,这橙香清丝是雪涵自创的,她这个假缨蓝怎么可能会做?

看冰偌的样子,缨蓝禁不住笑道:"怎么,不信我?"

冰偌发自内心地点点头。

"哼,那你就等着尝尝看吧!"缨蓝说着便朝客栈的后厨房走去,留下一脸错愕的冰偌。

第十六章　星夜互思

冰偌忍不住好奇,随着缨蓝进了厨房。

不由分说,缨蓝便拿过师傅手中的菜刀,拍了拍他的肩:"师傅,厨房借我用一下。"

冰偌双手抱胸站在一边看着缨蓝熟练的刀工,硕大的冬瓜在她的刀下没一会儿便成了薄细均匀的丝条,接着开火,滴油,将橙子去皮切片……

这一系列的动作,甚至连品尝汤汁的习惯,都是那么那么地熟悉。

仿佛眼前之人霎时变成了雪涵。

"帮我拿个盘子。"缨蓝一边忙着搅和锅中香气怡人的菜,一边朝冰偌伸出手。

冰偌一愣,继而回过神:"哦。"回过身子从架上拿下一个瓷盘,放入缨蓝的手中。

缨蓝将菜盛入盘中,搓着手指面带微笑递向冰偌:"尝尝看吧?"接着将菜端出厨房,放在饭桌之上。

两人重新坐下,冰偌看着这一盘橙香清丝,不由地出了神。

想不到,除了雪涵,竟还有人做得出这道菜。

缨蓝夹起一些递到冰偌的嘴边,露出纯真的微笑:"冰偌哥哥,吃吃看吧……"

抬眼望着缨蓝满眼的期待,稍稍犹豫了一下,终于还是张开了嘴。

缨蓝开心地将菜喂给他。

整个厅堂,所有人的目光都聚焦在他们身上,看着这对人们心中恩爱的夫妻,满心羡慕和祝福。

掌柜和店小二忍不住又开始窃窃私语:"小二,冰少侠和阿九小姐有这么亲密过吗?"

店小二摇摇头:"没看见过……"

冰偌品味着这道橙香清丝,轻轻闭上眼睛,昔日雪涵的一举一动,一颦一笑全部呈现于脑海之中,继而诧异地睁开眼睛,这味道……和雪涵的菜一模一样!

禁不住抬眼细细打量眼前的缨蓝,目色忽变得严肃无比:"你是跟谁学的?"

缨蓝被冰偌的目光盯得全身发冷:"我,我忘了……"

冰偌猛地站起身子:"忘了?"

缨蓝一惊,也跟着站了起来。

冰偌这才意识到自己的反应有些过分,便重新坐下来,换上了歉意的微笑:"缨蓝,我只是好奇你和谁学的这道菜,因为这菜全天下只有一个人会做,这个人就是你的雪涵姐姐。"

缨蓝想了想,说:"这菜是我自己想出来的。"

冰偌不信任地看了看她,她仍旧对他微笑,这一瞬间,冰偌失望了。

她本来就是假冒缨蓝混在自己身边的,问这些自然不会说实话,只怪自己心太急了。

吃完了沉闷的一顿饭,冰偌开始思索整个事件的始末。

最初,是缨蓝被杀于樱花林,被害之因是为抢夺蛊灵玉,而缨蓝临死之前告诉自己是清影公主下的毒手。

接着，便是在前往怖魂庄的客栈中，秦涟裳本想下毒谋害自己和阿九几人，却被彪汉误食牛肉成了替死鬼。而在秦涟裳即将交代原因之时又被人杀之灭口，死前只说出是被清影公主所逼迫。

　　到了怖魂庄，查清秦涟裳是庄主夫人身边的侍女，而秦涟裳交给端木琳的一支发簪上的灵石致使红叶被逼以自杀之法超度亡灵用以拯救庄中之人。究竟秦涟裳是如何得到这块控制人心的灵石的，目前不明。

　　再接着，收到白大哥的血光千里传唤之术，内容是一段不明不白的文字：男痴女爱心合一，怨泪为引灌青根，情灵寄芳草，天地重回新。神龙摆尾，狐狸空穴，乾坤风来转。魂归灵草，血染清巾，断命魄升天。——密摘·叶飞

　　回到白府，白大哥被害，雪涵失踪，出现了假缨蓝。

　　所有的事件之间到底有什么联系呢？

　　天色渐晚，缨蓝在床上已经睡熟了，冰偌环视这个房间，想起昔日在这个房里教阿九背咒文时一起嬉闹的情景，心中一阵抽痛。

　　思念一瞬间全涌上了心怀，占据了原本理智的思绪。

　　冰偌使劲摇摇头，强迫自己去分析事件之间究竟存在着什么联系，可是刚想一点，阿九的笑脸便又出现在他的眼前……

　　终于，放任了自己的思绪，肆无忌惮地思念着……

　　风很冷，几日来接连赶路，好像又有些受寒了，感觉头稍稍有些晕眩，强忍着不适，倨傺地站在窗前，遥望冬季夜空中零零点点的星光。

　　也许真的如阿九所说，在寒冬雨夜作法时受了冷，才留下这个病症的吧。

　　只想一个人，就这样，安静地在心里想她。

　　想她在自己生病时，为自己准备小暖炉，一定要自己揣在怀里她才放心……

　　一时间心里发堵，忍不住轻叹：

　　好想见你一面啊。

　　明日就要登山了，阿九需要好好地休息一晚。

　　有了舒适的床铺，再也不用去睡厨房了。

　　可是心里莫名的空虚感，却怎么也无法填补。只是很怀念在厨房睡的那一晚，有他静静地陪在身边，是她下山之后睡得最好的两个时辰。

躺在床上，翻来覆去地睡不着，点了灯，又熄灯，又点灯，发现不知点灯该做些什么，于是又熄了灯……

终于，在黑暗中起身，借着星光摸索到窗边，雪狼早就察觉到了阿九的动静，只是睁着幽深的双目，低低地号了一声。

阿九望着稀疏的星星，心中纠结的情感一下子清晰无比。

叹口气，略带委屈地念着：

你在哪里啊。

……

第十七章　旧信留书

次日清晨，慕容昕与阿九一并登上柏霞山，在山边竟又发现了一具女尸。

阿九本以为失踪的女子都是受了夜明塔的召唤，被控制心神才自杀的，现在看来，夜明塔上的白绫才是召唤这些女子的祟物，逸前辈将白绫焚毁以后，这些女子便被召唤到了柏霞山，所以才会一直未听说夜明塔上又出现什么摄魂事件。

慕容昕翻查着尸体，女子的白衣上沾染了大片殷红之血，死因是脖颈处的抓痕，这和阿九几人初到柏霞山时发现的那具男尸一样，乍看像是被狼咬的伤口，可若细看，便可发觉是几道抓痕。

阿九心中疑惑："难道这里真有猫界魔女？"

"什么？"慕容昕问道。

"这伤口，很像是猫妖干的，猫界魔女被叶荣姑姑驱逐出界，在人间游荡，她们的爪子异常锋利，轻抓致残，重抓致命……"

慕容昕起身，看雪狼一直舔着尸体上的血迹，心不禁感叹，再怎么说，狼也是血腥的动物……

又望了望山高处,说道:"若真是猫妖干的,她可能就在山上。"

阿九点点头,看着这尸体,"时间不多,先把这姑娘葬了吧。"

阿九和慕容昕草草地将她葬在山上一隐秘之处。

继续在雪狼的引领下朝山上走去。

缨蓝还在昏睡,冰偌暗想这是个好时机,便独自一人去了怖魂庄府邸。现今的庄主虽不比乔幻羽狠毒,也不如乔山霸道,在这称霸为荣的怖魂庄中却也成了受人尊敬的主人,冰偌觉得秦涟裳的事情还有太多不明之处,而她在怖魂庄住了多年,虽然端木琳不清楚她的事,却总归应该再查查才行。

那害死红叶的发簪是秦涟裳送给端木琳的,难不成幕后主使之人早就料到亡灵会提前失控,他们会为救红叶而布阵么?秦涟裳又被人杀害,当日在客栈中定是有人用隐身之术混在里面才对,否则不会将她杀得这么及时……

秦涟裳说自己是受清影公主的逼迫,听端木杰前辈说过,清影公主是传说中天猫圣女的转世,若果真如此,她不成了自己的后世母亲?

冰偌想着想着,不禁摇摇头:"什么乱七八糟的!"

站于怖魂庄的府邸前,不禁又想起昔日与阿九共赴做客时在这府中径上她的回头一瞥。当时却让自己失了神,现在,自己只是一个人……

门前的护卫都已熟识冰偌,也不去通告了,直接将门敞开静待冰偌入府。

朝里迈步而去。一样的地方,只不过冬日一到,早已树枯花谢。

庄主亲自出来迎接,冰偌与其稍微寒暄了几句,念及时间不多,便很快切入正题:"庄主,您可知道秦涟裳?就是从前乔夫人身边的婢女。"

庄主点头:"我认识她,当时我还不是庄主,和她也算是熟识。她说回乡去,已经走了三个月了,至今还没回来。"

"她死了。"冰偌觉得还是告诉这庄主比较好,便解释道,"三个月前,在一家客栈里,众目睽睽之下,被暗中射出的刀剑杀死了,这件事我对琳阁主说起过,当时还不认识您,今日来找庄主,就是为了查清她的死因,找出凶手。"

庄主本是震惊,接着又是满脸的哀痛,过了一会儿又故作平静地说道:"怎会这样?你说吧,想知道些什么?"

冰偌点点头,问道:"您仔细回想一下,她离开怖魂庄前有没有什么不对劲,说过什么奇怪的话或者做过什么奇怪的事没有？比如说，和你不认识的人见面？"

庄主和冰偌说着便进了正厅，两人坐下来，庄主回想了片刻说道："这我当时没刻意观察，若有奇怪的地方，就是那段时间她频繁上街，记得琳小姐当时还问她出去做什么，她也不回答。后来她私底下跟我说，她乡下老家出了什么事，还提到什么公主的，满口胡言乱语。"

冰偌听到此打断道："是不是清影公主？"

"哦，没错，就是这个名字。"

"还有么，庄主接着说下去吧。"

庄主饮口茶："就这些了。"

冰偌暗想看来清影公主极有可能是用秦涟裳家人的性命要挟过她，想了想又问道："庄主，我能否去她以前住过的房中查看一番？"

"自然可以。"庄主叫来两侍婢："带冰少侠去秦涟裳的房里查看。"

冰偌道声谢，便随着婢女走了。

秦涟裳的房间至今还没有被别人占用，冰偌查了许久，只找到一封旧信，只是冰偌打开一看内容便大大地吃了一惊。

这竟然是很久以前秦涟裳留下的遗书……

第十八章　回山·观斗

娟秀的字体在纸张上淌漾着，似是诉说一段悲戚而无奈的心事：

"启信安，不管此时看信的你是否知道秦涟裳此名，在你看到这封信时，我已经不在人间。这信是我离开怖魂庄之时写下的，我意料到，此次出行极有可能遭遇不测，或许她会杀掉我吧，于是留下了此书，不愿枉死。

"她是一个很美很美的女人，却有着恶毒的心肠。她杀死了我乡中的父亲，又以母亲之命相要挟,为的只是要我害死那个叫'阿九'的姑娘。我不了解她们之间的恩怨,但为了母亲,我不得不照她的吩咐去做,也许报应不远了吧……

"我就要走了,如果有天我能再回到这个房间,这封信就再不会有人看到。若我回不来,希望展信之人能帮涟裳报此仇,谢字不多言。

"她的身份,一直以来都在人间传说着,传说中她来自柏霞山,她就是,清影公主。"

冰偌将信件收起来,看在此耽误的时辰过多了,便匆匆地赶回客栈。

清影公主的目的竟是要杀阿九!可她又为什么要害死缨蓝、白大哥,还有红叶?雪涵也是被她抓去了?

冰偌心中一连串的疑问得不到解答,思绪也不禁有些混乱。

一个念头忽然闪现:信中说清影公主来自柏霞山?

阿九此时正在那里啊……

担忧之情溢满心头。

客栈中的缨蓝看冰偌急匆匆地赶回来,一把拉过他问道:"冰偌哥哥,你一大早就不见了,去哪里了?"

冰偌挣开她的手,径自上了楼,没一会儿的工夫,便将行李提了下来,面无表情地对缨蓝说一声:"走。"

缨蓝奇怪地看着他:"去哪里?"

"回柏霞山。"

"你说什么?"

"我说回柏霞山。"冰偌冷冷的目光定在她的脸上,让她感觉无所适从,竟涌出一股委屈之情。

"不是说要离开……离开阿九了吗?为什么还要回去?"她小心地问道,有些犹豫,却又有些不甘心。

冰偌微愣,想了片刻,无奈笑了笑:"我只是说回柏霞山,没说是去找她啊。"顿了顿,看着缨蓝隐忍的面容,忽有些心软了,笑着解释道,"是有些事情要查,不是去找阿九。"

缨蓝一时间觉得他笑起来是那么好看,于是就那么呆呆地仰头看着。

冰偌对视着她的目光,竟有一丝熟悉的感觉。

"走吧。你若是不想回去就在客栈等我。"冰偌也不希望她跟自己一起去,有她在身边,办什么事情都很不方便,而且她的身份至今也没弄清楚。

缨蓝先一步跑了出去:"谁说我不去的,你去哪里我就跟到哪里,休想甩掉我!"

冰偌心一沉,随后走了出去。

两人骑着马儿,各自怀着心事。

一股醋意在缨蓝的心中蔓延,久久不散:阿九,你凭什么占据冰偌的心?好恨你⋯⋯

阿九此时感应出了蛊灵玉就在柏霞山上离自己很近的位置,将想法告知慕容昕后,两人决定用隐身法查探四周的可疑之处。

杀死无辜女子的凶手到底在哪里?是不是此时所感应到的拥有蛊灵玉之人?阿九想着,猫眼乍亮,四处搜寻。

忽闻一阵打斗声,与之相伴的是女子间的呵斥之声,阿九和慕容昕顺着此声寻去,隐隐地见到有一黑一白两个身影相互作法而战。两人悄悄地离近了些,阿九不禁诧异,那白衣女子,正是自己蒙眬中见过数次之人,也就是雾精灵;而那黑衣女子,挥舞着尖锐的指甲,发出一声声凄厉的猫叫,正是猫界的魔女!

屏气凝神,细细倾听她们的对话:

"猫妖,快将山灵的蛊灵玉交出来,我饶你一死。"

"现在蛊灵玉在我手中,你以为你还是我的对手么?"

"这么多年来你都不敢动蛊灵玉,山灵也已非常信任你,你此时偷取,究竟想干什么?"

猫与猫之间是有互通心意之灵的,此时阿九竟听得猫妖心中有一丝悲伤的情绪,继而见猫妖依旧傲然与雾精灵对峙着:"蛊灵玉本就是我猫灵界之物,我取回又有何不可?"

雾精灵略带嘲讽似的淡淡一笑:"你猫灵界?你别忘了,你是猫界魔女,这玉是猫界神女的东西,和你根本没有关系。"

听着,阿九的猫眼看到猫妖体内的那颗蛊灵玉,刚想冲上去抢夺,便被慕容昕一把拉了回来:"你这笨丫头,你想干吗?"

阿九压低声音,有些着急地说道:"自然是去抢蛊灵玉!"

慕容昕无奈地摇摇头:"还是不长记性,你忘记雾精灵的厉害么?这猫妖此时拥有蛊灵玉,怕也是有恃无恐,你现在去,等于送死。"

阿九一想也是,便又乖乖地呆在原地。

此时雪狼突然号了一声,朝向雾精灵奔去,雾精灵与猫妖同时转头,正对上阿九探寻的目光……

第十九章　驻山·痴情

一时之间,似是山上的一切都静止不动,只听得由心脏深处传来的跳动之音。忽地紧张起来。

猫妖和雾精灵朝着阿九紧紧逼近,阿九心一横,索性站起了身子,与两人冷目相视。

慕容昕见此,也随之而起,只是心中却暗叫糟糕,如此之境,该如何是好?

猫妖的怀中藏着闪闪发光的蛊灵玉,阿九盯着她,暗暗琢磨:若是她没有蛊灵玉,对付她应该不难,而此时,怕是三个自己加起来也敌不过她……此刻,阿九竟开始自责以往练功的时候总是偷懒,害得自己很多法术都没学会,当初若是肯听叶荣姑姑的话,也不至于惧怕她这个猫界魔女。

雪狼在雾精灵身边跟随着,寸步不离,是对主人绝对的忠诚,雾精灵只是淡淡地看着阿九与慕容昕,不发一言,这是第一次不藏不掩地暴露在他们的面前。

她轻轻抚着雪狼的毛发:"狼儿,做得好,我就知道你有本事把他们骗上来。"

两人听得一愣,适才发现,竟然中了计。

猫妖凝神望着阿九:"猫界神女,阿九。"

"猫妖,我不想和你打,神魔两界互不交往,我只要你把蛊灵玉给我。"阿九虽然自知不是她的对手，却还是逞强。

猫妖的嘴角浮起一丝苦笑："我也不愿和你交手，只是这蛊灵玉我不能交还与你。"

阿九心中也甚是犹豫，此时此刻，若打，不是对手；若不打，便得不到蛊灵玉……禁不住转过头来，用询问的眼光看向慕容昕，见慕容昕也是满面的忧色，心里更是没底了。

雾精灵打量着慕容昕，颇为疑惑地问一声："咦，你怎么没死呢？"轻盈的纱衣随风舞动，声音也是温柔到极致，脸上荡漾着清纯的微笑，只是这一句话却听得人心寒。

慕容昕不理会她嘲讽的话，只冷冷地逼问道："夜明塔上的女子是不是你杀的？"

"是啊。"她依旧淡淡地微笑。

"为什么？"

"告诉你们也没用……"

"嗯？"

她的目光突然变得异常凛冽，瞬间一道银光飞射而出："因为你就要死了。"

慕容昕一惊，飞身腾起几丈高，险险地将这雾罩瞬击避了过去，霎时雾精灵紧随其上，两人在空中对打起来，雾气愈加朦胧。

阿九猛然想起逸前辈临走前交予自己的灵石，此时若真打起来，万不是她雾精灵的对手，还是唤逸前辈来帮忙的好……想到此，阿九抬指生出火光，将灵石放入火中开始焚烧，片刻之后，逸前辈便凭空出现了。

阿九不禁觉得异常神奇，想不到这小小石头竟真有如此威力，不过现在还不是研习法术的时候，她抬手指向雾精灵："逸前辈，就是她杀的人。"

逸前辈却动也不动地凝视着阿九身前的猫妖，唇瓣轻启，却久久说不出话。

她的黑衣在迷茫的雾气中显得华丽无比，衬着她苍白的脸色，眼中闪着盈亮的光泽："好久不见……"

声音透出些许哽咽，似是千言万语都融于这一句"好久不见"之中。

逸前辈灰色的眼睛竟也微微地湿了几分，年轻的俊容此刻更是惹人心动，银衣在雾中飘荡，许久，只说了一声："嗯。"

阿九忽然想起逸前辈总是随手雕刻着一只小猫，难道……

未来得及多想，便听得慕容昕一声呻吟，阿九与逸前辈同时飞于天际，三人共战雾精灵一人。雾精灵渐感无法应对，尤其是逸前辈，出手快而准，着实让她难以招架。

她卷起重重浓雾，随之逃脱而去。

三人稳稳地落地。

猫妖缓步朝逸前辈走去，眼中的泪光清晰可见："你还是那么年轻……"

逸前辈的眼中是从未有过的温柔，却不再说什么了，只是定定地望着她。

阿九看着她，总觉得那张面容很是熟悉，轰然想起，这猫妖竟和自己长得有些相似！

记得她与逸前辈初遇之时，逸前辈一眼便看出她是个姑娘，她曾经问过逸前辈是如何看出的，当时得到的回答是：你和我一个朋友的样貌很像，她是一个很美的女子，所以我看你第一眼就知道你一定是个姑娘。

原来，逸前辈口中的朋友，竟是眼前的猫妖。

浓雾消散，而蛊灵玉就在猫妖的手中，阿九看着痴痴地凝视着逸前辈的猫妖，心中又开始犹豫了。

第二十章　归山·真情

柏霞山在恐慌之中迎来了新年。

原来猫妖也是有名字的，她叫暗晨。

逸前辈竟让暗晨随着他们一同下了山，甚至住进了端木前辈家中，因为暗晨曾经杀过两位村民，逸前辈的这一举动几乎让全村子的民众都奋起而攻之。他们见到暗晨那猫妖独有的尖指利爪，个个如见到怪物一般，舞着棍棒群起而轰。

而那一刻，逸前辈就将她紧紧地护在怀中，不躲不闪，也不施法，就忍着痛楚，任凭村民愤怒地将棍棒打在自己身上，顽石一般倔犟。

阿九看得心中一阵痛楚不忍。她是神女，所以她能随意在人间走动，有着人间女子的面貌，而猫妖便不同了，她虽有绝美的面容，可是一双猫爪却无论如何也不能化去，所以猫妖从不敢在人前露面，一旦被人见到，便会被凡人所欺。猫妖一般是不会施法杀害凡人的，自然也有杀人的恶猫，但这是极少数的。

而黑猫在人间象征着不祥和罪恶，也完完全全是人类的臆想。

暗晨便是黑猫。

逸前辈为她挨下了所有的惩罚，直至村民们打累了散去，他才松开被紧紧护在怀中的暗晨。

暗晨早已心疼得哭红了双眼，她伸出长满黑毛的双手，小心翼翼地避过自己的指甲，搀起体力不支的冰逸，生怕一不小心会伤到他。

"你怎么还是那么傻……"

阿九和慕容昕只呆呆地在一边望着，在冰逸为暗晨受罚之时，冰逸就为他们使了定身咒，以免他们看不过自己受罚，对村民们出手，事情便更不好收场。

而，阿九和慕容昕虽然不懂得他们之间曾有过怎样的际遇纠葛，此时却终于明白了，原来他们的逸前辈也是难得的痴情人。

"你不是答应过我，不会再伤害凡人了么，怎么又杀人了……"冰逸终于开始责备。

暗晨心一酸，小声地解释道："那两个凡人，上了柏霞山，他们打我，我没有伤害他们……可是，他们竟然要抢你给我的银叶子……那是百年前你唯一留给我的东西，我一时控制不住，就……"

冰逸的心头一阵抽痛，想起他昔日负她而去的情景，再不言语，在暗晨的搀扶下进了院子。

芸儿和端木前辈为冰逸上药，而暗晨就坐在冰逸身边，愣愣地看着自己的猫爪，终于，再也忍不住，用自己的一只手狠命地打自己另一只手："都是你，都是你！你为什么要长出来，都是你……"

冰逸起身，不顾身上流下的药酒，一把抓住暗晨，而情绪激动的她仍旧挣扎着要抽回自己的手，哧的一声，尖锐的指尖在冰逸的手上划下一道血印，冰逸吃痛地嗯了一声，手却依旧不松开。

　　暗晨停了手，望着冰逸的血印，满脸的歉意和心疼："对不起，我……"

　　"我对你说过多少次，不许伤害自己。"

　　暗晨久久不开口。

　　阿九终于像是下定了决心，走到她面前："那块蛊灵玉，我不要了。"

　　整个屋子都安静得出奇，大家都定定地看着阿九，仿佛是自己听错了话。

　　暗晨抬起脸，满眼的惊异："你说什么？"

　　阿九深呼吸，看着屋中的众人，说道："蛊灵玉是猫神用来升入正仙之物，猫神只是神，而不是天界的仙。猫界守护神叶荣姑姑说我本身并非出自猫界，而是仙界转世的，我自己是个什么仙我也不知道，叶荣姑姑要我利用蛊灵玉的力量修为正仙，那时我便会飞升到天界，而蛊灵玉也会随我离开猫神界而消失……"阿九说到此转眼看着暗晨，接着道，"所以，蛊灵玉对我来说，是修仙之物，我不知道自己是什么仙子转世，不过现在的我对成仙没什么向往。而你就不同了，你只要有了这一块蛊灵玉的力量，就能从妖界摆脱出来，晋升为猫界神女，到时候，你就不会有这令人生厌的猫爪了。"

　　暗晨的脸上满是惊喜之色："你真不会和我抢这蛊灵玉了，也不会叫叶荣来帮你抢？"

　　"不会。"

　　"真的？"

　　"真的。"

　　暗晨看着自己长满黑色长毛的双手，又抬眼看着冰逸："我不是妖了……有了蛊灵玉，我们就可以在一起了，是不是……"

　　冰逸抚上她的脸："晨儿，你在柏霞山这么多年就是为了这块蛊灵玉吗？"

　　"嗯，这山上有个山灵，这蛊灵玉就是他的。山灵从小就受了天神的诅咒，不能动情，若动情，容貌便会变得苍老无比，法力也会消耗，纵使拥有蛊灵玉也无可奈何。这两年，他总是要吸取年轻女子的魂魄来增强法力，我猜想他必是对谁动了情，法力不及从前了，便找了机会，将蛊灵玉偷了出来。"她说到此，竟笑了，"冰逸，你不是天界的正神，而我用蛊灵玉的力量修为猫神后，也不能算正神，那样，我们在一起就不会违规了，你也不会像从前一样，躲我一百年了，对不对……"

冰逸微愣,暗晨说的话在理,天界只规定,神与神不能相爱,自己是由凡人修为神的,不是正神,而她也不是,若真的相爱,天神是没有权利阻止的,因为他们在三界之外了。百年前,为了不让她违背妖界的规定,他选择了离开,这一走就是一百年,没想到竟会再次相遇。

　　他想到此,对她微微地笑了:"是啊,我们就可以在一起了……"

　　阿九悄悄地走了出去。

　　满院都是恋惜草的淡淡香气,在阿九的手下,它们似乎永永远远都不会凋谢。

　　自己不愿成仙了,为什么?

　　因为她看到了芸儿和红叶的生死相恋,看到了逸前辈和暗晨的百年之情,也看到了自己的心。

　　升入了天界,就真的再也见不到他了吧。

　　她清清楚楚地听到自己的心里在大声地呼唤着一个字:

　　不。

　　恋惜草开得这么美,她要在这片粉色中等他,等他……等他回来看到。

　　然后,她什么都不会再去计较,不会去问他为什么离开,不会去问他究竟喜欢谁,不会去问自己在他心中的位置,只想静静地拉着他的手,指着这一大片灿烂的恋惜草,对他骄傲地说:

　　"你看吧,多漂亮,我也会种呢……"

　　……

　　只是你不在而已。

第二十一章　对敌之备

　　冰偌与逸前辈用召唤之术取得了联系,逸前辈将雾精灵、山灵以及猫妖暗晨的事情都告知了冰偌，只是没有说自己与暗晨的那段情缘。冰偌也将秦涟裳遗书上的内容告诉了逸前辈，逸前辈知道了清影公主藏于柏霞山后着实吃了一惊，又听说冰偌正往柏霞山赶来，心里也是犹豫不决。

他若回来，必会见到阿九，两个久隔的相思人见面必会难舍难分，到时冰偌体内的封印若被自己的神灵血液冲破，天神就会知道他的下落，一定不会放过他。

阿九也是，若真不顾违背猫神界规和冰偌在一起……

难以想象，会不会天界大乱……

逸前辈决定让冰偌带着假缨蓝先住进柏霞山附近的一处洞府，是逸前辈从前云游之时发现的，洞中有逸前辈所用过的床铺碗筷之类，足以过冬用，而柏霞山这边由逸前辈照顾着，不到万不得已，冰偌切不可现身。

冰偌知道逸前辈是为他和阿九好，也就答应下来。

就这样，冰偌在阿九身边，阿九却什么都不知道。

逸前辈忽觉得自己有些残忍，却还是狠下了心。当初，自己还不是舍弃暗晨而去，这一走就是一百年不见，他不也是靠每日每夜雕刻着暗晨容貌的木雕抵消思念……

自己雕出的小猫怕是数也数不过来的了。

雪涵很有可能在清影公主手里，现在要查的就是清影公主究竟藏身何处。

柏霞山上依旧雾气朦胧。端木杰因为收留了暗晨，如今已被整个村子孤立，逸前辈和暗晨更觉过意不去，几次说搬走，却被端木杰执意留了下来。

以往清冷的家中，竟在这个冬季来了这么多神人、法人，端木杰心中也是高兴，而本身与村中之人就不甚熟，也就不在意了。端木琳仍在自责着，因怖魂庄中害得红叶丧命，迟迟不敢与阿九说话，每次见到失忆的芸儿无知的笑容，心中也是一阵歉疚。

近来总是见到芸儿摆弄那块叶状灵石，而灵石的颜色似乎愈加殷红了。

阿九也时常观察那块石头，听芸儿所言，这石头总是会在夜里发凉或是发烫，却也并无其余的异样，阿九有些不解，却也并未太放在心上。

新年已过，算是春季了，只是天气依旧寒得瘆人。

今早，在连续阴霾的天气之后，难得地有了些许暖阳，像是预示着开始告别严冬。

众人吃过早饭后围坐一桌，开始商讨救人计划。

暗晨在山灵身边多年，先向大家介绍柏霞山："其实，柏霞山上生存着的精灵有三个，一个是山灵，其余还有两个雾精灵，那日阿九和慕容公子所见的，叫晨雾，另外还有一个叫曦雾。她们样貌一模一样，各自养着一只雪狼，晨雾性情比较急，夜明塔上的女子都是她杀的；曦雾就比较娴静了，心地也比较善良，我从未见她杀过人，倒见她救过几人，只是她沉默寡言，终年不下山，只与雪狼为伴。她们两个都是喜欢山灵的，不过山灵受过诅咒，不能动情，虽然近日他的灵力消耗了，不过还未见他的相貌变得苍老丑陋，该是还未对谁动真情吧……"

慕容昕听后恍然大悟，望着阿九念道："还记得当日在山上，雾精灵对引我们上山的雪狼说，'我就知道你能将他们骗上来的，'这句话吧？"

阿九点点头："那又怎样？"

"照暗晨所说，该是有两只雪狼的，我们来到这里所见的第一具尸体上有猫爪印，是暗晨杀的吧？"说着，用询问的目光看了看她，暗晨便轻轻点点头，于是慕容昕接着说下去，"或许，第一次将村民的尸体从山上驮下来的，是曦雾的雪狼，也许那少年在柏霞山上的时候还没死，于是曦雾就让雪狼送了回来，要让村民救他，而他还不到山下便断气了。第二次我们所见的雪狼，是晨雾的雪狼，她是为了让我们认为这狼与先前的是同一只，骗我们上山，再一网打尽。"

听过慕容昕的话，阿九几人略略一想，确实有这种可能。

晨雾为了给山灵吸食人间的魂魄，已经杀害了不少人，此大恶之灵应尽早铲除，几人想着，山上灵气盛，要打败山灵很不易，于是逸前辈决定用招灵法引其下山，到了山下，他们的灵力不济，也就相对容易铲除一些。

时将午夜。

众人在院中聚着，忐忑地等着逸前辈将雾精灵和山灵招来。

夜明塔闪烁着刺眼的光亮。

终于，两个雾精灵受不住阴气的召唤，出现在夜明塔之上。

心一下子被揪紧。

再等等，再耐心等等。

逸前辈伫立在汹涌的阴风之中，尽量压低声音，朝着按捺不住的阿九几人念道："不要急，还差一个没来。"

院中之人瞪大眼睛,遥望着似乎近在眼前的夜明塔,塔上只有两位衣衫飘舞的白衣女子,是被阴气召唤而来的雾精灵,而一直隐匿着的山灵久久没有现身。

阴气盛到了顶峰,塔上依旧没出现山灵的影子。

逸前辈恨恨地念道:"她们两个为了保护山灵,将自己的灵力分给了他,看来今晚是无法将他召唤出来了。"

暗晨昂头遥望着塔上淡然而立的两位白衣精灵,心中一时之间踌躇万千。

她与她们相处将近百年,亲眼目睹了她们修成灵的艰辛,而今,却为了保护那个男人,将自己的一半灵力分给了他。

明明知道这样一来,她们今晚就真的难逃一死了。

而山灵,只是一直像她们的哥哥一样,陪伴着她们,又何来男女之情呢?

雾精灵,你们值得么……

暗晨又看着一脸决绝、似是不将她们杀死为村民报仇誓不罢休的阿九几人,缓步走上前,轻声念道:"能放她们一条生路么?"

冰逸知道暗晨的心思,但是想到若将她们放走,她们必会为了山灵继续杀人,便也不再多言了。

"你说什么?放了她们?"阿九满脸的不相信,"她们杀了那么多人,放了她怎么对村民们交待?"

"其实……"暗晨带着些许犹豫,为雾精灵辩道,"她们本性都不坏,只不过她们爱上了那个受诅咒的男人。如果不帮着他杀人,他就会灵力散尽而死,她们又怎能让自己喜欢的人死去呢……"

山灵,祖祖辈辈受了诅咒,不能动情;一旦动情,俊容尽毁,灵力散尽。

阿九有了一丝动容:"你不是说他不一定是因为动了情么,你不是说他的容貌还在么,只是灵力外散而已?"

暗晨摇摇头:"我不清楚他是否动了情,灵力外散只是前兆,当然别的原因也可能造成灵力外散……"

话未完,芸儿便抬手指向夜明塔,惊呼一声:"你们看,那是什么?"

第二十二章　夜塔战

漆黑的天际，一袭幽幽飘荡的长衫白衣，擦过寒月，雪白的发色，深邃的黑眸，隐隐的白光。

暗晨轻呼："是他……"

随着暗晨的话一出，所有人无不仰头凝望那动人的一抹烟白。

阿九一怔，有看到红叶的错觉——这个山灵飞身的姿态，竟和红叶有几分相似。

塔下阿九几人回过神来，凝注法力，纷纷朝向夜明塔上腾身而去。

两个雾精灵上前将山灵护在身后，晨雾将声音压低，显出几分不安和责备："你怎不听我和姐姐的劝，非要……"

山灵看着身前誓死都要保护他的两个女人，眉眼间竟透出一丝释然，他温和地望着身边不言不语的曦雾，对上她柔和的眼神，淡淡一笑："我，不能躲在两个女人身后吧。"

他将她们拉到一旁，走上前，看着与其对峙着的冰逸和阿九，冷声一笑："蛊灵玉现已落入你们手中，你们要杀的是我，放了她们吧。"

众人一片沉默，阿九并未想到，这个山灵竟然……不打就认死了？

待了半晌，冰逸才抬手化出一把利剑，狠狠地向山灵刺去，山灵笑着闭上眼睛，迎着这致命的一剑，丝毫没有惊慌。

利剑将刺中山灵心口的一瞬，忽地被一条白绸紧紧地缠住了，山灵睁开眼，顺着那抹白绸寻去……是曦雾。

曦雾眼中含泪，缓缓地抬起脸，声音里尽是温柔与无奈："我……舍不下你。"

山灵抬手拂去她脸颊的莹泪，又牵起她的手："我亦舍不下你们，可今夜……"

是我赎罪的时候了。"说到此,他又将手放下,对冰逸念道:"来吧。"

此话刚尽,晨雾便迎了上去,娇声斥道:"我不会让你死的,我要杀了他们!"说着,抬指念咒,阿九一惊,她识得这咒法——雾罩瞬击。

阿九大喊一声"小心",赶忙搓动手指念动回击咒语,一白一蓝两抹强劲的法光相撞,爆开数十米远,震得夜明塔也晃动了许久。晨雾仍不死心,舞着飘忽的白绸逼近阿九,阿九看这白绸一愣,意识也有些恍惚,摇摇头,欲清醒一些,无奈一见她的绸子就感觉天旋地转,只跟跄着朝后退着步子。冰逸一看,心中暗叫一惊,忙挥剑将那白绸斩成两截,朝慕容昕大声唤道:"快,护住阿九,是摄魂术!"

然而为时已晚,阿九脚下一空,直直地从塔上坠下……

听着耳边呼呼作响的风声,她猛地恢复了意识,无奈身子悬空,根本无法自救,当她觉着自己必死无疑之时,只见慕容昕从塔顶一跃,随着她一并跳了下来。

她心中一颤,无奈地笑了:"慕容昕,你还真是……傻啊。"

忽然之间,她身子一暖,感觉一个有力的怀抱将自己紧紧裹住,她的脑中一片空白,只呆呆地抬眼凝望着那熟悉的目光。

身子开始平稳地下落,她觉着自己仿佛生了一场梦。

她贴着他的胸口,痴痴地凝望他的双眼,吸着那熟悉的味道,然后……哇的一声,就哭了。

"臭冰人,你还知道回来救我啊……我恨死你,恨死你了!"阿九像个孩子一样,也顾不得自己下落的身子,窝在冰偌怀里就开始骂。

冰偌只将她揽在怀中,落下没多久又开始飞身腾向塔顶,蹙眉望着又是欣喜又是责备的阿九,心中扯起一阵心疼,却只玩笑着道:"你可别把鼻涕蹭我身上啊……"

阿九哼了一声,把眼泪抹净,低头朝下一望,只看到塔底缨蓝那怨恨的眼神。

慕容昕被冰偌一把拉起,三人随之再往塔顶而去。

塔上,冰逸已将晨雾困在结界中,他歪头见到归于塔顶的几人,眼神定在冰偌的身上,心中一动。

他……到底还是来了。

未来得及出口发话,便听得山灵一声呻吟,几人歪头望去,只见山灵身上散出阵阵白烟，原本俊美的面容顷刻间丑陋无比，他表情痛苦地躺倒在地上，曦雾紧紧握着他的手，眼泪顺着脸颊不住地流下来。

被困在结界中的晨雾忽然之间朝着曦雾大喊起来："姐姐！快杀了他们，给他吸取灵气啊！"

见曦雾无动于衷，晨雾开始撕心裂肺地哀求起来："你还愣着干什么？他快死了啊，你快杀了他们，我求求你，求你救救他吧……"

曦雾的双手一阵颤抖，口中喃喃地念着："不，不，你别死，你别死……"

事已至此，众人都明白了，山灵止不住灵力的外散，那么今晚，就该是他魂飞魄散之夜啊。他们看着面相无比丑陋、周身漫着白烟的山灵，还有结界中的晨雾，山灵身边的曦雾，心中皆知……他真的爱上了一个人。

乍时，周边狼音四起，一声声哀号透过重重夜幕，怨声迭起，听得人心一阵凄寒。

曦雾猛地站起身子，目光坚定地望着山灵，浅浅一笑："我要救你。"

这话说完，夜明塔上已经罩起了层层叠叠的浓雾，众人隐隐约约看见雾中那抹白衣在翩翩起舞，似乎还有一阵悠扬的笛声传来，只是未待他们回过神，一道劲力的白绸已悄无声息地逼近。

"啊……"芸儿惊呼一声，瞬即被白绸紧紧裹住，曦雾将白绸紧紧地撕扯，芸儿渐渐觉得呼吸吃力，眼前的景象竟出现了双影。

阿九听到芸儿的呼声，顺着声源处寻去，看到芸儿被绸子死死地勒住，忙夺过冰逸手中的利剑，欲将芸儿救下，才朝前迈步，曦雾便腾出一手，将另一道白绸一并射出，阿九无奈，只得跟她纠缠着。

两个雾精灵用绸子当做兵器，若想攻破也实为不易，冰偌几人也一起上，曦雾却像是爆发了无尽的功力，无论如何也攻不破她的招式。

为了喜欢的人，才会如此拼命的吧。

芸儿在意识渐渐模糊之际，忽觉胸口那块红叶灵石渐渐发热，随之便散发出丝丝缕缕的红光，朦胧中竟似忆起一个人，芸儿的头开始隐隐作痛，心中腾起从未有过的伤心，她甚至不明白这伤心从何而来，只觉得像是失去了……生命中最重要的人一般。

灵石自她胸口腾起，其力量之大竟将曦雾重重包裹着的白绸震得粉碎！

芸儿得救,只失神地望着那块红叶灵石。

枫林……她记起一大片枫林……

还有,漫天飘曳着的……红叶。

她茫然——为何这景象如此熟悉?

曦雾瘫倒在山灵身边,看着即将化为烟雾散去的山灵,不禁潸然:"我没用……"然后难以置信地看着芸儿,一块小小的石头挂坠竟能撕碎她修炼百年的丝绸?

山灵摇摇头,眼中没有丝毫责怪之意,而是心疼地望着受伤的她,抬起虚无的手掌,似是想抚一抚她的面颊,而当发现自己已经根本触不到她的脸时,又颓然放下了,轻声问道:"疼不疼?"

曦雾摇着头,泪水不住地流下,早已泣不成声。

"山灵哥哥……"困在结界中的晨雾忽然哽咽着唤道,"我知道这个问题很傻,但我还是想问,你此番灵力散尽,面容尽毁,究竟是为谁?"

山灵扯起嘴角,涩涩一笑:"一个情字的诅咒,是我永远也摆脱不了的。"

晨雾依旧不死心地问道:"那么……你爱的,到底是谁……"

这个问题,困扰了她整整一百年了,她爱他,死心塌地地爱他,姐姐也是。可他却从来不说自己爱谁。

山灵缥缈的目光望向被阴气所罩的夜空,待了许久,直到身体的烟气慢慢消散之时,才将目光转向曦雾,喃喃地念着:"你。"

此话说尽,山灵终于随着烟雾消散而去。

晨雾痴痴地望着那束渐渐模糊的光晕,重复着:"是姐姐,是姐姐……"然后忽然疯狂地大笑起来,"姐姐,姐姐,他爱你。"然后又望向天际飘散的白烟失声痛哭:"山灵哥哥……山灵哥哥!"

曦雾抹净眼泪,朝着山灵逝去的方向凝神望了许久,然后歪头看了看结界中又哭又笑的晨雾,淡淡一笑:"是啊,他爱我,所以我不能让他这么孤独地走……"

晨雾忽然惊恐地抬脸望着曦雾:"姐姐,不要,你不要……"

曦雾还是一脸温柔的浅笑,终于将绸袖中的匕首深深地刺进胸口。

"山灵哥哥,不管走到哪里,天堂还是地狱,我都会一直陪着你。"

"不——"晨雾撕心裂肺地呼喊,使出全身的力量冲出结界跑到曦雾身边,呆愣地望着曦雾被鲜血染红的白纱,颤抖的手抱起曦雾的尸体,"你们都走了,你们又丢下我一个,你们都走了……都走了……"

夜风轻轻地吹过。

周围寂静,只听见风吹过的声音还有晨雾阵阵的抽泣声。

一直默默地看着他们的暗晨终于忍不住走到她身边,拍了拍她的肩:"别这样……晨。"

晨雾转过脸,泪眼通红,她定定地看着暗晨,哑着声音念道:"暗,你知道的,你知道我有多爱他和姐姐。"

暗晨轻轻地点头:"我知道。"

晨雾突然变了脸色,一把扯起白绸,狠狠地勒住暗晨的脖子:"是你害死了他们,要不是你偷走蛊灵玉,他们不会死的,是你害死他们的!"

暗晨被勒得透不过气,冰逸一惊,紧身上前,挥剑斩断白绸,将暗晨揽回自己怀中,用剑抵住晨雾的喉间:"不许你伤她。"

晨雾自嘲地笑着:"你和她……你们,哈哈哈哈哈……"她忽地用双手紧紧地抓住剑刃,一瞬间,滴滴答答的鲜血就顺着滴落下来。冰逸看得一惊,来不及抽回手,就见她用自己的剑在喉间一抹,然后……身子软软地倾倒下去。

"山灵哥哥,姐姐,晨儿要永远和你们在一起……"

她的白纱被喷溅的鲜血染红了一大片,就像她的姐姐一样。

宛若一朵娇艳的红莲。

寒夜中,她们的身子渐渐化为雾气,追随着山灵飘散而去。

那么美,那么美。

阴气消散,夜空中显出零零点点的星光,像是她们卑微而璀璨的魂灵。

阿九几人都只愣在原地站着,谁也不知道该说些什么了,心中为其难过了许久,她才忽然想起了什么,急忙将猫眼现出来,将芸儿胸前的灵石挂坠摘下,晶蓝的目光紧紧地盯着灵石看了许久。

她脸上的悲色忽然不见,转而露出了一丝笑容,朝冰偌几人惊喜地大叫道:"这……这是红叶用自己的一魂一魄炼成的灵石啊!它,它有红叶生前的意识!"

冰偌、慕容昕几人一听,赶紧跑过去观察一番,只听阿九解释道:"红叶临死前逼出了自己的一魂一魄,这丝魂魄进了芸儿的梦,化作了这么一块红叶状的灵石。

许是不放心芸儿,便让自己的残魂跟在芸儿身边,保护着她吧。"

阿九将灵石还给芸儿:"快快,你要小心地收好它。"

芸儿呆住,不由得将手中的灵石握紧了几分:"红叶……是谁?"

阿九心疼地握着芸儿的手:"傻芸儿,你将它收好便对了,它就是红叶,它会保佑你平安的。"

芸儿不做声地点点头,将灵石重新戴回颈上,却看着阿九的眼睛有些湿润了,再看冰偌、慕容昕,还有逸前辈,无一不是神情感叹地看着自己,她不禁问道:"你们,都怎么了?"

阿九忙摇摇头:"没事没事,回端木前辈家里吧。"

她缥缈的眼光望向天际,然后嘴角慢慢扬起了微笑。

红叶,你如今只剩下一丝残魂,却仍旧记得用生命去保护芸儿,爱芸儿。

红叶,阿九相信,就算你们生死相隔,芸儿也一定会幸福的……因为,就算你离开了,还有你的爱,一直陪在她身边。

天色已经微微发亮,一行人站在塔下,默默地抬头仰望这座渐渐模糊的高塔,终于,背离它而去。

阿九临行前忍不住回过头,深深地望了它最后一眼。

山灵,雾,还有那些因这段爱情无辜丧命的人们,请一路走好。

那以后,午夜的夜明塔再也没有出现过。没有人知道这是为什么,不过民间流传着一个说法:传说中,夜明塔上关押着三个曾经犯错的精灵,他们诚心悔过,得到了上天的宽恕,从此,他们相亲相爱,保佑着柏霞山的村民们幸福、平安。

永远永远,都不会分开。

第四卷　血花情·结局
CHAPTER · 04[XUEHUAQINGJIEJU]

第一章　改装换貌

萧萧花絮晚，菲菲红素轻。

冬寒在夜明塔精灵的传说声中渐渐走远，转而迎来的是暖春之季。不知不觉间，山灵和雾已经逝去两月之久了，不过阿九每每想到那夜雾精灵持剑自刎的一幕，仍是止不住的心惊。

罢了，为爱而生的人，同时也注定了为爱而死。就算是精灵，也是一样吧。

阿九走在巷子里，神色淡然地望着过往的路人，不经意间看到一个讨饭的小女孩腰间别着一块翠绿的玉蝴蝶。那蝶的样式竟与自己脖颈上挂着的一模一样。怪事，柏霞山只是个小村庄，怎会有小孩子跑来这里乞讨呢？

阿九停下步子，凝神望着她腰间的玉蝴蝶，忽然想起恋人夜时冰偌脸上柔和的淡笑。于是整颗心都被扯动，漫起一股酸涩。

冰偌自两月前的那夜出现在夜明塔后，并没有留下来，而是随着缨蓝一起回到逸前辈的洞府中生活了,阿九的一切希望都落了空。她甚至来不及带他去看看自己种的恋惜草。

她心中虽不解,却仍坚定地相信着,冰偌一定是有苦衷的,他口口声声说爱的是缨蓝,可是……他和她都知道,真正的缨蓝早就死了。

"姐姐,姐姐,救救我吧。"稚气的童音打断了阿九的思绪,她低下头,望着紧紧地拽着她衣角的小女孩,只见那小女孩将玉蝴蝶递给阿九,眼神中有些胆怯,小声地哀求道,"姐姐,这个玉蝴蝶给你,你能不能收下我呢,只要让我吃上一口饭,我为姐姐做什么都行……"

阿九望着她小手中捧着的玉蝴蝶,心里一动,蹲下身子抚了抚她脏兮兮的小脸,温和地笑问道:"小妹妹,你怎会来这儿讨饭呢?"

小姑娘的眼泪噼里啪啦地掉了下来,泪水淌在她的脸上,再被她的脏袖子一抹,脸上立马就多了一条黑道,她伸手指着村子一角的小破草屋:"那是我家,爹爹抛下我和娘亲,跑出村子做买卖去了。我娘亲两年前染上痨病,昨儿个夜里实在撑不住,去了……只交给我这玉蝴蝶,说让我找个能收养我的好人家把这蝴蝶送出去。姐姐,求求你,收下我吧……"

阿九听得一阵心疼,忙着给小女孩擦净眼泪,念道:"好妹妹,姐姐收你,收你,可别再哭了,这蝴蝶你也拿回去,你娘亲留下来的,也好做个念想……你今年多大了,叫什么名字?"

小姑娘的眼中满是感激,泪未退去,稚气的脸上就现出一丝天真的微笑:"姐姐收下我了!谢谢姐姐!我叫丫头,六岁了,什么都能干……"

阿九拿帕子擦了擦她的小脸,牵起她的小手,说道:"好了,丫头,跟着阿九姐姐走吧。"

"嗯!"丫头重重地点点头,跟在阿九身边走去。

今日,是……阿九的生辰。

她,要去找冰偌。不管用什么方法,她都要把冰偌带到端木前辈家中,让他见到,她在思念他的日子里所种下的千万棵恋惜草,然后,她要在今日……说爱他。

拉着丫头来到一处僻静的角落,阿九轻轻一笑,朝丫头说道:"我变个法术给丫头看,好不好?"

丫头拍手叫道:"好啊,好啊!"

阿九笑了笑，将手放在唇边喃喃地叨念了两句咒语，就见一阵缥缈的蓝光腾起，随之，阿九的衣裳和面貌都变成了另一个人。

"哇……"丫头几乎呆住了，"姐姐，你好厉害哦！"

阿九看了看自己的杰作，想着慕容昕教自己的改装换貌之术如今还真的派上了用场，她朝丫头挤挤眼，问道："好看么？"

丫头再次肯定地点头："这个姐姐和阿九姐姐都好看！"

阿九没说话，只是仰头望着天空，阳光暖暖的，她笑了笑，在心里偷偷乐道："臭冰山，等着吧。看是那个假缨蓝变得好，还是我变得好。"

……

柏霞山外的洞府中，冰偌手里翻着从白府庄园中带回的各种古籍，这些古籍都是白叶飞生前喜欢研究的。他始终不解白叶飞用千里传唤之术留给他的那些话。他有预感，这些不明不白的话是白府上下惨遭灭门的重要线索。

自从夜明塔回来以后这两个月中，为了抵消对阿九的思念，他整天整夜地沉浸在对此案和清影公主的查访中，其间他来往于逍遥镇与柏霞山两处，一面和这个假缨蓝周旋着，一面欲将白府庄园重振起来。两月来，已为白府增置了很多家丁和女婢，暂由新来的管家打点着，本来他可以住回白府的，这样也方便查访白叶飞死亡一案，只是，一来身边多一个假缨蓝为累赘，二来……秦涟裳的遗书上说清影公主在柏霞山，他实在放心不下阿九，于是便将白叶飞生前翻阅的古籍拿来几册，在洞府中找找线索。

此刻，缨蓝正坐在一旁，微笑地看着他，他不时地将身子往一边挪挪，缨蓝就随着挪挪，反正，她就是一定要靠在冰偌身边才行。

冰偌心里一阵厌烦，将古籍册子一把扔在桌案上，别过脸冷声道："我出去走走。"说着就站起了身子。

缨蓝随着一并起身，浅笑着应道："我陪你。"

冰偌心里着实难以容忍，冷冷地看着缨蓝半晌，终于还是按捺下脾气，坐回了木椅上，漠然道："我想吃橙香清丝。"

果然，缨蓝一听这话脸上立马露出灿笑："你等着，我去做！"

望着她欢快的背影，冰偌转过身子，悄无声息地朝洞府外走去。

洞门缓缓开启，春日的阳光丝丝缕缕地映在他的脸上，他搓了搓手，刚想迈步,却被不远处一个熟悉的身影吸引了去。

他脑子忽然一片空白,呆呆地愣在洞门前,只待那人渐渐走远了,他方才回过神来,追着唤道:"雪涵!"

第二章　情花深意

阳光下,粉色的衣衫被风吹动,如此温和窈窕的背影,荡着久违的熟悉的温暖,就如此突兀地出现在了冰偌的眼睛里。

只是那么一瞬间,一切又都恢复了平静,那抹粉色就又消逝不见了。

"雪涵!"冰偌心底着急,大步跑上前,苦苦追寻着她的踪影。

正待他认为自己看错了人之时,她又出现在远处的小路上,冰偌再次呼唤:"雪涵……"而她根本没有回头,只是一个劲地往前走。

如此反复了好几次,一直追着她走的冰偌终于意识到一丝不对,他静下心思想了想,雪涵已经失踪很久了,怎会在柏霞山突然出现?这个雪涵怎么这么奇怪,明明听到自己叫她,竟然丝毫不理会……

想到此,他倒是好奇了,也不再唤她,只默默地跟在她身后,看她到底要去哪里。

就这样,两人一直相隔着两三丈的距离,走了好一段路冰偌才明白,这明明就是引他去端木杰家中啊!

一想到再走下去有见到阿九的可能,他马上停住步子,正站在原地犹豫着要不要继续跟上去,就见那个"雪涵"转过身子,朝着后面的他念道:"怎么,你害怕了么?"

冰偌一听到这个声音,脑子忽然就涨大了——这,是阿九的声音啊。

冰偌马上明白自己中了阿九的小计,听到这个声音的一瞬,本来想立刻往回走,可一望见那张"雪涵"的面孔变回阿九,眼神就留恋地定在她微蓝的眸间,忽然之间……迈不动步子。

两双痴痴的眼神就如此僵视了许久,冰偌的眼光终于变得漠然,终于冷冷地别过脸,转过身子。

"别走。"阿九的声音很轻很轻,却充满了期待,甚至还有一丝小小的哀求。这,毫无预料地刺痛了他的心,让他忽然感觉阳光如针扎一般刺眼。

"哥哥,你不要离开阿九姐姐,她好不容易才找到你住的地方哦。"丫头从小巷子里冲出来,伸开小小的臂弯,倔犟地拦在冰偌身前。

望着眼前这个衣衫褴褛、满脸脏兮兮的小女孩,冰偌心里一动,回过头来,疑惑地望着阿九,阿九启齿微微一笑:"她叫丫头,我看她可怜,想带着她。"

冰偌只是淡淡地"哦"了一声,便要撇下她离去,这时,只听阿九又说道:"大冰人,今天,是我生日。"声音中掺着一丝落寞和失望,却仍没有放弃,继续念道,"你别走,好不好。"

冰偌一愣……她,生日啊。

隐约之中,他再一次想起逸爹爹的话:

"天猫界的规定是猫女不能与外界的神人相恋,阿九虽然胆大妄为,也被圣姑叶荣宠爱,但是她若真的违了规,就是她的叶荣姑姑想护着她,也护不了,她必会被守护神制裁。"

"而你,虽然灵力被封印了,但是你一旦和阿九在一起,天神迟早会追查到你,到时他们必会铲除你这个所谓的孽缘之根,也会牵连到芸儿几人,为人为己,你应该知道怎么做。"

阿九看着他犹豫的神情,担心他又要弃自己而去,这一次,她小心地走到他身旁,默默地拉起他的手:"我知道你有苦衷,但是,给我一天的时间,好不好?"

冰偌看着她澄澈的眼神,忽然之间有抛弃一切束缚的强烈欲望。强忍着想拥她入怀的冲动,终于还是点点头:"好,就一天。"

阿九忽然像个孩子一般开心地笑了,她拉着冰偌的手急急地向着端木前辈家中跑去:"快,我只有一天的时间,快跑……"

跑在前面的阿九并没有看到,在她说出这话的时候,冰偌的脸上竟然勾起一抹久违的淡笑。

"好哦！好哦！"丫头天真而稚气的童音，伴着幸福的味道，久久回荡在这个古朴的街巷之中。

冰偌一进端木杰的院落中，便被满院绽放的淡粉小花的恋惜草惊呆了。

他们没有发现，慕容昕默默地站在窗前，望着他们的那双忧伤的眼睛。

阿九拉着冰偌站到芳香动人的恋惜草中，望着花瓣随风摇摆，沉默了许久，终于像是鼓足了勇气一般，将冰偌的手握得更紧了，将心中酝酿好久的话，缓缓道出：

"冰偌，我好像很少这么正经叫你的名字吧，此刻之所以这样叫你，是因为我想让你知道，下面我所说的话，都是最真挚不过的心里话。我想对你说的是，自从半年前，我在逍遥镇上遇到你的那一刻，或许就注定了我的宿命……爱上你的宿命。"

她又开始沉默着。

一片寂静中，像是听到了谁的心跳"扑通、扑通"地乱了节奏。

"我不问你为什么要刻意躲着我，我只是想让你知道，既然爱，就应该勇敢地爱下去，而不是畏畏缩缩不敢上前。这段时间，打动我的事情很多很多，缨蓝姑娘对你的痴情，红叶对芸儿，雾对山灵，他们的爱都是刻骨铭心的。"

"虽然我只是猫女，可我的心和人类是一样的，从现在起，我要好好地爱你，就算爱你的结果是自取灭亡，我也可以不顾一切，因为我永远都不会后悔。"阿九仰起娇红的面颊，坚定地望着冰偌，"我不是缨蓝，我是阿九，可是，阿九对你的喜欢或者说对你的爱，绝对不比缨蓝少。"

冰偌深深地低着头，他轻轻抬起手，捂住自己的心口——那里跳动得厉害，他忽然觉得呼吸困难，仿佛一颗心马上就要跳出来一般。

他知道：自己是神灵心，如果动情太深，很容易冲破封印。

只是，他根本情不自禁，脑子里只有阿九的话——既然爱，就要勇敢地爱下去，而不是畏畏缩缩不敢上前。

终于，他一把将阿九拥入怀中，紧紧地抱着她，温热的气息自她耳边淌过："委屈你了……"

阿九先是被这突如其来的拥抱一惊，然后眼睛就湿润了，声音中漫着欣慰的笑意："只要你不走，我就不会委屈。"

冰偌看着她的眼睛，心疼地念道："傻阿九，你不能爱啊……"

"我不怕天猫界的制裁，也不怕天神的追杀，我只怕你不理我。"阿九的神情一如既往地坚定，几乎让人忍不住去顺从。

冰偌一怔——原来她早就知道会被制裁，会被追杀的。

他终于被她折服了，抚着她的泪眼，微笑着应道："那，我再也不会不理你，再也不会离开你。"

花香飘漫着，片片花瓣，见证了此时此刻悄声道出的，一句很轻很轻的诺言。

再也不会离开。

第三章 重归逍遥

逍遥镇的街巷仍是一片繁华。

阿九一行人牵着马儿，丫头时时刻刻跟在阿九身边，各人心中怀着各自不为人知的心事，笑望这一切熟悉的景象。阿九眯着眼睛开心地笑着，手中是冰偌传来的阵阵温暖，他们就一路这么牵着手，从柏霞山回到了逍遥镇。

冰逸和暗晨也有了百年来第一次大大方方的拉手。芸儿和慕容昕走在最后面，笑谈着逍遥镇在半年中的变化，脸上的微笑也是迟迟不退。

若说这之中最不搭调的一人，便是那生着闷气，撅着嘴巴，不停地朝阿九和冰偌翻着白眼的缨蓝了。

追溯起来，便要说到冰偌与阿九在端木杰的院落中，许下再不分开的诺言之后。冰偌回到阿九身边，逸前辈虽然担忧冰偌的封印迟早会被冲破，也担忧着阿九会受到猫灵界规的制裁，却着实不忍心将这相爱之人分开，在阿九和冰偌的一再乞求下，他看着这两人为了在一起，连生命都不顾了，终于道出"爱吧，至少你们不会后悔"的言辞。

对缨蓝，冰偌告知于她，他爱的是阿九，缨蓝不甘心，执意要陪在冰偌身边，冰偌也未反对。一来，他怀疑这个假缨蓝与清影公主或杀害白府上下的凶手有关系，将其留在身边，必要时，会派上些用场；二来，既然这个缨蓝这么久都没有加害于他，他只要小心提防着，留在身边并无多大的妨碍。

虽然，秦涟裳的信中说清影公主身在柏霞山，不过阿九几人在柏霞山停留的时日过长，给端木前辈也带来很多不便之处，再就是柏霞山的蛊灵玉已经拿到手了，当然，对于此刻的阿九来说，蛊灵玉已经没有了任何意义，而且，他们都思念着逍遥镇这片土地，终于……还是回来了。

芸儿不能回雅梦居，慕容昕的葬灵堂也在半年前卖与他人，于是他们就随着冰偌几人一并住进白府。

冰逸多年不归，此番归来，将白府主人之位完完全全授与冰偌担当。因这府邸是冰偌用两个月的时日才修整完全的，冰逸只图个逍遥，于是，冰偌也就大大方方地接任了主人之职。

白府门前的石狮子依然傲然挺立着，阿九昂头望着顶上悬着的牌匾，白府二字深深地印在她的眼眸中——这里，是她一切故事的起源，如今，她又回到了这里。

这，是不是意味着，他们的故事，也要在这里结束呢？

家奴和侍婢都换了陌生的脸孔，却依旧恭敬如前，冰偌几人刚刚入府，护卫们便将马儿从他们手中牵走，行李什么的也由几个小婢拿着，阿九默默地走在青石路上，不知怎么的，竟有了一种错觉……仿佛，白大哥和雪涵都尚在人间，就在正堂中等候着他们归来。

嗯……若是雪涵在的话，一定会有一桌丰盛的宴席。

想到这里，阿九心里忽地就酸了。

他们……已经不在了。

路途劳累，几个人进了府，各自到自己的房间歇息去了，阿九躺在榻上，回忆着过往的点点滴滴，原来，不知从何时起，她竟将路途所遇的每一个细节都记忆得如此深刻。

樱花林的嗜血咒，客栈中的毒杀，怖魂庄的亡灵之夜，红叶的死，夜明塔的摄魂，山灵与雾的痴爱，她蓦然发觉，原来她每走出一步，都是这么地惊心动魄！

还好，一路走来，有这么多朋友陪伴着她。

想起与冰偌在一起的情节,她忍不住莞尔一笑,从最初的冤家,到兄弟,最后,竟然成了……恋人。

阿九懒洋洋地笑了笑,终于入了梦。

熟睡中的嘴角都微微翘着,勾出一丝浅笑,仿佛在做着最美的梦。

白府还留着从前的习惯,当然,这些习惯都是冰偌告知下人的,因这规矩是白叶飞生前所定,于是冰偌仍旧沿用着,只为……纪念他。

黄昏时分敲响的钟声惊醒了熟睡中的阿九,阿九揉揉眼睛,刚刚坐起身子,便听得外面侍女的敲门声:"阿九小姐,您的饭菜到了。"

阿九忙着起身开门,将那小姑娘迎了进来:"有劳了,先放着吧,不知道新来的厨娘手艺怎样呢?"

侍女轻轻一笑:"回阿九小姐,这是缨蓝小姐下厨的,厨娘就打了打下手。"

阿九心一紧,原本饥肠辘辘的肚子却忽然没什么胃口了:"她下厨?"

"是啊,她好像很喜欢厨房呢,不过做出来的饭菜也真是香,连厨娘都自愧不如,我们几个在一边闻着味儿,这口水都快流出来啦……"说到这,她似是觉出自己的话有些失了身份,又补了一句,"小香话多了,阿九小姐别见怪。"

阿九笑了笑:"你叫小香啊?这名字讨人喜欢,我不饿,既然缨蓝做的那么香,你就端去自己房里吃吧。"阿九说完便将那泛着香气的饭菜递给小香,"去吧去吧。"

小香一阵不好意思:"哎呀,这怎么行呢,阿九小姐路途奔波劳顿,怎么也得先吃些饭啊,小香有自己的饭食……"

阿九一摆脸,佯装生气地瞪了瞪她:"叫你拿去吃你就拿去,快点。我才不稀罕她做的饭。"

小香一听这话,也嗅出些阿九的意思,心中虽不解,却还是欢喜地将饭菜端起:"那,谢谢阿九小姐了……小香去了。"

"嗯。"阿九笑着点点头,看着小香出了房。

一个人在房里待了一阵,觉得有些无所事事,到了掌灯时分便进了正堂。

正堂中,冰偌正与冰逸下着棋,芸儿和暗晨在翻着几本陈旧的古籍,慕容昕和缨蓝在一边围观着棋局,缨蓝嘴里还不时地念着:"冰偌哥哥下这里……"

阿九心中暗念一声"讨厌",却也没再理会,只挨在芸儿身边,一并翻阅起来。

看了没多久,阿九不经意间忽然撞见慕容昕的眼神,不知怎的,竟从他的眼神中看出一丝她从未见过的忧伤,而这丝若隐若现的悲意,在他露出一抹轻轻的微笑之后……荡然无存。

阿九回笑着点点头,匆忙地别过了眼睛。

"咦?"芸儿低下头来抓着胸前佩带着的灵石,"又发光了呢……"

阿九转脸望去,只见灵石微微散着殷红的光芒,映得芸儿的脸颊都成了红色,喃喃地笑念:"没关系的,是他……在想你吧。"

"什么?"

阿九摇摇头,淡淡一笑:"唔,没什么。"

第四章　小婢之死

白府中一如以往地宁静。

只是这一宁静的气氛终于被打破。

一位侍女跌跌撞撞地跑到正厅,朝着冰偌和冰逸匆忙地行了一礼,便结结巴巴地念道:"两位主人,不好了,小香,小香她,死、死了!"

冰偌一听这话,吃了一惊,将手中的棋子扔下,急忙站起了身,在一旁安静地吃着点心的丫头更是被吓住了,"哇"地一声就哭了。

"怎么回事?"冰逸紧紧地蹙起眉,发话问道。

侍女伸手一指,脸上的惊慌显而易见:"就,就在她房里,我进门去找她……见她倒在地上,七窍流血,没气了……"

冰偌二话没说就朝外跑去,阿九赶紧擦净丫头脸上的泪水,拉着她随着众人一并跑向小香的房中。

小香住的是一间很小的房子,白府中屋子多,家丁和婢女的住所也都比一般的府院条件好些。几人推门进屋,一眼便看见躺倒在地的小香。七窍出血,嘴唇发黑,明显的中毒之症。

　　阿九看呆了,她清楚地记得,黄昏时分,小香还曾给她送过饭菜,才一个多时辰的工夫,她怎就……

　　冰偌蹲下身来检查她的尸身,看了一会儿,抬眼对阿九道:"试试这饭菜里有没有毒。"

　　阿九先是一愣,随即迟疑地从发上摘下银簪子,插在菜中轻轻一试,簪子立刻变得浓黑,阿九惊得一把将簪子扔下,喊道:"天哪,是我害了她!"

　　阿九这话一出,立即引得众人侧目,冰偌见到阿九发颤的身子,忙起身拉住她的手,关切道:"怎么,没事吧。"

　　缨蓝惊慌地往后退着步子,眼神盯着那被染黑的银簪子,阿九转头看着缨蓝:"这,这饭菜原本该我吃的!是我……是我没吃,给小香了。"

　　这话刚一出口,冰偌原本紧张的心就更被揪住了,不由得将阿九的手握紧了几分:"这么说,凶手要害的不是小香,是你?"

　　阿九迟疑地摇摇头:"我不知道……"

　　慕容昕和冰偌对看了一眼,开口向引着他们进小香房中的侍女问道:"可知这饭菜是谁做的?"

　　侍女的眼光迟疑地徘徊着,似是想说又不敢说的样子:"是,是……"她"是"了半天,终于还是没胆量说出后话,阿九受不了她吞吞吐吐的样子,便开口回应道:"小香对我说了,这饭菜是……是缨蓝做的吧。"

　　此话出口,几人怀疑的目光一股脑儿看向缨蓝,缨蓝被看得只连连摇头道:"不是我做的……当时厨房中很多人的,光是厨娘和等着端饭的侍女就有好几个,不能全怀疑我……"说到这儿,她像是想起了什么,一把扯过丫头的小手,问道:"对了丫头,你当时跟缨蓝姐姐玩,你告诉他们,是不是很多人都在给我打下手啊?"

　　丫头仰起惊恐的小脸,点点头,眼神天真无邪:"是啊,很多姐姐都在厨房哦,缨蓝姐姐给丫头做好吃的,才不会害人呢!"

　　缨蓝像是终于松了一口气,朝众人说道:"当时很多人在场,能下毒的不止我一个,而且,饭菜做好之后还有很多丫鬟转手呢,怎能认定下毒的就是我呢……"

　　听过缨蓝的辩词,芸儿忙着出来打圆场:"罢了罢了,大家没说是缨蓝下的毒啊,只是问问……是吧,阿九?"

阿九的心中满是对小香的愧疚和自责,听着芸儿的话,只淡淡地点点头,随口应了一声,也就不再言语了。

冰偌也没理会缨蓝的言辞,只朝着侍女道:"去把所有碰过这道饭菜的人都叫到正堂中去,"顿了顿又强调了一句,"一个都不许落下。"

侍女应了一声"是",就忙着小跑了出去,冰偌又让人将小香的尸首打整了,便深锁着眉头朝正堂中走去。

为什么,无论他们走到何处,都要被死亡的阴影笼罩着?

侍女找出的曾碰过毒死小香饭菜的人,算上阿九共是八人,冰偌一一询问着,直到深夜方才问遍,阿九也不插话,只安静地坐在一旁陪着他,看他似是有些累了,方才嘟起嘴巴劝道:"哎呀,好了好了,今晚就到这里,明天再接着查吧。"

冰偌看着阿九,心中的担忧之情顿起:"这饭菜本是给你的,却阴差阳错毒死了小香,而刚才问过的那几位碰过这饭菜的人,他们的说辞一时之间也找不出什么漏洞……我会很快查出真相的,你,要万事小心,这几日就随我去酒馆吃饭吧。"

阿九不禁呆住,等回过神来才不可思议地大声喊道:"不是吧!去外面……"

"嘘——"冰偌赶紧做嘘声的动作,随即便皱着眉头,压低声音闷吼道,"傻猫,你叫这么大声,是不是怕凶手不知道我们去府外吃饭,好让他再找机会毒死你啊?"

阿九怔怔地摇头,一脸茫然:"哦,可是,我又没招惹谁,为什么那凶手要害我呢……"

冰偌也是满心的不解,随后,恍然想起一人,惊声道:"难道又是她?"

"谁?"

"清影公主啊。"

第五章 血染书房

是夜，廊里高处悬着的明灯将白府映得一片明亮。

阿九心中念着适才冰偌所言，依着他的话来想，怕是清影公主派人暗中潜入了白府，伺机谋害自己，可是，阿九想破了脑袋也不明白这个清影公主为何总是和自己过不去。

若是蛊灵玉的原因，她大可以放手来抢，依着传说中她的法力，即使阿九和冰偌联手，甚至再加上冰逸他们几个，就算是拼了性命，怕也不是她的对手，她怎么就迟迟不现身，只用些阴暗手段呢？

还有，这个缨蓝的身份，说她是敌，她一直和他们在一起，要真想害她，怎会到此时才动手？说她是友，她身份不实，又假冒缨蓝，又谈不上是友。

罢了罢了，阿九心里一阵烦，只得无奈地摇摇头，不愿再去思索这些了。

忽然她觉出肩上一痛，像是有谁拍了自己一下，她回过头，刚想朝着那"无礼之徒"破口大骂，而当看见那满脸温和的笑容时，却禁不住将那未出口的话咽了回去。

慕容昕转着手上的折扇，看着阿九的神情，又扬起扇子轻轻地在她的肩上拍了下："傻了啊，不认识我了？"

阿九低下头，轻声回笑道："没，没，只是觉得很少看见你笑啊。"

慕容昕随口笑了笑："其实我经常笑的，尤其是和你在一起的时候，是你……没注意罢了。"

阿九忽然觉出一阵窘迫，脸一阵通红，喃喃应道："这样啊。"

慕容昕摆了摆折扇，探手从怀中拿出一本古籍："这书上的很多记载都值得研究一番，我想起当初在怖魂庄收到白主人千里传唤之术时所显现的密语，总觉得和这上面记载的有些牵连……要不要一起去查查?"

阿九一听这话立马来了兴趣,刚刚的窘迫感也一扫而尽:"真的啊?有什么关联,你查到了些什么?"

"现在还不太清楚,书房里有很多白主人生前珍藏的古籍,还需查证一番,你……去么?"慕容昕微笑着,神色中带着一丝小小的期待。

阿九的眼神有些黯淡,遗憾地应道:"不行啊,我和芸儿说好今晚跟她学刺绣的,怕是查不了啊。"

慕容昕有些失落地埋下脸,随后便又微笑着,将那丝失落掩在心底:"没什么,去学吧,女孩子可不能不会刺绣。若我查出了什么端倪,会马上告诉你的。"

"嗯!"阿九重重地点点头,赖皮地笑了笑,"那就这样说定了哦。"而后便灵巧地擦过慕容昕的侧身,朝睡房中走去。

慕容昕看着阿九的背影,忽地失声唤道:"阿九!"

"嗯?"阿九疑惑地转过身子,轻轻一笑,"还有事么?"

慕容昕摇摇头:"没,只是想告诉你,要小心些……"

阿九不禁心里一动,而后回道:"放心吧,我会小心的。"

……

他们之间的对话,似乎永远都是这么地平淡。

慕容昕终于向着书房走去。他仰头望着夜空中的星光,觉得它们璀璨得就像是她的微笑,他把这一份感动紧紧地系在心中,久久回味着,唯恐一不留神它就会消失不见。

暗暗地怀着这么一份,酸涩的、坚定的爱恋。

踏步走入幽暗的书房,掌灯,他开始在房中走动,翻查着桌案上堆积的厚厚实实的书本。他想着,或许从前的白叶飞就如他此时此刻,安然地坐在这柔软的榻上,翻着陈旧的书页,读着上面记载的每一个古神灵的咒语起源故事,抑或是轮回间的阴阳错事。

他翻了一本又一本,终于,一本写着"神爱灵咒"的厚本古册将他的目光吸引了去。

他疑惑地将它拿起,翻开第一页,便生生地被惊住了……

"千年劫数,清影霸世,痴痴怨愿终不止,神灭,嗔生。万苍不复。"

破法:结连理,化比翼,男痴女爱心合一。怨泪引,灌青根,情灵寄芳草,天地重回新。神龙摆尾,狐狸空穴,乾坤风来转。魂归灵草,血染清巾,断命魄升天。

破劫之人,劫外之人:灵界两千五百三十年,猫灵界三百年,天降仙猫女婴,痴情泪,纯灵血,破灾劫。

慕容昕恍然明白了一切,仙猫女婴……莫不是,阿九么?

忽然,他只觉自己的身子完全僵住,随后便是一记如火般殷红的光团朝自己狠狠地砸来。他未回过神,便从坐榻栽倒于地,涌出大口大口的鲜血,抬眼只望见那一抹清丽的白纱下,阴笑着的女人……

他没有再挣扎,而是用自己的灵魂筑起一圈最强劲的结界——护住了古籍。

而后,他隐隐地听见那女人在看到结界时发出了气急败坏的怒骂声。

抛却了灵魂所筑的结界,是随着人死前的意念而发挥御敌法力的……他知道,自己的灵魂,足可以护住这本古籍了。

他苦涩一笑,清影公主,你法力虽强,却敌不过我的意念……所以,你注定了失败。

寒夜明月高挂。

在怀有意识的最后一刻,他终于用渗着血的双手缓缓打开那把跟随他十多年的折扇,越加模糊的视线里,隐隐地映着扇面那不起眼的角落,撰写得小得几乎看不见的一行字……

"阿九……幸好,你没有来……"他轻轻念出这句话,扯动嘴角,微微地笑着,终于闭上了眼睛。

廊中悬着的灯笼依旧通亮。

烛火忽变得有些暗,映在廊下,昏黄昏黄的。

烛泪,一滴一滴地落下,像是一个可爱的孩子,隐忍地笑着,笑着,然后就哭了。

终于,书房的烛火燃尽了,重归一片幽暗。

不知过了多久,巡夜的护卫经过这间陈旧的屋子,看见虚悬着的门锁,也未进房,只当是他们的主人白日里读书忘记了关门,便随手将门掩死,上了锁。

末了还胆怯地念叨了一句:"莫不是以前死了的那个白主子阴魂不散,怎么这书房一到夜里就那么重的血腥气呢……"

他有些心颤,仓皇地逃开了。

第六章　余情魂念

次日，阿九随着冰偌一并出了府，按着冰偌的说辞——去吃饭。

走到一条街巷，阿九忽然停住了步子，脸上含着笑，一双灵动的眼睛定定地望着冰偌。

"唉，走啊，愣着做什么，难道肚子不饿了？"冰偌也随着停下步子，歪头笑看阿九，"想说什么？"

阿九哈哈一笑，抬眼望了望春日的天空，深深地吸了一口气，而后问道："大冰人，可记得我们的初遇？当时我抓谋害王哑巴的厉鬼，不小心让它跑掉了，于是你，就站在那里……"说着阿九伸出手，指着街东的不远处，"看，就是那里，你就跟我说'是九公子吗'，现在想起来……真好笑啊。"

冰偌悉心地听着，看着阿九脸上纯真的笑意，忽然觉得，仿佛一切的相遇，都是命中注定一般。这时他注意到阿九的怀间露出一小条白绸，坏坏一笑，装作不经意地腾出手，却将它一把拽了出来，佯装好奇地笑道："咦？原来是刺绣啊……"

那白绸上只有一个字：偌。

阿九一惊，忙将刺绣从冰偌手中夺回，脸红地气道："你是小偷啊，没事偷什么东西。"

"给我。"冰偌摊开手。

"不给。"

"给我。"

"不给。"

"给我！"

"不给。"

"……"他生气了。

阿九淡淡地笑着:"绣得不好。"

……

初春的阳光很温暖,可是浸浴温暖的人,却容易忽略……总会有寒夜降临的。

午时,当阿九和冰偌回到白府时,终于觉察出身边少了慕容昕的身影。她进了慕容昕的睡房,见棉被平平整整地叠着,床铺收拾得当,阿九不明白,是他彻夜未归还是他一早就出去了呢。想起昨夜廊下的偶遇,记得他说要去书房查阅古籍的,莫不是一直查到了现在?

阿九和冰偌双双奔向书房,开了锁,进入书房之初,便闻着一股浓重的血腥气,阿九心一颤,不好的预感浮上心头,她忽然有些害怕了,甚至不敢再向前迈步……她歪过头忐忑地望着冰偌:"怎么回事,慕容昕,他……他不会在这里的,是吧……"

冰偌面无表情,快步朝着书房内间跑去,然后身子一颤,步子开始不稳,往后退了退,靠在了墙面上,就定住了。

阿九远远地看见了冰偌的样子,小心翼翼地问道:"怎么了?"

冰偌听到阿九的声音才恍然回过神,他直直地扑向内屋之中,颤声呼唤:"慕容兄——"

阿九听了这声,心一惊,赶忙冲去内间,而当她看到地面上那触目惊心的血色,还有血中的那具完全被腐蚀的骨架时,一瞬间仿若天旋地转,软软地瘫坐在地,甚至忘记了哭泣。

一副光秃的骨架,侧躺在一片浓浓的鲜血之中,他的身旁是一个淡黄色的结界,结界中飘浮着一本陈旧的古册,暖暖的光芒罩在它的周边,就像是在保护着一个襁褓中的婴儿。

一把折扇,被血染得透红。

骨架的姿势很奇怪,他向前伸着手,手指的骨节微微触着折扇的一角,似是想将它握入手中,似是想将那折扇中隐藏着的秘密一并带走。

却终究再也没了力气。

而今,他只剩下了这样一副连皮肉都看不到的、光秃秃的骨架。

折扇的一角,隐约散发着一丝灵动的微光。

那是一行细小的,几乎没人会发觉的,用生命写下的,四个小字:

我爱阿九。

……

也许,再没有人会知道,那把折扇的秘密,远远不止这四个字所记述的那般简单。

正如,再也无人会知晓,十多年前那早已被人遗忘的故事,承载着多么沉重而不为人知的爱。

十多年前的天猫神山上,小女孩眨着淡蓝色的双眼,甜甜地笑着,为小男孩擦净额上的汗珠,将一把折扇递到他的手中:"哥哥,这扇子给你,会凉快些呢!对了,人间好玩么?"

男孩咧开干涩的嘴唇,微笑:"人间,比这里热闹。"

小女孩眼巴巴地看着他,满脸的向往:"好想去看看呢……等什么时候,我随你去人间玩玩吧。"说到这句,女孩的眼神又黯淡了,"唔,我忘记了,你下山以后,就再也找不到我了呢。"

男孩握紧手中的折扇,语气是从未有过的坚定:"我一定会再遇见你的。"

小小的约定,他记了整整十余载。

一定会遇见你的。

没有人知道,小男孩自那以后,时时刻刻都在心里默念着:一定会遇见你的,阿九。

可遇见了,等来的结果却是……被她完完全全地遗忘。

……

那么,用生命来爱吧。

默默地。

直至此时——生命最后一刻,仍然刻骨铭心地爱着。

爱着一个完全忘记自己、忽略自己的女孩子。

只是,他或许不知道……天猫神山的女孩在男孩走后,一直思念着这位来自人间的哥哥,很长一段时间都在缠着她的叶荣姑姑,她想去人间——寻找他。

而猫神叶荣迟迟不放她下山,于是,年仅六岁的小猫女为闯凡尘,强行破坏仙山与人间交隔的结界。猫神叶荣将其制伏后,因怕这性格倔犟的小猫女因一个人间男孩违背猫神界规,便狠下心来……消除了她曾与男孩相遇的记忆。

这段故事,她真的真的,再也不会想起了。

……

许多日过去了,阿九仍然握着折扇发呆。

她一直一直想着,那夜,如果她陪他一起去书房,或许,他就会一直默默地在自己身边。

他不知道,其实阿九早就看到了他在面对她时才有的微笑,她知道,那种温暖的微笑,他只会笑给她看。

却……被她生生地无视了。

有些事情,终究不能两全。而今,她终于悔到欲哭无泪。她红着眼睛,望着手中那把血扇,抬手轻轻地抚着那行用灵力印下的小字,然后将它紧紧地贴在心口:"慕容昕,你为什么……这么傻。"

从此,她的视线里,就再也见不到那个在自己身边、默默的身影了。

而……那段被尘封在回忆里的最纯真的一份情谊,就让它随着岁月的流逝,继续尘封吧。

第七章 花神·清影

离别本无奈,而其中最伤人的,莫过于生离死别。

逍遥镇的尽头有一大片原野,那里是被镇上的百姓称作逍遥镇的圣地,平日里无人敢贸然踏足。因为那片原野无论是温暖的春季抑或是严寒的深冬,永远都被绿色覆盖着,像是有神仙庇佑一样。

这一季,这片宁静的土地上,却添了一座小巧而雅致的石墓。

墓中所葬的，是一个生前喜欢用折扇作武器的法术界男子……不，应该说只是他残留的一副骨架——他是因中了蚀骨术而死的。他生前的衣着总是很公子气，白绸华袄，腰别淡玉，他喜欢游走四方，却从没人知道他的漂泊只为寻一个女孩。

他叫慕容昕。

冰偌说这里是逍遥镇的圣地，没有闲人的侵扰，他们便将慕容昕的尸骨葬在了这里。

其实，逍遥镇与天猫神山的交界处，就是这一片四季长青的原野。当初阿九下山寻蛊灵玉就是穿过这里的结界才到达逍遥镇的，而十多年前，慕容昕亦是自这里误闯进了天猫神山。

一段自这里开始的尘缘，如今，又在这里结束。

阿九定定地望着被一片绿色包围的坟墓，芸儿轻步走上前，与冰偌对视一眼，拍了拍阿九的肩膀："我们走吧。"

阿九点点头，轻轻"嗯"了一声，将怀中揣着的折扇拿出，走到墓前，扒开墓旁的石块，将扇子埋在地下，又留恋地望着墓碑许久，终于站起了身子，抬眼望着万里无云的蓝天，掩起心中的悲伤，鼓舞地笑了笑："我们走了哦，扇子是你的，我想你是想带走它的吧……我们会带着你用灵魂护下的古籍，陪你战到最后一刻。"

微风拂面，吹干了面颊的泪水。

原野中，几位男男女女渐渐走远，愈加模糊的背影透出一种难以言喻的悲凉和坚毅。

古树后，慢慢现出一抹清丽的白纱，她望着远处那娇小的身影，眉头微微蹙了蹙：那个女孩子就是阻碍她颠覆天下的仙猫女婴——阿九。

仙猫女婴——天下间，她唯一杀不死的人。

百年前，她与冰族王子相爱，却被诛神追杀而死；百年后，她要报此大仇，她要毁灭这无爱的天地！

而在她怨念初生的那一刻，天仙界的花神发觉了她的阴谋，自毁元神，转世为猫，为的就是来凡间破解她的怨念。

花神的转世，被称为——仙猫女婴。

花神与她几乎同一时刻转世，只是心法仍未恢复，她们一个灵魂至纯，一个灵魂至暗,所以她用自己的法术杀不死她。半月之后的月圆之夜就是她灵力最强之时,她要在那夜聚法毁灭神界和人界,而花神的心法和前世的记忆如果苏醒,就将成为她的大敌。

既然她不能施法除掉她,就要想办法在半月之内借别人的手让她死。

"姐姐。"一个娇柔的童音响起。

清影缓缓转过身子,也不说话,直接甩手狠狠地抡起一计耳光,只听"啪"的一声,那女孩子的脸上便肿起了红红的掌印。

她没敢再说话,只是捂着自己的半边脸,垂头惧怕着。

"她怎么还没死?"

小女孩抬起脸,颤着声音辩道:"差一点就好了,可她把饭菜赏给了一个婢女,结果那婢女死了,她却活了下来。"

清影冷冷的凤目望着小女孩,似是在努力压抑心中的怒意,终于,她叹了口气,蹲下身子,抬手抚着她的小脸:"丫头,你跟着姐姐有六年了,姐姐是舍不得打你的,可是你做了错事,让姐姐很失望……我给你那玉蝴蝶,让你扮成孤儿,就是料定阿九会留你在身边的,阿九是坏人,她要杀姐姐,你一定要帮姐姐除掉她,知道吗?"

丫头忍着眼泪,重重地点头,稚嫩而天真的童声再一次响起:"丫头不会让清影姐姐死的,丫头要帮姐姐杀掉阿九!"

清影点点头,拍拍丫头的脑袋:"快去吧,他们都回府了,记着,要装作和他们很亲近的样子,悄悄地杀掉她。"

丫头"嗯"了一声,想了想,又问道:"对了,我和缨蓝姐姐打招呼,她却装作不认识我……"

清影冷冷地笑了一声,回道:"丫头别多问,你的缨蓝姐姐背叛了我,姐姐逼不得已,把她杀了。她不是缨蓝,是姐姐做出的傀儡……好了,你别管这些了,日后我会定期给你指示的,你按我说的做就好。快去吧。"

丫头点头嗯了一声,也不多问,就跑远了。

清影攥紧了拳头,嘴角浮起一丝不易察觉的冷笑:"冰偌,想用一个假缨蓝要挟我……你想得也太简单了吧。"

冰偌或许曾为一道天下间独有的橙香清丝而震惊,可是他忘记了一种古老的咒法,换心术。

所以,他怎么都不会想到,一直以来让他烦忧的缨蓝,会是他苦苦找寻的雪涵……

原野上日光铺洒,渐渐归于一片平静。

第八章　密撰被盗

当一切的悲事终于在春意中渐渐隐去,白府之人开始琢磨怎样从慕容昕的灵魂结界中取出那本重要的古籍。

因为这结界是由慕容昕临死前的意念所筑,强攻是无法破解的,冰偌几人试过了很多方法,却仍不能破开他的结界,也就根本无法将古籍拿到手。

大家心中都明白,慕容昕拼死也要护住古籍,必然是因它记载了什么秘密,可是他将这古籍封在结界中,无疑也给冰偌他们出了一个大难题,不仅凶手拿不到这古籍,就是他们,也没办法碰它分毫。

昏黄的光芒将古籍罩在当中,阿九情不自禁地伸出手去,刚刚触碰到结界,手就被狠狠地反弹回来,撞到桌案的石砚上,擦破了皮。

阿九吃痛地"嗯"了一声,紧忙将手抽回,指尖渗出了丝丝血迹,而让她惊奇的是,当她的伤处被结界外围的光芒恍过之时,原本的痛感减去了不少,而一小滴血珠竟渗进了结界之内。

阿九忽而笑了,她看着冰偌和芸儿几人惊呼道:"我找到破解结界的法子了……"

"嗯?"冰偌不解,还未答话,腰间的匕首就被阿九一把扯去了。阿九也没再多言,只用匕首在自己的手心处划上一刀,霎时嫩白的手心就变得鲜血淋漓,看得冰偌一阵心疼:"你,干吗伤自己?"

阿九忍着疼痛，歪头浅浅一笑，然后将被血染红的手掌伸入结界之中，凡是阿九的血手碰过的地方，结界都自动退去，于是阿九轻而易举地就从结界中取出了古籍。

　　慕容昕的灵魂深深地爱着阿九，所以，当它感知到是阿九的血液时，知道自己完成了守护古籍的使命，把古籍交给她……就是他的意念。

　　芸儿赶忙为阿九的伤手上药，将伤处缠好之后不住地责道："你真是傻呀，怎给自己划出这么大一条口子呢，流这么多血……"

　　阿九怔怔地听着，心中腾起满满的愧意。比起那晚书房之中慕容昕所流下的鲜血，自己这么一点伤，又算得了什么呢……

　　冰逸将古籍托在手上，欲查阅一番，哪知这古籍的初页根本就翻不开，摆弄了许久终于说道："这古籍在结界中待得久了，染了些灵气，等过了今晚再开，它该就能翻开了。"

　　冰偌从冰逸手中拿过，用力掰了掰，古籍仍是丝毫不动，终于放下了，应道："那先将它收好吧。"

　　阿九朝冰偌摊开手："给我收着吧，保证万无一失。"

　　冰偌笑了笑，看着被血印红的缠布，心疼地执起她的手，却没多说什么，只将古籍放入她另一只手中，就离开了书房。

　　自慕容昕死后，他们两人尽量像从前一样相处着，可是那道被歉疚所铸就的隔阂，却怎么也融不掉。折扇上所撰的四个字，毫无疑问，狠狠地击中了他们的心。

　　他们都爱着阿九，不同的是，一个还在，另一个却离开了。而离开的人总是能带走生者更多的牵挂。

　　逍遥镇，白府，真是一个是非之地。

　　阿九怀揣着古籍，倚窗望着宁静的月色，回忆着自下山之后所历经的点点滴滴。想着当初扮成男装时，与冰偌在走廊中相撞，冰偌就背起她，一步一步地走到了这个房中，脱去她的鞋子，然后骂她是小脚男人；想着与慕容昕在街巷中相遇，他死死地缠着自己，非要和她做朋友不可，于是她一气之下用定身咒将他定在街中……

　　她和他们之间，一直并肩存在着，只是感觉有着微妙的不同之处。

　　阿九抬手抚了抚陈旧的古籍，喃喃地笑了："慕容昕，你一直是懂我的，所以你知道,我心里只有冰偌,对不对……"

"真的谢谢你。"

夜空中飘浮着几片昏暗的云朵,渐渐掩住了月影。

阿九打了一个哈欠,关上窗子,窝进了棉被之中,睡前将古籍放在了枕边。

春夜,仍是冷的。

迷蒙的睡梦中,阿九隐隐约约望见了一个身形绝美的女子,她置身在漫漫的花丛中,花儿生着各种奇异的颜色,周围腾着朦胧的雾气,她灿烂地笑着,在花丛中漫漫起舞。阿九看得痴了,渐渐地走近她,可是每当她靠近一些,那女子便跳着舞远去了,阿九追着她喊道:"你是谁呀……"

女子回过头来嫣然一笑,雾气罩着她的脸,阿九眯着眼睛想看清楚一些,可是视线总是一片模糊,她不禁又追着她跑起来:"你是谁呀……"

女子像是根本没听到她的话,她俯下身子,摘下一朵小花,闻着花儿的香气,然后又嘻嘻哈哈地笑起来,那笑声中没有丝毫的杂质,仿若天籁一般,是阿九听过的最纯最纯的笑声……这时,她将手中的花儿捧起,雾气忽然消散,阿九茫然地望着四周,花儿仍然绚烂,却不见了那女子的踪迹。

她缓缓迈步向前,看着撒落一地的花儿,不禁呆住了……那女子手中捧着的花儿,是恋惜草。

一阵寒意袭来,阿九缓缓张开睡眼,看着屋中熟悉的摆设,松了一口气:"原来是做梦啊。"

刚想着,忽然觉得手中多了什么东西,她将手从被子中抽出,张开手心一看,心忽然猛地颤动了一下……天哪,她手中竟然握着一棵恋惜草!

她忽地坐直了身子,呆呆地看着这一棵恋惜草,心中万千不解浮上心头。为什么梦中的情景她觉得似曾相识?

好像自己从前做过这个梦,又好像自己曾经在那里生活过一般……

这恋惜草,又是从何而来的呢?

阿九摇摇头,拍了拍自己怦怦乱跳的心口,终于慢慢地将心绪平静下来,随意地歪头一瞥,脑子忽然间又成了一片空白……

枕边的古籍——不见了!

第九章　真相毒伤

时过午夜。

阿九披上一件单薄的外衣，匆忙地冲出房，趿拉着鞋子朝着冰偌的睡房跑去，夜间凉风拂过耳际，她丝毫觉不出寒冷，只是一阵心慌意乱，急得几乎快掉下眼泪来——她把慕容昕拼死护下的古籍弄丢了！

"砰砰砰！"一阵急促的敲门声将冰偌惊醒。他掀开被子，朝着门边问道："谁呀？"

"大冰人，快开门，快点开门……"门外的阿九一副哭腔，慌乱中也道不清该怎么解释，只是一个劲地催着冰偌开门。

冰偌一听阿九的声音，知道出事了，忙披衣去开门，刚刚打开房门，阿九就急急地晃着冰偌的肩膀，语无伦次地哭念着："古籍，古籍没了，慕容昕留下的古籍被人偷了，怎么办啊……"

冰偌先是一惊，随后便看见阿九情急之下也没顾得自己受伤的手，猛烈地晃动过后血已经将缠布洇透了，他忙将阿九的手扶下，沉声安慰道："别急，小心你的手，慢慢说，怎么回事？"

阿九扯起袖子抹了抹眼泪，念道："我睡前将古籍放在枕边，还是床榻里边，可是我睡醒一觉之后，发现古籍没了，我刚才睡得沉，还做梦，古籍肯定是在我睡熟的时候被人偷走了！"

冰偌听后想了想，扯件自己的长衣给阿九披上，略带责备地念道："这么冷的天，你怎只披着一件单衣就出来了，快，先穿上这衣裳，去你房里看看。"

阿九点点头，随着冰偌一并快步走向自己的房间。

阿九房中的摆设没有丝毫的变动，冰偌锐利的目光扫向周边，忽发现桌下地面上湿了一摊水,再抬眼望向桌案,伸手一抚,果然也有些水渍,他蹲下身子,细细地看了看,然后指给阿九道:"看,有半个脚印呢。"

阿九听罢紧忙蹲下身子,见地上水渍旁边果真印着半个脚印,应该是不小心弄倒了桌案上的茶壶,水从桌上流下,而那偷取古籍之人的半个脚踩在水上,才有了这半个印子。

"你睡时房门应该是紧锁着的吧?"冰偌起了身子,一边继续观察着,一边询问。

阿九点点头,肯定地道:"我是锁好的。"

"嗯。"冰偌回应着,想了想又接着问道,"窗子呢?"

阿九将睡前的情景回忆了一番,想着自己睡前先是在窗边望着月色,待到倦了,就别上窗子去睡了,于是接着应道:"窗子也是锁好的。"

冰偌听后半晌没有言语,待了许久,眼神定在屋顶那一小扇天窗口处,缓缓地念道:"那,就是从这儿进来的了……"

阿九抬眼看了看,随即否定道:"怎么可能,那么小的洞,有谁能钻进来啊。"

冰偌歪头看着阿九,嘴角浮起一丝淡笑:"……小孩子就能钻进来。"说完他没有理会阿九不解的目光,快步冲出了房门。

"唉……"阿九唤了一声,心中不解,只得跟在他身后追了上去。

冰偌去的方向是东面的厢房,沿着回廊紧走着,阿九忽然瞥见一个小小的身影正慌乱地进了屋子,冰偌示意阿九先不要出声,便轻步走在廊中,掩身在窗后,阿九心中一惊……这是丫头的睡房。

待了一会儿的工夫,房门被推开了,从中探出一个小脑袋,她警惕地朝周边望了望,阿九和冰偌就势朝窗后躲去,然后见得丫头从房中偷偷地走出,冰偌这才装作散步似的从窗后走出,正与丫头撞个正着。

丫头的脸色忽地就变了,双手下意识地将怀中的包裹揣紧几分,颤声唤道:"冰……冰偌哥哥。"

冰偌笑了笑:"丫头,这么晚,还不睡?"说着低头看着她怀中抱着的那四四方方的包袱,佯装好奇地问道。"咦?这是什么?你要出门?"

丫头往后退着步子,脸上装出一抹天真的微笑:"没有啦,冰偌哥哥,外面冷,我先回房睡觉啦……"她一边说着,就要往房中跑去。

冰佸也不做声,只将手随意一伸,扯住了她包袱的一角,待她往后一退,正巧包袱被扯开,"砰"的一声,一本厚厚的古籍从包袱中散落,掉在廊面平地上。

丫头忽然呆住了,只是瞪着惊惧而澄澈的眸子望向冰佸。

冰佸捡起地面上的古籍,淡淡地看了丫头一眼:"果然是你。"

"丫头,怎么会是你?这究竟是怎么一回事?"阿九终于忍不住冲了出来,不可置信地望着手足无措的丫头。

冰佸叹口气:"我最初只是怀疑,直到今夜发生这偷取古籍之事,终于让我肯定是你了。"说着拉起阿九和丫头,"进屋吧。"

房中燃着暖暖的炉火,阿九怔怔地坐在榻上,她完全不明白这是怎么一回事,只等着冰佸开口解释。

冰佸将古籍收起,先是意味深长地看了看丫头,看得丫头忍不住深深地低下了头,方才说道:"小香之死,我查了许久,将曾碰过那道饭菜的厨娘和丫头都问遍了,他们的说辞都没有丝毫的漏洞,那么就只剩下两人有嫌疑了,第一个就是缨蓝,菜是她做的,她是最方便下毒之人;第二个,就是你了,丫头。"

听到这,阿九又是满心的疑惑,打断道:"这下毒之事和丫头有什么关系呀?你怎么会怀疑她?"

冰佸会意地点点头,接着解释道:"先说说缨蓝吧,若真是她想下毒害人,又怎么会傻到自己亲手去做饭呢,这不是明摆着要告诉我们,凶手就是她了?再就是看她当日慌乱的反应,恐怕大家冤枉她,凭直觉,我觉得此事不应是缨蓝所为。至于我怀疑你——丫头,还记得当时缨蓝欲澄清自己时是怎么说的么?她要你作证,当时厨房里有很多人,能下毒的并非她一个,而你也说你能作证,那么……可见在厨房守着的,不止是丫鬟和厨娘,还有你,你也有很好的下毒时机。"

丫头只是轻咬着嘴唇,不再言语。阿九定定地看着她,她实在不相信,自己因一时善心收养来的小女孩竟然要下毒害自己。

"没有人会把杀人的凶手和一个年仅六岁的纯真小女孩联系起来,你装作心无芥蒂地说自己当时就在厨房里跟你的缨蓝姐姐玩,这也让人实在不忍心去怀疑你,所以,我没有问你什么,但这个疑团就一直放着,直到今夜发现古籍被盗,而阿九的房门,窗子都锁得紧紧的,若想偷取,就要从天窗爬入才行,这也只有你能办到,在你发现阿九将要醒来之时,一时惊慌,撞到了桌案上的茶壶,匆忙地将茶壶扶好之后,在地面上踩下了半个小脚印。那印子很小,一看就是小孩子的。我也就肯定是你了,丫头。"冰偌解释完,抬眼看着丫头,过了半晌,轻声问道,"你是故意接近我们的吧。"

丫头泪汪汪地望着阿九,哑着声音哀求道:"阿九姐姐,你要帮帮我,你要帮帮我……"她一边哭喊着,一边朝着阿九跑去。

阿九心一软,忙从坐榻上起了身子,将丫头护在怀中,给她擦着眼泪,道:"快别哭了,阿九姐姐知道丫头是不得已才做的,告诉姐姐,逼你的人是谁,在哪?"

丫头一个劲地哭着,声音断断续续地说:"是……是……"

"小心!"此时听得冰偌忽地大喊一声,迅速推开了阿九的身子,阿九茫然之间还未弄清楚发生了什么事,只觉得眼前晃出一抹银光,听到"嘶"的一声,接着就看见冰偌的左肩直直地插着一把短剑,鲜血簌簌流下,将他的前襟染得通红。丫头狠狠地瞪了阿九一眼,似是心有不甘,冲出门逃去了。

阿九一攥拳头,刚想出门去追,却听得冰偌发出一声轻微的呻吟,望见冰偌苍白的脸色,又忙着回过身子,双手颤颤地握着短剑,心疼地念道:"忍一忍,你要忍过去,知道吗……"

冰偌的脸色愈加苍白,他轻轻地点点头,将眼睛闭上,阿九狠下心,用力一拔,一股鲜血喷溅而出,阿九终于稍稍松了口气,又赶紧为冰偌扯着软布,想要为他止住血。

冰偌缓缓地睁开眼,一把握住阿九的双手,露出一抹惨淡的微笑:"别忙了。"

阿九不理他,强忍着眼泪,依旧不停地扯着,眼睛眨也不眨地看着冰偌前襟那一大片殷红,止不住地心疼:"是我太笨,是我太笨,笨到去收养一个要害人的丫头,笨到看不出她会法术,笨到害你受伤……"

冰偌渐渐觉得倦了,他硬撑着身子,再次抓住她撕扯缠布的手,微笑着安慰她:"别再忙了,没用的……"

没用?

阿九一愣,抬眼对上冰偌温和的目光,然后……看到他含着淡笑,无力地闭上了眼睛。

她一时之间,好害怕。

"大冰人,别睡……"她轻声唤着,眼泪止不住地落下来。

他没有反应，似是真的睡着了。

"醒醒，醒醒！"声音渐渐地大了起来，带着一丝恐慌，"别睡啊，你别睡……"

他仍然动也不动。

终于，阿九缓过神，颤颤地伸出手，"哧啦"一声，扯开了冰偌的外衣。

他的左肩——被血染红的左肩伤处，生出了一块中毒特有的暗青色。

第十章　血破封印

阿九的心忽然漏掉一拍，她急急地晃着冰偌的身子，手掌化出丝丝缕缕的蓝光，将其注入冰偌的体内，眼泪噼里啪啦地掉下，嘴里不住地叨念着："你不是很厉害的吗？快点醒过来……"

眼见自己的三成灵力输给冰偌，他还是没有醒过来的迹象，阿九真的慌了，轻身一转，幻影移身到了冰逸的睡房，也顾不上礼节，直冲冲地喊道："逸前辈，快跟我走！"

冰逸正在迷蒙中，被阿九一把拉起，先是不住地问"怎么了，怎么了"，后来，见阿九满脸急匆匆的神色，也就不多言了，一边穿着外衣一边快步跟在阿九身后，跑向东厢房。

当他看到奄奄一息斜靠在榻上的冰偌，脸色一白，紧步上前唤道："偌儿，偌儿！"抬手贴住他的心门，试了试他的灵力，转头向阿九问道："你给他输了三成的法？"

阿九点点头，擦了擦眼泪，哀求道："快，快救救他啊！"

冰逸朝后退了两步，摇头叹息道："我早就怕等来这一天，可是该来的，还是来了……"说着，他扭头朝阿九道："你别急了，这点毒伤不到他。只是……往后，他可就不好过了。"

阿九不解，问道："什么意思？"

冰逸还未开口解释，就见冰偌的身体散着丝丝银光，原本淌着血的伤口被银束包裹着，没一会儿的工夫，伤口竟然慢慢地融合了，血渍也全然消失不见。而冰偌的眉头紧蹙，似是承受着巨大的痛苦一般，阿九看得一阵不忍，刚想上前，却被冰逸一把拉住了："别去，小心伤到你，他的封印要破了。"

阿九忽然想起了，冰偌是有神灵心的，若是以前的冰偌，或许抵不过这剧毒，可是当他有性命之危时，神灵心会自动冲破封印以救其性命。而此刻，他的封印将要冲破了，那也就意味着……天神会马上知道他的下落。

随着银光的渐渐逝去，冰偌终于缓缓地张开了双眼，他的眼眸是淡淡的紫色，澄澈的目光定定地望着阿九，闪出一丝忧虑，而这不安的神色又转而不见，取而代之的是一脸淡淡的微笑："是不是哭过了？"

阿九一怔，继而抹去眼角的余泪，哼了一声，倔犟道："没有。"

冰偌哭笑不得，转头看向冰逸："逸爹爹，封印破了，怎么办？"

冰逸无奈地摇摇头，在榻上坐下，道："来不及了，他们马上会追来的。"

这话刚说完，便见有两颗夜星从空中坠下，到了院中就化为了两位翩翩仙衣的男子。他们踏着轻步由远而近，目色严厉地望着厢房内的冰偌，其中一人念道："神界孽子，快快随我回去受死。"

"不可！"阿九忽然上身一拦，"不许你们带他走。"

两人目色鄙夷地望着阿九，也没理会，只从怀中掏出一小钵，闭上眼睛喃喃地念了几句咒语，忽地腾起一阵大风，冰偌的身子不受控制地朝着那两神移去，他拔出佩剑，欲抵御钵中的吸力，可是根本起不到丝毫作用，随着冰偌的身形渐渐缩小，眼看就要进入钵中，阿九忽然幻化出凌厉的猫爪，朝着那人的手背狠狠地抓了一把，随着碗钵一颤，冰偌抓住时机挥剑将那钵体打落，瞬间，风停云静。

"竟敢违抗神令，捉拿他！"其中一人沉声令道，开始接着施咒，冰偌惊呼一声"退后"，大步跨到阿九身前，化出自保的结界，瞬而手中射出一大团紫色的光球，与那二人的咒法相击，这一击之后，冰偌连连后退，用手扶住桌案的边沿，才勉强稳住身子。

阿九忙搀住冰偌的手臂："你怎么样？"

冰偌装作不碍事地摇摇头，想回说些什么，却忍不住咳嗽一声，呕出了大口的鲜血。

阿九又是心疼又是愤恨,她甩过脸恨恨地瞪着那二人:"百年前相恋的是仙猫圣女和冰族王子,他们已经被你们杀尽,现今百年已过,你们难道还不放过这弥留人间的无辜之人吗?"

天神的面色依旧没有丝毫的缓和:"他不是无辜人,他是那段孽缘留下的祸害。"

阿九扭过脸,狠狠地瞪着那两人,目光中是凛冽的杀气,这让在场之人都不禁打了一个寒战:"什么叫祸害?他是杀人了还是害人了?你们这些无知的神类,去问问逍遥镇的百姓,哪一个不知道施善救人的白府,哪一个不知道行侠仗义的冰偌主人,这就是你们口中的祸害吗!"

这一番话竟吼得那两位小神愣了一愣,冰逸忽觉此刻的阿九不似往日,倒像是有一股神圣的正义之气罩在身上一般,思量着,便施法净了净眼,一看向阿九便不禁呆住了。

他用法眼所见的阿九,根本是另一女子!

那女子的容貌绝美,仿若天灵神界的仙女一般,她的周边尽是璀璨的光环,圣光忽隐忽现,着一身由各色淡雅花叶编织的裙摆,外披着一身轻盈的白纱。这不禁让他想起了传说中轮回转世的……花神。

他抬眼望向那两位被派下界的小神,见他俩的脸上似也显出一丝的犹豫,不过不久就又听他们道:"我们神令在身,你们的理由留到神界大殿再说吧。"

阿九一急,护在冰偌身前就要出手,却被冰逸一把拉住:"阿九,你斗不过他们的。"

冰偌也将阿九拉到身后,抹净嘴边的残血,朝她微微笑了笑:"别傻了,自我们从柏霞山一起出来,就该料到会有这天的。"

阿九摇摇头,仍倔犟地拦在冰偌身前:"他们不讲情理,你不能跟他们走,你会被他们杀死的,就像杀死你父母一样!"

冰偌听阿九这句,心不禁一颤。

"父母……"

这个称呼在他心中一直都是模糊的,他只知道自己的逸爹爹,却从未见过自己的亲生父母,若说感情,他不知道有还是没有,只是听到这两个字,心里会有一种莫名的痛。

"今日无论你想不想,都去定了!"那两位小神齐声道,而后共朝前冲,阿九不理会冰偌的阻拦,只身拦在他面前,拼尽全力与其相斗。冰逸看阿九将抵不住,终于也按捺不住,配合着阿九一并打斗。只是天神与灵界小神的法力相比,俨然一个天上一个地下,没打多久,阿九和冰逸便觉灵力渐弱,越打越吃力。眼看阿九快要支撑不住,就听得其中一小神喊道:"既然这两灵士硬要与神界对抗,为执神令,杀之后秉!"

这话一出,另一小神便开始凝足神力,弹指一飞,一个强劲的小光球就朝着阿九打去,阿九躲闪不及,心中暗叫糟糕,恐怕自己今日就要命丧于此了……

正在无限的绝望之际,一阵熟悉的淡香袭来,只见冰偌的身子一瞬间倾过,将她紧紧地护在了怀里。

随着冰偌的眉头一蹙,继而是灵球穿透皮肉的哧啦声,接着便听得他刻意隐忍般的,轻微的痛音。

阿九抬眼,映出冰偌苍白面色上,那一抹柔和的微笑。

双手微微颤动着,轻轻拥向他的后背,随着右手越发地向上摸索,她眼中的泪光便越是晶莹……她慢慢地收回手,双眸恐惧地望向那从他背后洇来的一大片湿润,而她的掌心,是浓浓的鲜血。

"傻猫,怎么不……小心点啊?"他将阿九紧紧地拥在怀中,轻轻启齿,吃力地在她耳边呢喃着,终于,似是再也没有了力气,身子朝后僵僵地倒去。

"不——"阿九撕心裂肺地呼喊着,慌张地伸出双手扶住冰偌下倾的身子,随着一并跪倒在地上,看着他含笑的双眼,痴痴地叨念着,"没事,你没事……你没事的……"只是这声到后来渐渐地被哭声掩盖,"你不会有事的……"

冰偌吃力地抬起手,为阿九抹去脸庞的泪,淡淡地笑着:"傻猫,怎么越来越爱哭了?"

阿九忽然觉得身上腾起一股强劲的热气,朦胧之中竟似看到了一大片被轻烟所罩着的花丛,只觉着一阵头痛,她摇摇头,一阵晕眩的感觉袭来,嘴中却仍然不住地叨念着:"不离开我,我就不哭……"

冰偌的笑容忽变得苦涩了:"不离开,不离开,生生世世……都不离开。"

阿九只听得这一句,眼泪还在流着,嘴角却笑了,终于还是抵不住体内渐渐升腾流溢的热气,一瞬间天旋地转,伏在冰偌的胸口,晕眩过去。

而冰偌原本明亮而温柔的眼眸却随着一并渐渐失了色彩,只是嘴角依然倔犟地扬着,笑给她看。

最后,他的世界,成为了一片宁静的黑暗。

怀有意识的最后一刻,他仍然记得:生生世世,都不离开阿九。

那么,下一世,还要寻到她。

……

彼时,他曾与她共种恋惜草,那时她说,他笑起来很好看。

其实,自那以后,他已经很努力地在给她微笑了,虽然他一直不敢承认自己喜欢上了这个女孩。

喜欢这个,扮作男装,时时耍坏的她。

喜欢这个,古灵精怪,不懂儒雅的她。

喜欢这个,一直一直,放在心里最深处的她……

第十一章 天猫神山

阿九醒来的时候只觉出一片撩人的寂静。

张开眼睛的一瞬,她似乎隐约看到,一团淡紫色的微光忽闪忽闪地在她眼前晃着,她坐起身子,看着身边所弥漫的熟悉的雾气,轻声呼唤:"叶荣姑姑?"

偌大的仙殿中传来一阵回音,回音过后,仍是无穷无尽的寂静。

她觉得自己仿佛做了一个长长的梦,梦中有哭有笑,有爱有恨,还有一个让她时时刻刻牵挂的人,她记得,他的名字是……冰偌。

眼前仍旧飘浮着一小团紫色的灵光,阿九凝望着它,嘴角浮起一丝微笑,缓缓抬起手来,将它捧到手心,温柔念道:"你这小灵球本事真大呀,竟然能飘荡到天猫神山里来……你是有大冤还是有大爱呢？"

阿九若有所思地望着它，忽觉得这灵体散出一抹熟悉的淡香，这个味道——就像梦中，在樱花林被他拥在怀时，朦胧中渐渐清晰的记忆。

她开始回忆自己是如何回到天猫神山的，却只记得在白府庄园的那最后一夜：他将她护在怀中，挡下了那一击致命的法咒，笑得如阳光般温暖，然后缓缓地倒下。

他对她说，生生世世都不离开。

阿九的身子一颤，再次望着眼前这若隐若现的紫色灵球，眼睛忽地湿润了，手不自觉地抚着它，哽咽着念道："大冰人……是你吗？"

灵球软软地腾起来，就像从前一样，温柔地蹭着她的脸颊，将那一片湿润的莹泪抹去。

灵球的这一举动，惹得阿九的心理防线彻底崩塌，她深深地埋起脸，终于像个孩子一样，失声痛哭。

他……终究还是死了。

一个缥缈的灵体，凭着自己生前的意念随处飘荡，飘得累了，也就散去了……而若想飘进灵界，那人生前必要有大冤或者大爱，再经四十九道险关，若是还能撑住不散，便可飘进灵界。

阿九抬起泪眼，望着这若隐若现的灵球，随着光芒的减弱，知道它即将散去，心中更是苦不堪言，只轻轻地念着："傻瓜，冰偌，你是傻瓜……"

灵球从阿九的手中腾起，在她的眼前画着线条，阿九细细地看着，直待它画到最后一笔，阿九方才辨出，那条条线线所拼成的，只是很简单的四个字：

来，世，爱，你。

灵球的光芒一点点地黯淡，最后终于渐渐地透明，散尽。

阿九顾不得忽然袭来的晕眩，只身跳下床榻，伸出手来在虚空中胡乱地抓着，却再也抓不到那一抹淡紫的温柔了。徒留悲戚的声音似乎穿透了整座神山："回来，回来，回来啊……"

仙殿之下，一位披着凤纹华袄的圣女安静地站着，望向那瘫倒在殿下哭泣的女孩子，眼中透着无尽的慈爱和怜惜，她是第一次，见到她的小阿九如此伤心。

待了许久，她终于踏着缓步走上前，蹲下身子，扶住阿九微微抽动的双肩，无声地劝慰着。

"叶荣姑姑,阿九不要蛊灵玉了,阿九要冰偌回来,要他回来……"阿九扑到叶荣的怀里,在她温暖的怀中哽咽地哭喊着。

"小阿九……"叶荣为她擦净眼角的泪,"事到如今,很多事情,姑姑都不再隐瞒了,因为你必须要担起救助众生的大任,不能再如此任性下去了……"

"只要冰偌回来,我什么都能做,什么都能做!"阿九抬眼望着叶荣的双眸,"姑姑,我不信,我不信他就这么死了,不会的,他没有死,对不对?"

叶荣心疼地望着她,抚顺她微微凌乱的发丝,哑着声音念道:"傻孩子,他的灵体闯过了四十九道险关,费尽灵力才能飘来天猫神山见你,如今他灵体皆已散尽,你又何必再欺骗自己啊……"

阿九忽而不再哭了,只是怔怔地坐着:"姑姑,你不该将我带回来,我宁愿随他一起去死,再也不要去管这是是非非了。"

叶荣起身,从怀中摸出一个陈旧的册子,将其递到阿九手中:"先看看这个。"

阿九低头一看,原来是慕容昕留下的那本古籍,不想竟被叶荣姑姑带来了天猫神山。她执手轻轻翻开,读着一行行撼动人心的记载,脸色渐渐地由不经心转为注目,又由注目转为极度的震惊,终于"啪"地一声将古籍合上,大呼道:"什么意思?难道我就是仙猫女婴?"

叶荣点点头,回应道:"是,你就是花神的转世。百年前,你是心思最纯正的花神,所以,你的灵力也是诸多天神中最强的一个。清影因爱生恨,怀着怨念转世,你算出百年以后她必会修成恶灵为害神人两界,于是当即自毁元神,随之一并转世为仙猫女婴,只是你的真神要通过修习才能现出,我也因一己私心,未向神界禀明……"

"嗯?"阿九听得一阵糊涂,"姑姑有何私心?"

"这私心就是……"叶荣垂下眼睛,声音低沉了下去,"这次神人两界的劫难,化解的希望全系在你身上,而你与清影的法力相差悬殊,一定要借助外力。我……我不愿你涉险,才迟迟未向神界禀明。"

阿九陷入沉思中,以往与冰偌在一起的画面一股脑儿地袭来,许久,终于抬起脸,憔悴的脸上勾出一抹浅笑:"叶荣姑姑,阿九心里知道怎么做了。"

叶荣点点头:"仙殿外种有恋惜草,百年前,恋惜草就是你的元神,所以,这些日子，你就潜心修炼吧……你只剩十天的时间了，如果十天之内你仍无法唤醒自己的元神，就无法恢复前世的记忆和法力，那么，神人两界就真的要覆灭了。"

"不会的，我一定要阻止她，拼上性命也要阻止她。"阿九抬眼望着被仙雾笼罩的天际，眼前似乎又浮现出他温和的笑意，"等这一切过后，或许……我们会再相遇的，冰偌。"

因为你说，生生世世都不会再离开。

第十二章　仙凡之隔

时过初春，街巷中来往的路人浸浴在和煦的阳光中，道着再平凡不过的问候。漫长的冬季竟早已悄然而去。

一切一切，看起来都是很美好的样子。只是走在街中，哀叹声仍会此起彼伏地袭过耳边，惹得人心一阵酸痛：

"听说了吗，白府的冰偌少侠被杀害了！"

"是啊，多好的人呐，怎么会……哎！"

"听说是为了救半年前来咱们镇子里的阿九，就是以前的那个九公子，谁想竟然是个女的啊！"

芸儿穿过议论纷纷的人群，跑到街边那无人的角落，终于忍不住，靠着砖墙软软地滑下身子，蹲在墙下，咬着唇角哭起来。

眼泪一滴一滴地落下，打在胸前的灵石挂坠上，灵石缓缓散出温暖的红光。

她将它摘下，小心地捧在手心，沉浸在它如血般殷红的光晕中。

慕容昕，冰偌……她身边的人一个个离去，而她，一介略懂些法术的小小凡人，终究还是救不回他们。

这便是仙凡之隔啊。

芸儿将脸埋在臂弯中，泪水打湿了衣襟，她无助地蹲坐在这片寂静的角落里，仿佛一只受了伤的小刺猬，蜷缩在一个隔空的世界，默默地数着心里的伤痛。

干涩的轻风无声吹过，抚乱她满头盈黑的乌发。

"……这样下去，你会受凉的。"一个温和的声音自她身侧响起，带着些许玩世不恭的笑意，些许由心而发的关切。

芸儿慢慢地抬起脸，歪过头，微微睁着哭红的双眼，望向身边挨着她倚墙而立的男子，从他的银衣看到他的银发，再到他含笑的双眸，只觉得一切都似曾相识一般，她沉下眼睑，苦思了一番，终于还是记不起何时，在哪里遇过此人，更不解他是如何悄无声息地来到自己身边的，却也不发问，只轻声回道："身冷，总好过心冷。"

他半晌不再发话，只静静地在她身边陪着她。

于是，整条僻静的街巷中，两个熟悉而陌生的人久久静默着，像是两个玩累了的孩子，彼此依赖着。

很久很久之后，芸儿终于缓缓地起了身子，转过脸，对他微笑："你，为什么还不走呢？"

他眨着眼睛，先是故作神秘地看着她，而后坏笑着弯下身子，附在她的耳畔，暖暖的气息自她耳边滑过："因为你还在想着我。"

芸儿不知为何，只觉得眼前这人给她的一切感觉，都是那般的熟悉，而自他口中道出的这几个字，丝毫不使她惊慌，相反，竟让她觉出一种久违的暖意，她笑问："那，你是谁？"

他抬手指着芸儿掌心握着的灵石，回应道："我是它。"

芸儿不禁诧异，细细看了看手中的叶状灵石，再抬眼打量着他，终于，迟疑地唤道："红叶？"

他先是微微一愣，而后默默地点头……原来，她还记得这个名字啊。

芸儿忽然来了精神，她犹豫了一会儿，终于将手慢慢伸向他的脸，只是一触到他，他的身形就像水波一样模糊起来，而当她收回手，他又会恢复如人一般的样貌，她惊得不知该说什么，只觉得记忆越来越清晰，待了许久，只听她大声呼道："我记起来了，怖魂庄，你，你……"她忽然语痴了，脸越来越红，最后还是将矜持抛却脑后，羞怒地斥道，"你就是在怖魂庄亲我的色鬼！"

他只是淡淡地笑着，却不作任何解释。

"你是什么人?"

"红叶。"

"红叶是什么人?"

"红叶……不是人。"

芸儿愣住,因为她看到了他眼底一闪而逝的落寞。

"为什么……"

他缥缈的目光中透着一丝若有若无的笑意,仰头望着高深的天际,终于,慢慢地叹道:"红叶他,已经死了啊。"

芸儿几乎要被他说迷糊了,努力理了理思绪,又问道:"红叶死了?你不是红叶么?"

他看着她,纠正道:"我是红叶临死前残存的一丝意识,我……只记得你,"他自嘲般笑了笑,又接着道,"所以,只有你想起我的时候,我才会化作红叶的模样来见你。而你,是唯一能看见我的人。"

芸儿本不愿相信他如此荒谬的言辞,只是他的神色让她忍不住去相信,想了许久,她终于应道:"我刚才没有想你。"

他无奈地摇头淡笑:"你想了,而且……很想很想。"顿了顿,接着言道,"只是你在潜意识里思念着,自己不知道罢了,因为,你的记忆里已经没有红叶了啊。"

芸儿怔了怔,随即问道:"我的记忆中没有红叶?这究竟是怎么一回事……为什么我会忘记红叶?"

他仍是那一成不变的微笑,只是这笑中的苦涩却无人见得。

那是一段,多么刻骨铭心的爱情啊。

芸儿抬起迷惑而晶亮的双眸,一脸期盼地望着他:"你说的都是真的?"

他默默地点头。

"那,你给我讲讲红叶的故事吧。"

他的银发被风吹动,将幽深的目光投向远方:"嗯,现在的你,已经将红叶忘却的你,就算知道这段故事,亦不会太过痛苦的吧,讲讲也好……这是一个天界灵狐和凡尘法术界女孩子的故事,我便是那只灵狐,而那个女孩子,就是你……"

在喧嚣的镇中隐匿着的这条荒芜寂静的街道,两个人坐在墙角,静静地诉说着一段相隔久远的过往。

过往的故事中,仍是一段无奈的仙凡之隔。

春风依旧和煦,悄无声息地抚过。

第十三章 假意真情

伊香圃中一片繁茂。

各色的花瓣随风飘摇,圃中尽是浓郁的香气。

追溯到重振白府之时,冰偌为了这一片伊香圃的重生,费尽了心力,每一粒花种都是他亲手栽下的,如今,繁花盛开之时,他却再也看不到了。

冰逸站在这一片花丛中,负手而立,眉眼间透着雄狮一般的坚毅,很久之后,却将这坚毅化作了一声苦叹:"偌儿,你这一走,带去了多少人的心啊。"

他开始后悔让冰偌与阿九一并携手回到逍遥镇,以至于害得他丢了性命。

"我就猜到你在这里。"

冰逸苦笑一声,并未回头望那身后之人,只轻声应道:"是啊,就算我们百年未遇,你却还是最懂我心思的人。"

暗晨走到冰逸身边:"你与冰偌,尽了十九年的父子缘,其实你早就料到会有这天的吧。"

"嗯,他的灵胎被我封了近百年,他的母亲是天猫圣女,父亲是冰族王子,双双被天神杀害了,一时心软,我将他偷偷救下。其实最初,因知道他的身世,怕总有一天会保不住他,想着还不如早早地断了他的生机,可一看到那灵胎中安然的小脸,我就下不了手,终于还是将他养大了。这么久了,其实我与他并不像父子,而像情如父子的师徒。"冰逸用很平淡的语调叙述着,眼神陷入深深的回忆中。

暗晨沉默了许久,从怀中摸出了那块闪着盈光的蛊灵玉,将其递给冰逸:"这蛊灵玉……"

冰逸将其接过，抬眼望着天际，喃喃念道："等吧，阿九一定会来取走这块玉的。"

"她说过，她不会再要了。"暗晨心中有些不舍，只有这玉，才能让她修为猫界神女，而只有修为猫界神女，她才能成为他的妻子。

冰逸转过身子，面对着她，抬手抚着她的脸，微笑道："猫神圣姑叶荣那夜将阿九救走时，已经向天神界言禀，阿九就是花神的转世——仙猫女婴，而神人两界面临着被猫女转世——清影的怨念所迫，若不阻止，神人两界的所有生灵都会被她的怨念侵蚀，那时天下就再也没有安乐和平，只有数不尽的怨灵为害苍生。将这蛊灵玉还给阿九，我们也可助她一臂之力啊。"

暗晨呆了许久，终于还是默默地"嗯"了一声，继而踏着碎步走向漫漫花丛中，在石凳上坐下，低头摆弄着手中的小花，叹道："我等了百年，盼来一块蛊灵玉，却终究还是不能嫁你为妻。我们之间，就真如此无缘无分么？"

冰逸的双唇微微翕动，却再没发出任何言辞，只是沉沉地垂下了双眸。

与神灵两界的安危相比，这么一点牺牲，又算得了什么呢……

伊香圃的石门发出些声响，冰逸和暗晨一并转过头去看，见从门侧闪进一纤瘦的身影，她见到冰逸和暗晨微微一愣，似乎是没想到会遇到他们，片刻过后，她启开唇淡淡一笑，眼神比往日显得失了些色彩，声音也有几分沙哑："我……只是进来看看，打扰你们了，我这就走。"

说着，她转过身子，就想朝回走。

"事到如今，你又能走去哪里呢？"

这声音不缓不急，仿若平日的问候一般漫不经心，可在她耳中听来，却像重锤一般，狠狠地敲打着她的心。她停下步子，身子怔怔地定住："我回房。"

冰逸仍然淡淡地笑了一声："可是，这里已经没有你的房间了。"他沉下脸，又补充了一句，"如果你还不说你是谁的话。"

她终于缓缓地转过身子，抬眼看着冰逸："……我是缨蓝啊。"

"你不是。"冰逸淡定地笑着，声音中透着满满的自信。

她低下头，手指不安地揉搓着："那你以为我是谁呢？"

"无论你是谁，都不可能是缨蓝。缨蓝早已被清影公主杀死了，魂魄不剩，根本无法复活成人，我只想问你一句话，你接近偌儿，究竟是何目的？"

听到冰逸此番言辞,她心里反而踏实了许多,思量许久,终于开口回道:"我的目的很简单,用缨蓝的身份,获取他的爱。"说于此,她叹息一声,"可惜,我失败了。"

这时,在石凳上安然坐着的暗晨忽然笑了:"更可惜的是,自从你扮作缨蓝开始,就注定了失败。因为所有人都看出了你这个缨蓝是假的。而冰偌自始至终爱着的,根本就不是缨蓝,所以就算你扮得再像,也是徒劳。"

"呵。"她自嘲地笑了一声,"原来一直以来,都只有我自己被蒙在鼓里,原来只有我自己是傻瓜……"

她心中腾起一股无名的伤痛,这些时日以来,陪在冰偌身边是她唯一的动力和任务,忽然之间得知他死去的消息,本应该高兴的,因为他死了自己就不会被主人责罚了,可是,为什么……她竟然会如此难过……

"现在,你总该说出你是谁了吧。"冰逸微笑,"唔,当然,还有你的背后之人。"

她抬起无神的双眼:"无论你信不信,我只能说,我从未对你们起过歹心,至于我是谁,"她的笑容中掺了几分苦涩,"就当我是一个傀儡吧,因为连我自己也不知道自己是谁……自我被她救下以后,就以缨蓝的身份生存了。"

冰逸背过身,待了许久,方才缓缓道出一句:"你走吧。"

缨蓝一怔,不想他竟会毫不追究,甚至不问她的主人是谁就轻易放走她,等回过神来,便慌忙离开了伊香圃。

伊香圃中,暗晨自花丛中走到冰逸身边:"你真的就这么放她走?"

冰逸意味深长地一笑:"放长线,钓大鱼。"

……

缨蓝朝着白府的前门走去,正巧碰上刚从街中回府的芸儿。

她和芸儿相视一怔,而后低下头,未开口说话,便直直地出了白府,渐渐走远了。芸儿站在门前望着她的身影消逝在夕阳中,再也没有回头。

芸儿也不再去想,只将手中的灵石贴在心口处,回想着那个发生在怖魂庄的动人故事,喃喃地念了一声:"红叶,回家了……"

第十四章　阴谋暗计

天色愈加沉暗了，夕阳西逝。

朦胧的清月下，她蹒跚着步子，一步一印地走向荒芜的树林。

月影在林下更显斑驳。

寂静的林中，她未曾发觉有一道黑影一直默默地跟在她身后。她停，他就停，她走，他也走。

如影随形。

她走到一棵参天大树旁，将手握成半个拳头，在苍劲的树干上有节奏地叩了几声，"咚，咚，咚咚咚，咚……"一阵如暗语般的叩击声过后，她便恭恭敬敬地屈膝跪倒在地，行着大礼启唇念道："天灵地怨，唯尊清影。"

林深处，一抹幽幽的裳纱由远而近，在夜幕下看来如飘忽的鬼魅一般，她的脸上遮着一个金黄的面具，尽显尊贵妖娆，脚上的两只鞋子都镶着一大颗珍珠，她脚底不动，身子瞬间就逼近了缨蓝。

缨蓝仍旧跪倒在地，她也未叫其起身，只厉声问道："他呢？"

"……死了。"

月下，依稀见得她的身子颤动了几分，忽然，她扬起长袖，狠狠地甩给缨蓝一计耳光，其力量之大致使缨蓝猛地趴倒于地，嘴角的血顺着流下，却依然不敢吱声。

而那戴面具的女人颤抖着的声音中带着无尽的仇恨和绝望，几乎是要杀人的姿态狠狠地逼问着缨蓝："说！是谁杀了他，是谁杀的！"

缨蓝重新跪好，小心地回道："禀公主，他的封印破开，招来了神界的天神，因他是您前世的……"缨蓝顿了顿，接着念道，"所以，他们将他杀死了。"

"啊——"她长拂衣袖，一计强劲的银光腾起，林中十余棵古树在她的掌下顷刻之间化作一片灰烬，她扬手指着夜空，声音中的怨恨直达天穹："你们连一个孩子都不放过！好一个忠于天人的神界！我清影绝不会放过你们的，绝不会！"

藏于暗中的冰逸听得这话不禁呆住了……她就是清影吗，一个被仇恨蒙蔽了心神的清影，一个满身散发着怨念的清影。

前世，她是一个多么纯真、多么快乐的猫神啊。

原来，仇恨可以使一颗原本善良的心变得如此阴暗可怖。

冰族仙王，若你见到自己拼得魂飞魄散才护下的爱人，转世之后却变成了如今这副狠毒的心肠……会不会心痛呢？

清影转眼盯着缨蓝，眼底的寒光让她心底一惊，而后，清影俯下身子，声音中带着丝丝冷冷的阴笑声："我把你带来，是要让偌儿爱上你，离开阿九，然后再将偌儿领回我身边。如今，偌儿死了，我留你还有何用！"

缨蓝抬眼，惊恐的目光中带着绝望和不解："公主……不要杀我……您既救下了我……"

清影仰天疯狂地大笑："救你？哈哈哈哈哈，你整个府邸的人都死于我手，我又何来救你之说？"

她忽然惴了。

……整个府邸？

冰逸也倒吸了一口冷气，心底腾起无名的怒火，忍不住恨恨地攥紧了拳头。是她杀死了叶飞！是她害了白府近百名家丁和侍婢！

想到这里，冰逸忽又怔住了，若照清影的话来说，这个缨蓝也是府中之人了？他的心一颤，那个失踪了许久的热情笑脸忽然浮上眼前……难道是雪涵？

清影缓缓抬起掌心，看不清她面具之下藏着怎样一副阴沉的笑脸："罢了，我就让你死个明白。"说着，她将掌心的一团红光缓缓注入身前所跪之女的脑中，瞬而，她的记忆如潮水般铺天盖地袭来。

……

小时候，她站在一旁，看着温习咒语的小冰偌："哥，这些咒语你怎么一看就会，我就不行呢……"

小冰偌抚着她的小脑瓜，温和地笑："没事，等你大些就会了……"

一道青黄色泽的菜肴摆上宴桌："白大哥，逸爹爹，缨蓝小妹，还有哥，这可是我新创的菜,世间独一无二哦,都快尝尝看!"

"好吃啊,雪涵的厨艺真是越来越厉害了。"

"那是当然了,这可是咱们的妹妹呢!"

"咦,这菜叫什么呢,雪涵姐姐?"

"橙香清丝……"

……

血光,鲜血潺潺而流,白大哥倒在一片血泊里,耳边是杂乱的呼救声。她看着那面金色的面具步步逼近,慌乱之中,她惊恐地跑向伊香圃,而那面金色的面具追随而至,她冷冷地笑着,将一团换心术的法光注入她的身体。

"我是救你的人,跟我走吧……"

"好。"

……

雪涵在地上屈跪的双膝忽然站起,抬眼逼视着清影面具之后的双眸:"你这个魔鬼!"

清影仰天长笑,长长的衣袖将雪涵的脖颈狠狠勒住:"这才知道吗?太迟了!"说着便腾手执起一团焰火般的法光。

瞬间,一道银光自夜空擦过,只传出一阵布料断裂的哧啦声,再看荒林之中,徒留那金黄的面具之后一双恼怒的眼睛和地面上的那一截断袖。

雪涵,早已不见了踪迹。

第十五章　白府家宴

很多时候,发觉自己丢了东西,怎么都找不到,但是某个不经意的瞬间,却会突然发觉它其实就在自己身边。

比如感情。

自冰偌离世整整四日了，在这漫长的几天里，平日里爱玩爱闹的阿九不在，白府上上下下尽是一片冷清，好像冰偌的离去带走了白府的生机一般。

可是今日，府中上下忽然得来一个消息：雪涵小姐回来了。

再接着，另一个消息又传了出来：雪涵小姐就是前天离开的缨蓝姑娘。

这两个消息加在一起，几乎让冷清的白府一下沸腾起来，护卫，家丁，婢女，无论走到哪里，听到的无不是对这位"雪涵小姐"的议论，这之中有褒音，也有贬意。可若要深问，就又道不出个所以然了。

今夜，白府很少有的摆了一顿家宴，当然，宴上的每道菜都出自雪涵之手，菜色很香，只是气氛依旧沉闷得可怕，雪涵也只是默默地吃着饭，想起上一次聚在一起吃饭还是半年前……

那时候，阿九在，冰偌在，白叶飞在，慕容昕在，宴席上有说有笑，宴上所饮之酒，还是冰偌亲手制的竹清酿。

而今，空留一片思念。

也许，这就叫做……物是人非事事休吧。

"鱼汤来啦……"

忽听得廊下传出这熟悉的声调，带着些许笑意，仿佛冬日里的一道暖阳。

"是阿九回来了！"芸儿惊呼一声，心中的阴霾顿时被眼前的喜悦冲去，笑着跑出门，果真见阿九手中端一盆泛着袅袅热气的汤走进，只是阿九的装扮与平日里有所不同，她内着白粉相掺的薄衣，外披着淡雅的轻纱，纱上绣着些小巧的花叶，最与往日不同的是，她的头上竟戴了一个精致的花环，显得美丽而可爱，依旧是洋溢着淡笑的双眼，仿佛一切的悲伤都能从这双眼睛中化去。

又或者，一切的悲伤都隐在这双眼睛的背后，因为她已经学会了伪装。

"芸儿，别光看着嘛。帮忙来端下，这汤可是叶荣姑姑做的呢，我从天猫神山端来的。"阿九笑着朝芸儿问候，把汤递到她的手上。

芸儿接过汤盆，觉得手中一烫，忽而惊讶不已……从天猫神山带来的，竟然热得像刚出锅的一般，阿九的瞬间移动之法竟炼得如此精湛了。

阿九走进正厅，笑望桌边坐着的雪涵一眼，又将目光转向众人，指着芸儿刚刚放到桌上的鱼汤："我来添了一道汤，很美味的，大家一定要尝一尝。"

桌边的人在一阵静默之后，脸上终于挂起了笑容，纷纷将汤舀进自己碗中，暗晨先小尝了一口，脸上惊现出几分喜色："啊，这鱼汤真好喝啊。"

阿九满意地笑笑："叶荣姑姑做的，当然美味！"

冰逸淡淡一笑，朝着暗晨念道："你和阿九喜欢吃鱼，连喝汤都是鱼汤，可我们都是人啊，不是猫，让我来尝尝合不合口味吧。"说着同样尝了一口，闭上眼睛细细品味一阵，终于叹道，"确是极品啊，猫神圣姑竟还有这一手！"

此话一出，惹得众人皆是忍不住去尝，尝过之后自然又是一阵由心而发的赞赏。阿九安然入座，待见到大家碗中的汤喝得差不多了，方才笑道："阿九这几日在神山上修习，很快便会恢复前世的功力，此次得闲下山，与各位共宴，是有些事要与大家商量。"

几人听罢便忙着将碗筷放下，听得冰逸问道："必是关于神人两界安危的吧？"

阿九点点头，应道："没错，自缨蓝在樱花林被杀开始，一切的事件都是清影在暗中搞鬼。她的目标，其实很简单，就是要除掉我，而她的法力与我相克，这才有了怖魂庄客栈的暗杀事件等等。关于红叶，"阿九说到这里，下意识地看向芸儿，见芸儿也正看着自己，她便微微一笑，接着道，"清影公主的灭世之举，可以看做是一个劫难。我，是自愿卷入这场劫难当中的，而逸前辈、暗晨、芸儿、红叶、慕容昕，还有……"

那个名字卡在喉间许久，眼神微微有些黯淡……原来，她还是无法摆脱心中的酸痛。

待了片刻，终于还是再次仰起笑脸，说道："嗯，还有冰偌，我们，都是应劫之人。因为我们或多或少都和百年前那场惊天动地的悲恋有所牵连：逸前辈，与冰族王子是相识的好友；暗晨和逸前辈又是感情至深的相识；红叶，为那段悲恋掉下了一滴凡尘泪，以至于使怖魂庄生了亡灵；而芸儿，又与红叶……"阿九顿了顿，再次抬眼望向芸儿，见到芸儿满脸的从容之色，终于还是说道，"芸儿又与红叶相恋。大冰人的话，就不用多说了，他是那段悲恋所留下的生灵……总之，这一切，都是因果所酿，也就注定了我们必要倾尽全力，去阻止劫难的发生。"

芸儿不禁伸手抚向灵石，低下头来，喃喃地念道："应劫之人，我与红叶相恋……"说着，她忽然抬起脸来望向阿九，"阿九，我已经知道了红叶的故事，如果这个故事是真的，那么我无论如何都不想忘记这段过去，也许当时你们是为我好，但是现在,我求求你,请让我记起他吧……"

一时之间,宴桌之上一片静默,芸儿如此恳切的话语深深打入了他们的心里,那段枫林邂逅的往事,如水般浮上阿九的心头,惹起了一阵波澜。

芸儿见没人反应,心中一急,将灵石取下,然后抬眼望着身边那银发男子,浅浅一笑:"他一直在我身边。如他所说,他只是红叶残存的一丝意识,每当我想起他,他就会化作人形出现。可是,只有我一人能看见他,你们都是看不到的……"说到这里,她转眼望了望阿九,"他真的一直在我身边,所以,我想记起他。"

终于,阿九的笑声打破了这片沉静:"我在恋惜草丛中修炼时,已经感觉到红叶灵石的灵气大盛,想必是红叶死前爱意坚定,才能让自己的残魂化为人形,其实……"阿九抬眼望着那一脸久违的淡笑,站起身子,歪头笑道,"我是看得见你的。"

红叶淡淡地别过脸,双手抱胸,眼中的笑意一如以往:"从你刚进来的时候,我就发现你能看见我。可惜,我记不起你的名字。"

阿九轻笑一声:"我会让你记住的。"说完笑着自宴桌周边绕到芸儿和红叶的灵体身前,"前世的功力,我已经恢复了一半,若想让你们重新记起从前,很简单。"

其他几人看不见红叶,只觉得阿九和芸儿是在对着一个虚空的方向说话,都是一脸的莫名其妙。终于,冰逸走上前,循着阿九的眼光看过去,只是在他看来,那里仍是什么都没有,他看了一会儿,又转脸向阿九问道:"红叶的意念化成人形在这里吗?"

阿九点点头:"嗯……逸前辈先退下,我要恢复芸儿的记忆。"

这话一出,冰逸犹豫了些许,看了看满脸期待的芸儿,而后退开了些。

"芸儿、红叶,你们闭上眼睛。"阿九浅笑着,言语之间自信满满。

芸儿和红叶相视一笑,安心地闭上了双眼。

阿九轻轻扬手,一抹轻柔的光晕在她温暖的笑容下,缓缓注入两人的身体。

爱情,终于苏醒。

第十六章　巧解爱怨

芸儿恢复记忆之初，望着身前红叶那模糊的影像，强忍着眼中打旋的泪水，温声道："红叶，就算你不能像从前一样牵着我的手，为我买地瓜吃，可我仍然觉得自己是天下最幸福的，因为你的爱，一直都在。"

红叶微笑："那你就想我时间长一点，那我就可以化作人形陪你多一点。"

这些话，或许难免会掺杂一点哀伤，但终究还是幸福的。

次日清晨，阿九将众人唤到正堂之中开始商讨阻止清影覆灭神人两界的法子。虽说清影的法力与阿九相克，可两人若真硬碰硬地打起来，天地间两个神力最强之人开战，必是两败俱伤，非但不能阻止她，可能还会伤及无辜的凡人。说到底，清影的怨念来自心中，要破她之法，需要的是一颗挚爱的心。

几人纷纷而至，阿九将慕容昕留下的古籍递给大家传阅了一遍，然后念道："千年劫数，清影霸世，痴痴怨愿终不止，神灭，嗔生。万苍不复。——这就是关于清影转世的记载，说的是，清影的怨念会使苍生毁于一旦，从此陷入万劫不复的境地。"

这时，暗晨忽然念道："咦？这下面记载着破解之法啊。"

这话引得几人纷纷凑过去，盯着古籍上泛黄的纸页。

阿九点点头，接着说道："破法：结连理，化比翼，男痴女爱心合一。怨泪引，灌青根，情灵寄芳草，天地重回新。神龙摆尾，狐狸空穴，乾坤风来转。魂归灵草，血染清巾，断命魄升天。"顿了顿，将眼光转向冰逸，说道，"逸前辈可记得在怖魂庄时，白大哥临死前用千里传唤之术显出了一行密摘文字？"

冰逸饮口茶，轻轻颔首："当然记得，现在看到了这古籍，方才知道，叶飞所说的，是破解清影恶咒的方法……"他轻叹一声，眼神又陷入深深的回忆中去，"唉，叶飞必是发现了清影的阴谋,想告知我们要以此法破解,却遭了清影的毒手,才害得白府发生了血腥惨案。"

"那这破解之法所说的,是什么意思呢?"芸儿不解地问道。

几人的目光全看向阿九,阿九沉思了一番,缓缓说道:"清影的法力来自心中积聚的怨恨,她的恨越浓,法力越大,反之,法力必会消减。而消除她恨意的方法,就是要让天地之间……充满爱。所谓真心相爱之人,总会许下'在天愿作比翼鸟,在地愿为连理枝'的誓愿,我的灵力是至纯至爱之法,当我将这法力施于天地时,必须要有两对恋人做出牺牲,此后千世万世都不得为人,但是,他们会结为连理,化作比翼,永远在一起……"

这话说完,阿九看着眼前的芸儿和红叶、冰逸和暗晨,接着道:"神龙摆尾,狐狸空穴。这两句告知我们,应劫之人就是与神龙和狐狸有关的人,至于狐狸,红叶和芸儿是最合适不过的,而神龙……逸前辈,若阿九的猫眼没看错,您的体内有一颗龙珠。"

逸前辈点点头:"其实,我主要功力就是源于龙珠,这是百年前冰族王子送给我的……当时我只是一介小灵,机缘巧遇与冰族王子相识,他便将这龙珠送与我作礼,自那以后,我便借助龙珠的力量修炼,才有了今日这般法力。"

阿九微微一笑,接着解释道:"当恋人之间的情爱归于天地时,就是清影法力最弱之时,我将把剩下的法力全部寄与我的元神——恋惜草,倾血浇灌,如此一来,清影的怨念也就不复存在了。最后,恋惜草的力量与清影的力量相抗,清影便可以灰飞湮灭了。"

府院下,丝丝缕缕的阳光透过窗子,轻柔地射进正堂中。

正堂之中一片久久的静默。

一颗曾经浸浴过阳光的心,是渴望光明的。就像一段刻骨铭心的爱恋,渴望着永远。

"你们……愿意吗?"长久的沉默之后,阿九终于小心翼翼地问出酝酿许久的话。

他们凝神望着彼此那张熟悉的脸庞,又是一阵长久的沉默,只是看得阿九不知不觉,偷偷地湿了眼睛。

而后,大家的脸上都展开了温暖的笑颜。

"当然愿意。"

阿九没在意这话出自谁口,她亦没有太多的惊奇,只是安静地抹去了眼角的湿润,然后,安静地笑了。因为……她知道,他们之间的爱,是没有丝毫杂质的,也只有他们如此纯正的心,才能化解天地之间的怨恨,才能连理永结,比翼双飞。

暗晨将蛊灵玉从怀中摸出,朝阿九递过去:"这玉石还你,可助你一臂之力。"

阿九摇摇头:"你们结为连理枝,靠的就是这玉石的力量,芸儿和红叶要用红叶留下的那块灵石,两块灵石的力量,加上我的法力才能感化天地……所以,"阿九将玉石重新交予暗晨,"还是你收着。"

暗晨将玉石收起,芸儿也将红叶灵石紧紧地握在手心。

暗晨脸上是温柔而坚定的淡笑:"我们一起为爱而战。"

阿九抬起脸来,芸儿、红叶,还有冰逸,他们脸上的坚毅一如暗晨。她只觉得心中弥漫着一股撩人的哀伤,却又伴着一种友情的温暖,她率先伸出手:"为爱而战!"

接着,其余几人将手覆在阿九的手上,几人将手紧紧地握在一起,就如同将彼此的命运紧紧地系在一起。

恶因种恶果,爱因结爱缘。

而这一切,仿佛是百年前就注定了的。

他们决绝地笑着:"为爱而战!"

午日,春风依旧和煦。

伊香圃中,花儿开得灿烂。

青石小径仍是很窄很窄,只能容下她一人。她拎着裙摆,迈着碎步走向花丛深处,直到看到那一片熟悉的青色,终于停下了步子。

坐在石台上,抚着她曾经用过的舀子,轻轻舀水,蹲下身子,将水小心地洒在恋惜草的周边,看着它慢慢开出花儿。

就像……他还在一样。

然后,她的脸上绽出浅浅的笑容。

她还记得,很久以前,冲进这里寻找他,与他一起种恋惜草,为他擦去额上的汗珠,看着他脸上现出融化冰雪般难得的微笑。

"大冰人,我们一起种恋惜草吧,就像以前一样。"她轻声念着,抬眼望着虚空的天际。

"大冰人,我好想喝你的竹清酿,你把它藏到哪里去了?"

"大冰人,你知道为什么你种的恋惜草总是不开花,可是我一种就会开花吗?"

"大冰人,我告诉你哦,因为我是花神,恋惜草是我的元灵,所以只有我与自己命中注定的爱人一起种,它才会开花的。"

"大冰人,我给你唱个歌吧……"

她哼起了轻快的曲调。眼神深深地沦陷在回忆里。

歌声吟唱了许久许久。唱着唱着,忽然出现了一个走调的哑音,然后,歌声便就此停下了。

她深深地埋起脸,原本轻快的调子换成一声声沙哑的呜咽。

泪水沾湿了衣襟。

第十七章 决战天下

逍遥镇中有一座拱桥,桥下有船儿悠闲地荡着,微风拂过,吹起层层涟漪。

街巷中的孩童们结伴走过,一边走一边不时地用脚踢着路边石子。

有个壮年赶着驴车经过,载着满车的酒坛子,嘴里咿咿呀呀地哼着戏曲。

阿九站在天猫神山,俯视着这一片祥和而平静的小镇。在她眼中,人间,就是一片明朗的夜空,而这逍遥镇就是夜空中最璀璨的一颗星星。

她是为了死而生的。为了护住这片美好的夜空而生,也为了它而死。想到这里,她忽然觉得轻松了。回顾以往,她已觉无憾。只等着今日一过,她的爱就真的成了永恒。

深吸一口气,她准备下山了。只是刚转过身子,望见仙殿上那慈祥的面容,心忽地一震。

叶荣含着眼泪,怔怔地望着她,看到她转过了身子时,赶紧抹干眼泪,对她露了一个安心的微笑。

阿九有些失神……叶荣姑姑,你是阿九在世唯一的牵挂了。

总有些人情,要放下的吧。

阿九回过神来,朝着仙殿的方向微微一笑,用力地摆摆手,大声呼喊着:"叶荣姑姑,阿九去了,姑姑……要照顾好自己啊!"

阿九看见叶荣用力地点点头,一边抹着泪,逃也似的跑回了仙殿。

她叹息一声,朝着山下走去。

……

白府中的几人已经做了十足的准备,每人的脸上都写着赴死的决心,府门大敞着,他们就坐在正堂之中,静静地等候着那个身影走来。

终于,阿九出现在白府门前。正堂之人几乎同一时间站起了身子。

阿九迈着不急不缓的步子走在青石路上,眉眼之间透着一份淡然,脸上的浅笑一如既往:"让大家等候多时了,准备得如何?"

芸儿轻拍着胸前的灵石,笑着回应:"红叶回到灵石里去了,逸前辈和暗晨姑娘也早就携手同心,就等着你来了。"

阿九看了看整装待发的几人,禁不住扑哧一笑:"这都是怎么了,其实咱们说白了也就是去死,还打扮得这么漂亮做什么……"

逸前辈听完这话马上退开了几步,笑着辩道:"唉,这里边可没我的事,芸儿丫头和暗晨打扮着,我可没有。"

这话一说,大家又是一阵欢笑。

笑声穿过重重院落,久久地回荡着。

这是阿九听过的,最美好、最纯净的声音。

待几人正欲朝外走去时,却见门边多了一抹纤瘦的女儿身影。雪涵怔怔地站在门外,呢喃着:"你们都走了,我怎么办呢……逸爹爹,我怎么办呢?"

冰逸望着雪涵将要滑出眼眶的泪光,心也软了下去,紧走两步,来到雪涵的跟前,抚着她的脸,淡淡一笑:"雪儿,爹爹走后,白府就交到你手上了。"

雪涵拼命地摇头:"不要,我不行的……白大哥不在,冰偌哥哥不在,要是您也走了,剩雪儿一个,怎能接管这偌大的府院啊?"

"你可以的。"冰逸仍是微笑,"我知道你一定可以。"

雪涵的眼泪噼里啪啦地落下,已泣不成声。

"雪儿记着我的话。"冰逸说完又回头朝阿九几人笑了笑,"我们该去了。"

阿九回以一笑:"是该去了,怕是清影已经等我多时了。"

这话说尽,几人稳步朝府外走去。雪涵望着他们渐渐走远,身子无助地靠着雕花木墙滑下。

这,就是诀别吧。

冰逸走在最前面,因为只有他曾跟踪雪涵来过清影的处所,而那片林子又很幽深、昏暗,若不是他当晚留了心思,怕是没那么容易就能带着雪涵逃走的。

时值晌午,阳光本是很暖的,可自随着冰逸进入这深林,就仿佛入了地狱一般幽暗,阳光根本就射不进丝毫,加之冷风习习,颇有阴森之意。

阿九随意地望了望周边,然后压低声音叹道:"林子这么暗不是因为阳光照不进,而是这里怨气冲天,很多怨灵都在这里游荡。"

芸儿走着走着,忽然觉得有人拍了下自己的肩膀,她转过头去看,吓得慌慌张张地大叫一声,阿九赶紧回过头,只见一个飘飘忽忽的骷髅头正往芸儿身前蹭着,芸儿的灵石发出一阵红光,红光扫过,只听那小骷髅发出一声凄惨的号叫就消失了。

阿九忙安慰芸儿道:"别怕,是怨灵,有红叶在啊。"

芸儿点点头:"嗯,我不怕,你忘了,我也是会法术的啊!我只是觉得……好恶心啊。"

阿九轻轻一笑,停下脚步,说道:"你们就送到这里吧,逸前辈已经告诉我找到清影的法子。你们在林外的田野上等着,当我将法力散布于天地之间时,你们对着蛊灵玉和灵石许下誓愿就好,剩下的……就是我的事了。"

几人相对而视,一阵沉默之后,阿九接着笑道:"一起,为爱而战。"

"嗯,为爱而战。"

……

于是,三个身影走向林外,而阿九只身一人渐渐地走向幽林深处。

林外的原野很安静,只听见风轻轻吹过的声音。

说起冰逸与暗晨的相识,便要追溯到很久远的百年前。

彼时的冰逸只是一个初出茅庐的小仙灵,他有一个喜好就是——木雕。他的木雕栩栩如生,那时候他没有府邸,只摆了一个小小的木雕摊位,只为快活罢了。

暗晨算是一位过路人,因为猫爪的原因,她的衣袖很长很长,整个手臂和猫爪被遮在里面,显得很奇怪,惹得路人一阵歆歙。但是,暗晨是绝对的美女,行在路上早已经被好色之徒盯上了,待她经过街边的木雕摊位时,久久跟在她身后的男人终于忍不住开始搭讪,并开始不安分地动手动脚。暗晨本不放在心上,毕竟一个凡人她是不放在眼中的,只是,那个男人……不小心掀起了她的长袖,看到了她苦苦隐藏的猫爪。

在其惊呼一声"妖怪啊"之后,她不出意外地引来了百姓的围攻。

她不愿伤害凡人,于是安分地挨着人们的青菜和棍棒,但是,在她眼中,有一个人是特别的。那人只是安静地坐在自己的木雕摊位前,淡淡地看着她。

于是,她也无声地看着他。

他与她对视了一阵,然后轻轻地垂下脸,开始刻自己的木雕,期间不时会抬眼看一看她,没有加入围攻她的行列,也没能成为替她解围的人。

当她逃走之后,开始好奇这个俊颜冷色的男人……他的眼里只有木雕吗?

两人第二次相识,是在距初识之地很远的一个小城。那时,她遮着面纱,经过那座小城,再次经过他的摊位前,发现摊位上摆着一个女子的木雕,而那雕就的人儿……竟是她。

她将那木雕捧在手里,看了好一阵,方才道:"我要买这个。"

他抬脸,淡淡地看了一眼:"不卖。"

"我出双倍的价钱。"

"不卖。"

她有些着急了,摸出十两银子:"这些够不够?"

"不卖。"

一锭黄金敲在他的摊位上,"这些呢?"

"不卖。"

她终于忍不住了:"你是傻瓜吗?我这么多钱只买你一个木雕,你干吗不卖?"

他将木雕从她手中拿回，淡淡言道："除了这个，其他的，我可以不收银子，送给你。"

"为什么？"她不解。

"因为，它是唯一的。"他将木雕揣回身上，头也不抬地开始刻木雕，而那木雕的轮廓，是一只小猫。

是她的原形。

就这样，彼此第一次动心。

相遇总是记忆中最美的过往。

此刻，他们并肩坐在原野上，享受着回忆的甜蜜与过程的心酸。

"当时，你为什么没有帮我呢？"暗晨仰起脸，笑看冰逸。

冰逸忽有点不好意思似的，愣了许久，终于说道："……我当时光顾着刻下你的模样，等我回过神来想去救你，你早走了。"

暗晨轻轻地笑了。芸儿坐在一边听着，也不禁随着一并笑出了声。

原来，堂堂的逸前辈也会有犯傻的时候。

正在这时，深林中传出一阵惊天动地的爆响，几人纷纷仰头去看，只见阿九与清影周身罩着万丈护体神光，从林中飞上高高的天空。

"去帮忙吧！"暗晨惊呼一声，便要冲上去。

冰逸一把将其拉住："忘了阿九的计划了吗，要相信她的能力，我们静等她施法就好！"

暗晨退回来，看着高空中倾尽十分法力而战的清影和阿九，她们所出的每一招都凝聚了全部的功力，若与小神打起来，可说是招招致命，可是她们两个战了半天，却只能说是打了个平手，整片森林在她们法力的震慑下，几乎就要毁于一旦。

这时，阿九忽然很快地咬破自己的手指，在自己周边化出一个强劲的结界，这血光结界在清影功力的破坏下，只能支撑半炷香的时间，阿九趁着这宝贵的时间，将自身一半的法力散向天地，朝着冰逸他们大声呼唤："抓紧时间——"

清影欲阻止原野上的几人，无奈被阿九困住，只得苦苦地与其缠斗。

原野上，冰逸将发着灵光的蛊灵玉置于半空，他与暗晨相视一笑，屈膝跪在地上，一并许下誓约：

"我，冰逸。"

"我，暗晨。"

"我们愿永生永世化作连理，相亲相爱，同生同灭。"

蛊灵玉的灵光深深地射进土壤之下，冰逸和暗晨相拥而立，在那明晃晃的亮光下，渐渐地僵住了身子，而后他们的笑脸终于融进了灰棕色的枝干间，随着绿色的藤干渐渐蔓延，一棵同根同理的苍木缓缓地定了形，在这片原野上直直地伫立着。

相连的枝干，就像是他们紧紧相拥的手臂。

……

清影的法力忽然支撑不住，直直地跌落下去，而散去一半灵力的阿九也撑不住，降下身子，紧紧地靠着连理树喘息起来。

阳光依旧温暖。

一对美丽的比翼鸟盘旋飞过上空，阿九看着它们殷红的羽翼，终于再也忍不住掉下了泪滴……是芸儿和红叶。

它们恋恋不舍地绕着阿九飞了许久，终于并肩朝着远方飞去了。

阿九看着红叶的长长的羽翼挡在芸儿身前，将她小心地护在自己身下。

它们飞得很美，很美。

阿九回过神，抚着苍劲的枝干，哑着声音笑念着："逸前辈、暗晨、红叶、芸儿，祝你们幸福……"

接下来，是她该做牺牲的时候了。

"怎么会？怎么会这样？这究竟是怎么回事？"清影发疯般大喊着，挥着长袖抵到阿九身前，阿九轻身一闪，浅浅一笑：

"是因为爱。"

"不可能！"她狂喊着，指着上天，眼神充满了愤怒和怨恨，"这个世间已经没有真爱了！全被他们那些不可一世的天神毁灭了！没有真爱！"

阿九摇摇头，眉眼中显出一份无奈："清影，你已经无可救药了。如果没有真爱，你为什么会为冰偌的死而痛心？"

清影一愣，然后疯狂地大笑道："我没有！"

"你有,他是你的儿子。"阿九淡笑,一字一顿地念着,"你,爱,他。"

"啊——"清影将功力凝聚,狠狠地向阿九打来,阿九飞身躲上高空,先朝清影狠狠地打出一击,又念动咒语,咒法一出,原野之上瞬间长满了恋惜草的根茎,阿九看着清影,惨淡地一笑,终于……破开了自己的血脉。

顷刻之间,鲜红的血流自天而降,恋惜草在鲜血的浇灌下飞快地生长着,直到阿九的身子直直地坠落在花丛之中,鲜血便再也没有流下。

而她,启开干裂的唇角,在漫漫花香中,浴血微笑。

"结束了……"

她吃力地道出这一声,将元神寄予恋惜草,恋惜草散出刺目的灵光,直直地射向清影,清影的身躯在灵光的映射下渐渐扭曲,终于……消失湮灭。

结束了。

阿九仿佛看见一个小女孩自远处跑来,一边跑一边呼唤着"清影姐姐,清影姐姐",她觉出这声音有几分熟悉,吃力地回想着,终于忆起,这是丫头的声音。

丫头跑到阿九身前,看着倒在花丛中奄奄一息的阿九,怒声问道:"我姐姐呢?我姐姐呢?"

阿九觉得自己的喉间每说出一个字都会泛出甜腥味,她努力地将自己体内不断上涌的鲜血咽下,露出一抹温和的淡笑:"丫,头……"

丫头死死地掐住阿九的喉颈,愤恨的眼泪几乎要掉下来:"你说啊你,清影姐姐呢!你杀死她了是不是?"丫头激动地扇了阿九一个大嘴巴,"魔女,你害死了清影姐姐,我要杀了你!"

阿九费力地喘息着,用尽全身的力气抬起手,抚在丫头的脑前,将最后一丝灵力注入了她的体内:"好孩子,阿九姐姐,不是坏人,等,等你醒来,就明白了……"

丫头只感觉脑中一空,便躺在阿九身边,睡去了。

阿九的周边,终于变得一片寂静。

风儿依旧柔和地拂过她的脸。

恋惜草的花香弥漫。

恋惜草丛中,阿九静静地躺着,望着湛蓝的天空,模糊的视线中,仿佛看见了冰偌温暖的笑颜。她缓缓抬起手,期盼地笑着:"大冰人,你来接我了啊……你的笑,还是那么好看。"

接着,她的手重重地落下,视线归于一片黑暗。

轻烟缕缕,随着微风飘远,飘散。

你的笑,还是那么好看。

你的笑……

还是那么好看。

后 传
CHAPTER · 05

一段纠葛千世万世的情爱,真的就此告终了吗。

历史将尘埃重重地掩埋,千百年的光阴之后,逍遥镇早已改了年代,而无论它存在于什么年代,却总是一片繁华。

千百年后,逍遥镇已经更名为"灵城"。究其原因,百姓们也只是道其有"人杰地灵"之意罢了。

灵城之中,若说起最有名的店家有二,其一便属一家名为"千世香"的花料铺子,其二便是千世香的对门有一间名为"花影阁"的胭脂铺子。这两间铺子一家卖花料,一家卖胭脂,且门面相对,往日里来客多多,生意做得是最红火的。

若真道起来,这两家的生意能如此之好,也算是有奇缘。

那是一个夜星璀璨的午夜,两家老板的夫人在同一时刻双双产下了婴孩,花料铺子里生的是个男婴,起名为偌儿;胭脂铺子里生的是个女婴,因其在九月初九出生,故起名为"小九"。说来也怪,这两家的孩子像是神童一般,自三岁起便可识文断字,又偏爱花草,自他们降生之后,店里的生意一日比一日兴旺起来。

这日，五岁的小九偷偷跑出去玩，见对面的店里摆放着一笸箩淡粉色的花朵，不知怎地，就觉得有些熟悉，于是不由自主地跨进了"千世香"的店门。

丝毫不起眼的她在一群大人中灵活地穿梭着，循着那花儿的香气，找到了这家的后园。

后园的田埂间，一个小男孩置身于比自己的身子还要高的花丛中，撒着花种。

微微的阳光下，小九只觉得他的侧脸有些熟悉，眯起纯真的小眼睛想了想，却怎么都想不起他的名字了。于是她站在花田边，朝田间努力地挥着小手："喂，我帮你种花好不好？我是对面的哦，我叫小九！"

花田间的小男孩仰起脸，望着小女孩天真的眼眸，轻轻地一笑："好啊，我们一起种吧，我叫偌儿……"

两个天真的孩童，凑在一起，开始为他们的花种忙碌。

脸上映着的，是世间最幸福、最满足的微笑。

来世爱你。

……

来世，爱你。